Das Chaos der Dämonen

Für den KAIRA-Autorenzirkel, die bei der Fertigstellung des Romans halfen und die mich stets motivieren, weiterzuschreiben.
Danke besonders an Clara für drei wunderbare Covergestaltungen!

Robin Band

Das Chaos der Dämonen

Roman

Mit den Illustrationen von Clara Schulze Mönking

Bibliografische Information der Deutschen Nationalbibliothek:
Die Deutsche Nationalbibliothek verzeichnet diese Publikation in
der Deutschen Nationalbibliografie; detaillierte bibliografische Daten
sind im Internet über http://dnb.dnb.de abrufbar.

Illustration & Covergestaltung: Clara Schulze Mönking

Herstellung und Verlag: BoD – Books on Demand, Norderstedt

ISBN: 978-3751943765

Prolog

Mike klappte das Tagebuch zu. Es war nun ein Jahr vergangen, seitdem er es zu Ende geschrieben hatte. Er umschloss das blaue Medaillon von Marcurio, das an einer Kette um seinen Hals baumelte, mit der Hand und stand vom Stuhl auf. Es war ein warmer Tag, der Sommer hatte gerade erst begonnen. Zum ersten Mal in diesem Jahr hatte er sein grünes T-Shirt an. Auf dem Weg in das Wohnzimmer des großen Hauses am Wald kam er an dem leeren Zimmer vorbei, an dessen Decke Lucifers Sense hing. Aus dem darin enthaltenen Portal waren nur noch zwei weitere Personen aus dem Seelengrab herausgekommen, seit er das zweite Tagebuch beendet hatte. Celina war nun bei ihnen eingezogen und auch wenn alle anderen bereits aufgegeben haben, dass Ramin zu ihnen kommen würde, sie hoffte jeden einzelnen Tag darauf, dass er zu ihr zurückkehren würde.

Kaum war Mike im Wohnzimmer angekommen, stürmte Lucy aufgeregt auf ihn zu, griff ihn am Arm und zerrte ihn vor den Computer. Sie trug aufgrund des warmen Wetters ein weinrotes Top und schwarze Hotpants. Auf dem Bildschirm lief gerade ein aktueller Bericht über ein Unglück in einem Einkaufszentrum in Russland. Bilder von der Zerstörung wurden gezeigt.

»...als dann plötzlich der Boden mitten im Zentrum aufbrach. Durch die Explosion wurden Gesteinsbrocken mehrere Meter weit geschleudert und legten viele Geschäfte in Trümmer. Die Ursache der Explosion ist unbekannt. Die Zahl der Toten wird auf 23 geschätzt. Die Anzahl der

5

Verletzten ist noch immer unbekannt. Suchtrupps sind noch immer auf der Suche.«

Mike starrte Lucy an.

»Warum zerrst du mich dafür her? Das ist mal wieder ein Unglück irgendwo in der Welt. Ständig ist was.«

Lucy spulte den Bericht ein Stück zurück und pausierte ihn. Dann deutete sie mit einem Finger auf eine Stelle am Bildschirm. Dort war, wenn auch unscharf, eine dunkle Gestalt zu sehen. Sie war dabei, den Ort zu verlassen und im sehr blassen Gesicht schienen sich rote Farbe zu befinden.

»Seltsam«, meinte Mike.

»Das ist keine Kriegsbemalung, das ist eine Maske. Die Person hier ist Vior. Ich bezweifle stark, dass er durch Zufall an diesem Ort war. Warum sollte er eine Maske tragen, wenn er seinem alltäglichem Leben nachgeht? So erregt er Aufsehen, aber bleibt unerkannt.«

»Hm gut möglich.«

»Was hat er dort getan? Ich denke ja, dass er sogar die Ursache ist.«

Lucy lehnte sich zurück und verschränkte die Arme.

»Und was wollen wir jetzt tun?«

»Er ist erfahrener Dämonenjäger. Ich werde größere Mengen Magie nutzen, dann wird er schon angelockt.«

»Das ist doch Schwachsinn. Du verausgabst dich und gehst das Risiko in, dass es nicht einmal etwas bringt. Wenn es schiefläuft, bemerken Menschen was davon, oder noch schlimmer, ein anderer Dämonenjäger. Ich weiß ja nicht, wie viele von ihnen noch leben. Wie wäre es, wenn wir uns da mal nicht einmischen?«

Sie knurrte bloß als Antwort. Plötzlich flog die Tür auf und Drak stürzte in das Zimmer. Aus irgendeinem Grund sahen seine feuerroten Schuppen eingestaubt aus.

»Ich hab' Hunger. Wann gibt es was zu essen?«

»Was anderes als an deiner Konsole zu zocken und essen tust du schon gar nicht mehr. Du lässt dich ganz schön gehen.«, erwiderte Lucy.

»Naja, wann gibt es denn Essen? Wo ist dein Vater, Mike?«

»Er ist in der Bank, arbeiten. Im Gegensatz zu uns hat er keine Schulferien. Celina arbeitet doch auch in der Metzgerei. Selbst John bastelt im Keller fragwürdige Dinge. Nur du liegst die ganze Zeit herum.«

»Wie auch immer. Ich esse jetzt was.«

Er ging davon in die Küche.

»Wir können doch nicht einfach tatenlos hier herumsitzen, während Vior unschuldige Menschen tötet! Der Typ ist wahnsinnig geworden.«

»Lucy, komm runter, das auf dem Video ist bestimmt nur eine Täuschung.«

Schweigend, aber sichtlich gereizt, verließ sie das Zimmer.

Eine Woche später lag Mike in Garten auf dem Rasen und starrte die Blätter der Bäume an, durch die das warme Sonnenlicht schien. Drak lag gleichmäßig atmend neben ihm. Er war vor einigen Minuten eingeschlafen. Lucy saß auf einem kleineren Baum in der Astgabelung und ließ die Füße baumeln. Das Wetter hatte sie durstig werden lassen, also sprang sie elegant mit einem Satz vom Baum herab und ging in das Haus durch die Hintertür hinein. Sie öffnete den Kühlschrank, woraufhin sie von einem angenehm kühlen Hauch umhüllt wurde. Ihr Blick schweifte über die gekühlten Getränke, bis sie sich schließlich für eine Zitronenlimonade entschied. Sie griff die Glasflasche und nahm sie an sich. Dann schloss sie die Kühlschranktür und drehte sich um. Eine Maske befand sich nur einige Zentimeter vor ihrem Gesicht. Vor Schreck schlug sie mit der Flasche nach der Maske, doch bevor sie auftraf, blockierte ein Arm den Schlag und die Flasche zerschellte.

»Netter hättest du mich nicht begrüßen können?«, knurrte Vior, während er anfing, die Glasscherben aus seinem Arm zu ziehen. Die dunkelbraune Jacke war dort mit Schnitten übersät.

»Du brichst hier in unser Haus ein und meinst mich erschrecken zu müssen. Ich hasse dich wirklich!«, keifte Lucy.

»Beruht auf Gegenseitigkeit.«

Er verschloss die Wunden an seinem Arm mit einem Zauber.

»Du wischst das hier gefälligst auf! Was willst du überhaupt hier?«

»Ich sage es ja nur ungern, aber ich brauche eure Hilfe. Geh und hol Mike, dann muss ich es wenigstens nicht zweimal erklären.«

Zornig stieß Lucy Vior aus ihrem Weg und verließ das Haus. Er schnaubte belustigt auf und sah sich dann die Pfütze am Boden an. Anstatt sie aufzuwischen, nutze er einen Flammenzauber, um die Flüssigkeit zu verdampfen. Eine verkrustete Masse blieb zurück, um die sich der Dämonenjäger sich nicht weiter kümmerte. Er zog einen Hocker vor und setzte sich darauf. Seine Augen wanderten über den Kühlschrank, der voll mit hässlichen Werbemagneten war. Dann senkte er den Blick auf seine bequeme, aber robuste Kampfhose, welche aussah, als ob sie aus dem Mittelalter stammte. Noch immer ärgerte er sich über die Entscheidung, bei einer Dämonin Hilfe zu suchen. Doch er hatte keine Wahl.

Die Tür wurde aufgestoßen und Lucy stapfte hinein. Sie stellte sich etwas abseits auf und verschränkte die Arme. Mike folgte ihr und kam sichtlich verwirrt zum Stehen.

»Also«, sagte Vior langsam, ohne weiter zu warten.

»Warum ich gegen meinen Willen hier bin, liegt daran, dass ich etwas gefunden habe, wovon ich euch berichten wollte. Es begann vor etwa zwei Wochen, als ich eine sehr starke Macht spürte, wie ich sie noch nie erfahren hatte. Ich folgte ihr und fand...«

Er machte eine kurze Pause, um Spannung aufzubauen. Dann griff er in seinen Mantel und zog einen kleinen Beutel hervor, welchen er behutsam öffnete und eine kristallartige, blaue Kugel präsentierte.

»Der Machtausstoß endete, sobald ich sie in den Händen hielt. Fast so, als hätte sie mich anlocken wollen.«

Lucy griff langsam nach der Kugel, doch Vior ließ sie wieder in dem Beutel verschwinden, den er ebenfalls wegpackte. Unbeirrt fuhr er fort.

»Natürlich wollte ich wissen, was es damit auf sich hat und untersuchte das Ding später in aller Ruhe. Dann fiel mir etwas ein, das mir ein Freund vor langer Zeit erzählt hatte. Eine Art der Meditation, die versteckte Kräfte in der Seele eines Dämons wecken würde. Ich bin zwar in der Lage, meine Seele zu spüren, doch in ihr brodelt der Hass aller Dämonen, denen ich das Leben und die Kräfte geraubt habe. Es wäre mir sicherlich möglich, diese Art der Meditation durchzuführen, doch ich sehe davon ab.«

»Du hast also Angst vor dem Zorn der Toten?«, spottete Lucy. Der Dämonenjäger knurrte bloß.

»Kommen wir einfach zu meinem Vorschlag. Ich zeige dir, wie du durch die Meditation stärker werden kannst und du entschlüsselst mir die Kugel. Zudem bleibe ich so lange auf diesem Grundstück, bis ich ein Ergebnis habe oder du bei dem Versuch versagt hast. Möglicherweise bist du dann tot.«

Der Gedanke schien ihm zu gefallen und ein kurzes Grinsen huschte über seinen Mund.

Lucy warf Mike einen fragenden Blick zu. Dieser starrte zurück.

»Sag schon, was denkst du?«

»Ach so, deshalb guckst du mich an? Also, ich denke schon, dass wir ihm trauen können. Wir haben mit ihm Seite an Seite gekämpft und obwohl er mehrmals die Gelegenheit hatte, dich zu töten, hat er es doch nicht getan. Er hasst nicht wirklich alle Dämonen. Und eine Möglichkeit, deine Zauber zu verbessern ist doch super. Ich trainiere doch auch ständig, um meine Kampfkunst zu optimieren.«

»Stimmt schon, ich werde dich nicht töten, da wir scheinbar für dieselbe Sache kämpfen. Doch machst du einen Fehler-«

»Ich meine also, du solltest auf das Angebot eingehen«, fiel Mike dem Jäger ins Wort.

Lucy reichte Vior langsam ihre Hand, in die er ebenso langsam einschlug.

1

In der darauffolgenden Nacht konnte Mike aufgrund der Hitze nicht schlafen und bekam allmählich Durst. Er griff an der Bettkante herab und tastete nach seiner Wasserflasche, die er immer am Bett hatte, falls er nachts Durst bekam. Seine Hand stieß dagegen und die Flasche fiel um, wobei sie ein hohles Geräusch von sich gab. Leer. Seufzend richtete er sich auf und schlurfte mit der leeren Flasche die Treppe hinunter. Lucy blieb gleichmäßig atmend im Zimmer zurück. Er betrat die Küche und holte sich aus einem Schrank eine neue Wasserflasche heraus. Auf seinem Rückweg fiel sein Blick in das Wohnzimmer, in dem ein Haufen auf dem Sofa ausgestreckt dalag. Sein Vater war zunächst skeptisch gewesen, doch er verstand sich ziemlich gut mit dem Dämonenjäger, sodass dieser als Gast willkommen war. Mehr oder weniger. Celina war zunächst erschreckt, als sie ihn beim Eintreten erspäht hatte, doch sie verstand schnell, was vor sich ging. Drak war das ganze so ziemlich egal.

Von der Neugier gepackt schlich Mike in das Wohnzimmer und blieb knapp vor Vior stehen. Seinen Mantel hatte er zusammengerollt und nutze ihn als Kopfkissen, anstatt eines der Kissen, die Mikes Vater ihm gegeben hatte, zu verwenden. Enttäuscht musste der Junge feststellen, dass der Jäger selbst im Schlaf seine Maske trug. Zu gerne hätte er mal sein Gesicht gesehen, wer nun wirklich hinter dieser Verkleidung steckte. Da er sich nicht damit zufriedengeben wollte, zog er mit größter Vorsicht aus dem gerollten Mantel den kleinen Beutel hervor. Blitzschnell schoss die Hand des Mannes empor und packte ihn am Handgelenk.

11

»Was denkst du, was du hier tust? Ich bring dich um!«

Keine Sekunde später schnellten Drachenklauen aus seiner anderen Hand hervor und mit einer Drehung seines Körpers stach er nach Mike, welchem es gelang, dem Stich knapp auszuweichen. Zum Glück hatte er den Schwertkampf und somit auch das Ausweichen geübt. Als Vior aufsprang, nutze er den Moment, um seine Hand zu entreißen und floh panisch zur Treppe. Ihm kam nicht in den Sinn, den Beutel zurückzugeben, um am Leben zu bleiben. Nach ein paar Treppenstufen packte ein magischer Wind seine Füße und er wurde nach hinten geschleudert, sodass er sich in der Luft überschlug, während er die Treppe hinunterstürzte.

»Interessant, Besuch.«

Die Stimme hallte in Mikes Kopf, als käme sie von überall. Sein Kopf pochte, er musste ihn angestoßen haben. Dann fiel ihm der Vorfall wieder ein und er schlug schnell die Augen auf. Erst als er wieder, wenn auch etwas schwankend, auf den Beinen stand, bemerkte er, dass er sich nicht mehr in seinem Haus befand. Ein Kopfsteinpflasterweg führte von seinem Standpunkt zu einem großen, bedrohlichen Gebäude. An den Seiten des Weges und hinter dem Jungen schien eine bodenlose Schlucht zu sein. Seichter Nebel umhüllte die Gegend.

»Äußerst interessant. Das hatte es noch nie gegeben. Bin begeistert.«

Die Stimme kam von überall her und doch war nichts zu sehen. Mike sah hinter sich und erblickte einen alten Mann, der eine schief sitzende Brille und ein hässliches, blaukariertes und viel zu langes Hemd trug. Zwar hatte er kein Haar auf dem Kopf, doch umso ungezügelter spross sein grauer Bart.

»Oh, Entschuldigung! Ich habe Sie nicht wahrgenommen«, sagte Mike und wich einen Schritt zurück.

»Wissen Sie, wo wir hier sind?«

Der Mann lachte herzlich und trat wieder einen Schritt näher.

»Mein Name ist Chrono und dies ist meine Welt. Du bist wirklich besonders, Mensch. Niemand außer meinen Geschwistern hat diese Welt je betreten. Interessant. Komm, lass mich dich herumführen.«

Mit einer Geste zeigte er auf das Gebäude. Als Mike seinen Blick zurück zu dem Mann drehte, war er verschwunden. Stattdessen stand ein kleiner, blonder Junge in Latzhose vor ihm und lächelte ihn an.

»Komm mit!«

Fröhlich lachend rannte er ohne Bedenken den steinernen Weg entlang. Mike, vollkommen irritiert, folgte ihm langsam. Der Junge war bereits am Ende des Weges angekommen und winkte ihm zu.

»Komm schon!«

Auch jetzt kam die Stimme von allen Seiten. Mike beschleunigte seinen Schritt, doch warf dann einen Blick zur Seite, tief in die Schlucht. Erst jetzt fiel ihm auf, dass der Kopfsteinpflasterweg schwebte und unter ihm nichts als eine ewige, neblige Leere existierte.

»Nicht hinuntersehen, dort lagern all die unschönen Ereignisse. Vergeudete Zeit.«

Hinter ihm stand nun plötzlich wieder der alte Mann und zwar so dicht, dass er normalerweise den Atem hätte spüren sollen. Doch der Mann atmete nicht.

»Was passiert, wenn ich dort reinfalle?«, fragte Mike vorsichtig. Ohne zu zögern rammte ihm Chrono seinen Ellenbogen in den Rücken, sodass er schmerzerfüllt nach vorne stolperte und den Halt verlor. Er fiel einige Meter, bevor Bilder von Menschen in den verschiedensten Lebenssituationen durch den Kopf schossen. Ein Steinzeitmensch, der während seiner Jagd tödlich stürzte und langsam verblutete. Ein Mann, der im Lotto gewann. Ein Tyrann, der in seiner Herrschaftszeit gestürzt wurde. Ein Mädchen, das in einem Labor festgehalten und für Versuche missbraucht wurde. Eine Mutter, die für ihre Kinder kochte.

Mike schlug die Augen auf. Unter ihm war dasselbe Kopfsteinpflaster.

»Interessant.«

Über ihm stand Chrono und sah auf ihn herab. Der Junge rappelte sich auf und klopfte nicht vorhandenen Staub ab.

»Was war das denn?«

»Ich wusste selbst nicht, was mit einem Sterblichen passiert.«

Mikes Augen öffneten sich vor Schreck.

»Das heißt, du hast riskiert, dass i-ich d-draufgehe?«

»Wissen benötigt Opfer. Wenn du diesmal ohne nach unten zu sehen folgen würdest?«

Auf dem Weg zum Gebäude, beruhigte Mike sich ein wenig und begann Fragen zu stellen.

»Wer genau bist du? Was bist du? Du bezeichnest mich als einen Sterblichen.«

»Ich bin Chrono, uralte Macht der Zeit. Mich gibt es, nun ja, seit Anbeginn der Zeit. Weil ich existiere, fließt die Zeit in der Welt voran. Ich bin Teil der Dreieinigkeit und besitze göttliche Kräfte. Wir sind stärker, viel stärker als die Geister, die sich in die Seelenscherben sperren ließen. Mein Bruder Ragnarök ist der Geist der Zerstörung, meine Schwester Genesis der Geist der Schöpfung. Doch sind wir mal ehrlich, ohne den Fluss der Zeit ist beides wertlos. Deshalb behandeln die beiden mich nicht gerade freundlich und ich habe ihnen schon seit langer Zeit den Kontakt untersagt. Sie meinen ich sei wahnsinnig, berechnend und gleichzeitig unberechenbar. Die Zeit ist da nicht anders. Man kann planen und doch gibt es Ereignisse, die man nicht erahnt hätte.«

Sie stoppten kurz vor dem Tor des Gebäudes, welches wie von Geisterhand nach innen aufschwang. Nachdem sie eingetreten waren, schloss es sich ebenso lautlos hinter ihnen. Mikes Blick fiel auf die vielen, zu beiden Seiten aufgereihten Statuen. Oder waren es Menschen? Es schien, als wären sie in der Zeit erstarrt, für alle Ewigkeit. Er entdeckte berühmte Persönlichkeiten, die für gute oder auch schlechte Taten bekannt waren. Freiheitskämpfer standen neben Diktatoren und Tyrannen neben Wissenschaftlern.

»Das hier ist meine Sammlung von tollen Personen«, sagte der junge Chrono voller Begeisterung.

»Eine Person, die großen Einfluss auf die Entwicklung der Welt hatte, bekommt nach ihrem Ableben ein Abbild in meiner Welt geschaffen. Ich finde das total schön, wenn es mehr werden.«

Der Junge griff nach Mikes Hand und zerrte ihn mit sich, an unzähligen Podesten vorbei. Er blieb so plötzlich stehen, dass Mike gegen ihn stieß, da sein Blick noch immer an all den Statuen hing. Lautlos stand der Junge nun dort und deutete mit seiner freien Hand auf das lebensechte Abbild unmittelbar vor ihnen.

»Das ist meine liebste Statue. Magst du sie?«

Mike ließ seinen Blick über das Objekt schweifen. Es zeigte einen grünäugigen Mann mit seltsam grauen Haaren. Sein Gesicht war vor Zorn verzerrt, er schien zu brüllen. Schwarzes Leder, verarbeitet zu einer Rüstung, bedeckte seinen Körper. Darüber lag ein dunkelroter Mantel. An seinen Händen trug er schwarze, fingerlose Handschuhe mit Drachensymbolen und aus den Fingerspitzen ragten silbrig schimmernde Klauen heraus. Im Ganzen war es ein wirklich bedrohlicher Anblick. Mike beugte sich herunter, um die Inschrift des Sockels zu lesen.

15

„Azaroth, erreichtes Alter: 221 Jahre, seine Rebellion gegen den König Kanoe führte zum Überleben der Menschheit und zum Ende des Zeitalters der Dämonen."

»Hat er sich gegen seine eigene Rasse gestellt?«

»Ja«, antwortete der alte Chrono.

»Jedoch war er der Sohn zweier Menschen und so geschah es, dass er eine normale Augenfarbe besaß. Ein großer Krieger, aber trotzdem ein Idiot. Hätte er die Kräfte meines Bruders Ragnarök ausreichend gelernt und die Hilfe seiner Freunde angenommen, wäre er erfolgreich gewesen. Doch er hat sich von seinem Hass leiten lassen und den König Kanoe bloß in zwei lebende Teile zerschnitten, anstatt ihn endgültig zu vernichten. Aber nun, da du dich hier ein wenig umgesehen hast, lass mich dir ein paar Fragen stellen.«

Er setzte sich langsam in Bewegung und Mike schloss zu ihm auf.

»Mike, bist du dir bewusst, wie du hier herein geraten bist?«

»Ich bin die Treppe heruntergestürzt und dann…«

»Interessant. Noch nie konnte ein Sterblicher diese Welt betreten. Bloß Finn Veiling opferte sich einst vollständig durch Entfernung der Seelenbeschränkung und ich konnte seinen verschwindenden Körper und den Rest seiner Seele kurz vor dem endgültigen Verschwinden abfangen und dann trainieren. Ich habe ihm eine neue Chance gegeben und ihn mit meiner Magie durchflutet. Er jagt dem Dämonenkönig Kanoe unermüdlich nach, kehrt jedoch bei seinem Tod zu mir zurück und muss 500 Jahre lang seine Kräfte erneuern, da sein Körper sonst auseinanderfallen würde.«

Er blieb abermals stehen, nun im hinteren Teil der Halle. Hier befanden sich nur noch tausende leere Sockel.

»D-Das ist...«, stotterte Mike. Der Sockel direkt vor ihm trug die Inschrift:

„Lucy und Mike, erreichtes Alter: _ und _ Jahre, er half ihr beim Verhindern einer Weltherrschaft durch die Dämonin Helena und bei der Befreiung von Marcurio aus Lucifers Seelengrab."

»Richtig, du wirst hier an Lucys Seite stehen, sobald ihr das Zeitliche gesegnet habt, ich muss dann nur die beste Pose aussuchen.«

»Lucy und ich haben das alles gemeinsam geschafft. Ich war doch nicht nur ein Assistent«, protestierte Mike.

»Denk doch einmal darüber nach. Was hättest du schon alleine schaffen können? Ohne sie wärst du gegen die Trays untergegangen. Ihre Schilde hielten dich am Leben. Du warst immer das schwächste Mitglied des Teams. Sie rettete dich aus der Anstalt. Im Seelengrab wärst du an dem Gift gestorben, hätte sie dich nicht vorangeschleppt. Ohne sie wäre Vior nie in das Seelengrab gekommen und hätte bei der Befreiung helfen können. Sie half, Marcurios Kräfte freizusetzen, nicht du. Gegen Lucifer warst du vollkommen nutzlos. Dreh' es wie du willst, du bist nichts ohne Lucy. Alleine hast du nie etwas Großes geleistet.«

Mike starrte zu Boden. Er war immer der Überzeugung gewesen, seinen Freunden geholfen zu haben, doch dieser Gott, der nun vor ihm stand, öffnete ihm die Augen. Geknickt fragte er dennoch: »Inwiefern hat Marcurios Befreiung eine Veränderung in der Geschichte verursacht?«

»Du erinnerst dich, ich sagte, dass Azaroth den König in zwei Teile geschnitten hat? Nun, Marcurio und Lucifer sind nichts weiter als diese zwei Teile, bloß, dass sie anfangs ständig gegeneinander kämpften. Nur

Lucifer trägt die Erinnerungen des Königs in sich. Das Seelengrab ist eine Hälfte des einst mächtigen Daemon City, genauso Marcurios Welt. Du erinnerst dich auch bestimmt daran, wie sie beide verschwanden, damit Lucifer Marcurio aufklären kann. Es ist sein Ziel, den Dämonenkönig wieder auferstehen zu lassen, erneut zu verschmelzen.«

Mike starrte dem alten Mann sprachlos in das Gesicht und blickte dann langsam an seinem Bein herab. Die lange Narbe an seinem Unterschenkel zeugte von der Operation, die Marcurio durchgeführt hatte, um ihm das Leben zu retten. Diese Person sollte ein Teil eines grausamen Königs sein? Langsam holte er seinen Anhänger hervor.

»Was ist dann mit dem Spruch „Wenn die Welt uns braucht ... sind wir da"?«

»Ein makabrer Scherz an mich oder Fenrir, dies sagte Fenrir damals auch, als er Kanoe attackierte. Ich denke aber, dass Marcurio dies nicht weiß und wirklich für euch da sein wollte.«

Da Mike nichts mehr sagte, fuhr er ungehindert fort.

»Nun, wie du bestimmt siehst, wird es in der Zukunft ein Problem von großem Ausmaß geben. Kommen wir zu meinem Angebot. Normalerweise übertragen wir unsere Kräfte über den Kommunikator und durch die Seele unseres Verbündeten, jedoch muss hier die Seele des Nutzers ihre Kräfte verbrauchen. Dies ist bei einem schwachen Lebewesen oder einem Menschen nicht möglich, da die Seele nie stark genug sein wird, um diese Last zu verkraften. Zudem hat die Seele eines Menschen keinen magischen Kern. Dämonenjäger stehlen die Seele des erschlagenen Dämons und unterdrücken diese, töten sie ab und schaffen sich so ihre eigene Magiequelle. Auch dies ermöglicht dann die Nutzung der Magie. Wenn ich nun einen winzigen Fetzen von mir in deine Seele einsetze, ist der Vorgang derselbe. Du wirst die Möglichkeit bekommen, Zauber zu wirken und erhältst große Macht. Mit Fenrir tat ich es genauso, doch da er nur ein Bruchteil seines Selbst ist, musste ich ihn fast vollständig flicken, zudem hat er keinen wirklichen eigenen Willen. Bei dir wäre es anders. Du wärst zwar ein wenig schwächer, aber vielseitiger und taktischer einsetzbar. Außerdem würdest du aus Lucys Schatten hervortreten und selbst die Sache in die Hand nehmen können. Ihr werdet dem König oder Lucifer gegenübertreten müssen, bevor er seine alte Kraft wieder gesammelt hat und du willst deinen Freunden doch nicht zur Last fallen, oder?«

Chrono schlich langsam um den Jungen herum.

Mike nickte, überlegte kurz und meinte dann: »Wenn es keine Nebenwirkungen gibt, dann mach ich es.«

»Nein. Du wirst diese Entscheidung nicht jetzt treffen. Komm in einer Woche wieder. Die einzige Nebenwirkung ist, dass ich jederzeit mit dir kommunizieren kann.«

Plötzlich wurde der Tonfall des alten Mannes schroff und abweisend.

»Nun gut. Komm in einer Woche wieder her. Empfinde einfach deinen Sturz von der Treppe nach und versuche das Gefühl durch deine Handfläche austreten zu lassen während du meinen Kommunikator berührst. Zeit für dich zu gehen.«

Das Chrono-Kind erschien an seiner Stelle, packte Mikes Arm und zerrte ihn mit sich, bis sie vor einem großen Spiegel standen, in dem man die Treppe in Mikes Haus sehen konnte. Lucy, Celina und sein Vater standen dort und schimpften auf Vior ein, der eine abstreitende Haltung eingenommen hatte und den Kommunikator fest umklammerte.

»Komm wieder, Mike. Mit Schwung. Tschüss.«

Das Kind schob ihn in Richtung Spiegel und Mike verstand. Auch wenn er so plötzlich hinausgeworfen wurde, störte es ihn nicht weiter.

Er musste ohnehin über alles nachdenken, was Chrono ihm erzählt hatte. Seine Hand berührte die Oberfläche des Spiegels. Sie tauchte ein, es fühlte sich an als wäre es Wasser. Er atmete kurz durch und sprang dann in den Spiegel hinein. Chrono hingegen setzte sich im Schneidersitz hin und sah in den Spiegel hinein, wie er es die meiste Zeit tat. Sein Fokus lag immer auf großen Änderungen.

2

Ein Schlag ertönte von draußen. Mike saß auf dem Sofa und starrte die Regentropfen an, die vom Wind gegen die Scheibe gepeitscht wurden. Es tobte ein Gewitter, sodass er gezwungen war, drinnen zu bleiben. Er hatte nicht geschlafen, schließlich war er auch erst im Morgengrauen zurückgekehrt. Lucy, Celina und sein Vater waren sichtlich erleichtert gewesen, als er ohne Vorwarnung vor ihnen auftauchte und stolperte, als ob er gerade irgendwo heruntergesprungen wäre. Nachdem er von den Vorkommnissen berichtet hatte, hatte Vior etwas von »Ich sagte doch, ich war's nicht« gemurmelt und Lucy und sein Vater hatten ihm versprochen sich mit ihm zusammen später Gedanken zu machen, während Celina bloß neugierig lauschte. Alle entschieden sich wieder schlafen zu gehen, bloß Mike ging in das Wohnzimmer und begann, den aufkeimenden Sturm anzusehen. Seit Stunden war Vior nicht mehr aufgetaucht. Da es Samstag war, mussten die Erwachsenen nicht arbeiten und schliefen noch immer. Nun gut, es war auch erst sieben Uhr morgens. Doch Mike war es ohnehin lieber, seine Ruhe zu haben und auch das Prasseln der Regentropfen, das Heulen des Windes und der grollende Donner beruhigten ihn. Bei seinem Bericht hatte er nicht alles erzählt. Er hatte das Podest für Lucy und ihn und dass er sie mit den neuen Kräften übertreffen würde ausgelassen. Immerhin wollte er nicht neidisch oder egoistisch klingen. Seine Gedanken wurden blitzartig unterbrochen, als sich eine Stimme zu Wort meldete.

»Du bist dir unsicher. Nicht nur bei der Entscheidung.«

Vior hatte sich scheinbar lautlos angeschlichen und ließ sich nun neben Mike auf das Sofa fallen. Dieser sagte nichts.

»Hör zu, ich brauche nach wie vor eure Hilfe. Es… tut mir leid. Stiehl einfach nie wieder etwas von mir.«

Er tat sich wirklich nicht leicht bei seinen Worten.

»Mike, an dir muss etwas Besonderes sein, sonst hättest du die Welt eines selbsternannten Gottes nicht ohne weiteres betreten können. Ich habe von diesen Kommunikatoren gehört. Sie ermöglichen den drei Urgeistern in die Seele des Nutzers einzudringen und die Kräfte nutzbar zu machen. Jedoch muss die Seele äußerst stark sein. Doch wenn du von diesem Chrono etwas in deine Seele eingesetzt bekommst, dann macht dich das zu einem Dämonenjäger, wie ich es bin.«

»Ich will keine Dämonen jagen.«

»Warum überlegst du? Lehne das Angebot einfach ab.«

»Ich habe gemerkt, wie schwach ich bin. Unfähig, einen Kampf alleine zu bestreiten. Ohne Lucy bin ich nichts.«

»Das stimmt, du bist gegen die meisten Gegner machtlos. Du bist nun einmal schwach.«

»Ein Anhängsel, das bin ich. Aber nun könnte ich stärker werden, selbst Magie nutzen.«

»Ein Dämon, ein längst verstorbener Freund, sagte mir einst, dass man sich immer einen stärkeren Gegner suchen sollte, den man übertreffen möchte und seine eigenen Grenzen erweitern sollte. Ich bewunderte ihn, er war nicht so schwach wie ich. Damals war ich noch ein gewöhnlicher Mensch, doch er beauftragte mich, zum Beschützer der Menschen vor den Dämonen zu werden und gab mir einen Ring. Als er schließlich starb, übertrug sich ein Teil seiner Seele auf mich und ich erlernte das.«

Er ließ aus seiner Hand die Klauen hervorkommen.

»Das erinnert mich an die eine Statue. Azaroth«, meinte Mike.

»Es war Azaroth. Genau deshalb glaube ich, dass Chrono dir die Wahrheit erzählt hat. Der König der Dämonen ist ein passender Gegner für ihn. Marcurio und Lucifer sind also der König Kanoe. Sie sind eine gewaltige Bedrohung für unsere Welt, jetzt noch mehr, da sie – er – das Ziel hatten die Dämonen an die Vorherrschaft zu bringen. Er ist die Quelle allen Übels, das ich bekämpft habe. Aber wenn man bedenkt, dass wir selbst gegen Lucifer allein solche Schwierigkeiten hatten, und das obwohl Marcurio auf unserer Seite war...«

»Da könnte ich vielleicht dann helfen.«

»Das wollte ich hören. Mit der Kraft eines Gottes kann gar nichts schieflaufen. Wir sollten versuchen, die beiden anderen Kommunikatoren ausfindig zu machen, dann können wir ihn sofort ausschalten. Genesis erschafft uns ein Portal und mit Chrono und Ragnarök erschlagen wir Kanoe. Aber wir werden ein paar mehr fähige Leute brauchen, um alles hinzubekommen. Zunächst entscheidest du deine Angelegenheit durch deinen freien Willen, dann holen wir ein paar Leute her.«

Vior stand auf, klopfte Mike auf die Schulter und verließ den Raum. Der Junge starrte weiterhin an die Scheibe. Regentropfen flossen an ihr herab. Sein Gesicht spiegelte sich im Glas. Er fing an zu grinsen. Endlich eine neue Aufgabe. Diesmal würde auch er eine große Rolle spielen.

3

In seiner zerklüfteten Welt richtete sich der riesenhafte, blutrote Wolf auf. Chrono regte sich also wieder. Der Teich vor ihm zeigte einen Jungen, der den Sturm durch ein Fenster beobachtete. Nach einer kurzen Berührung des Wassers färbte es sich grün und Ragnarök nahm einen kurzen Anlauf, um dann schwungvoll in den Teich zu springen. Er fand sich in Genesis' lebhaften Wald wieder. Das Gras unter seinen Pranken verdorrte augenblicklich.

»Hallo Schwester«, knurrte er, wobei seine Stimme von überall zu hören war. Vögel flohen aus einem Busch in seiner Nähe. Die grüne, große Hirschkuh drehte sich zu ihrem Bruder um.

»Was denkst du hat Chrono vor?«, fragte Genesis.

»Der Junge wird sich entscheiden, seine Kraft anzunehmen. Eine Wahl hat er nicht wirklich, dafür ist Chrono zu geschickt mit seinen Worten. Ich will Kanoes Fall sehen und das ist nur mit meiner Hilfe möglich, da du es ja verbockt hast, indem du den Dämonenkönig beinahe unsterblich gemacht hast.«

Sie schnaubte.

»Ich werde nie tun, was du möchtest. Kanoes Absichten waren einst rein. Er war schon dabei, als unsere Kommunikatoren geschaffen wurden. Doch er änderte sich.«

»Du hast ihn nicht gründlich genug untersucht, bevor du den Pakt eingegangen bist. Es bleibt dein Fehler. Er wirkte doch nur bei den Kommunikatoren mit, da er alle drei an sich reißen und somit uns unterdrücken wollte. Kanoe muss sterben und ich bin die Waffe dazu. Das sagte

24

ich auch Azaroth, dem Idioten. Doch der Zutritt zu Daemon City ist nur über Portale möglich, die du damals geschaffen hast – eventuell musst du es wieder tun. Chrono ist hier eigentlich nicht von Nöten.«

»Wie aus dem Nichts aufgetaucht und dann redet er auf diesen Jungen ein, der scheinbar in seiner Welt verschwand. Er will sich so eine Möglichkeit für eine große Veränderung schaffen. Doch er überschätzt sich, wie er es schon immer tat. Er weiß, dass unsere drei Mächte niemals vereint werden dürfen, sonst...«

»Und trotzdem sind wir essenziell, um den König zu erledigen, er nicht. Das weiß er, auch wenn er es bestimmt nie zugeben würde. Das Risiko der Verschmelzung ist für ihn absolut in Ordnung. Er ist wahnsinnig. Gut, dass er den Standort unserer Kommunikatoren nicht wissen kann, da diese vor uns versteckt bleiben.«

Genesis sah nach oben und streckte sich.

»Ich hoffe auf die Menschen in der Welt, dass sie sich nicht verleiten lassen. Sie sind im Inneren gute Geschöpfe.«

Ragnarök musste ein Lachen unterdrücken.

»Menschen sind grausam und egoistisch, deshalb gefallen sie mir. Sie werden alles tun, um sich selbst auf eine gottgleiche Ebene zu heben. Wir werden sehen, was der Lauf der Zeit bringt.«

»Zeit ... Chrono denkt, er wäre wichtiger als wir, dabei bemerkt er nicht, dass keiner von uns ohne die anderen existieren kann.«

4

Es war eine Woche vergangen, seitdem Mike das Angebot erhalten hatte. Er hatte viel nachgedacht, mit Lucy gesprochen, wie es wäre, wenn er nun auch magische Fähigkeiten besäße. Sie hatte ihm zugestimmt, dass, wenn der König der Dämonen wirklich zurückkehrte, sie jede einzelne Kampfkraft brauchen würden. Zunächst schenkte sie Chronos Aussage kein Vertrauen, doch als Vior ihr das Gleiche dann auch erzählte, sah sie es ein. Schließlich war er ein Zeitzeuge.

Nun saßen alle versammelt im Wohnzimmer. Herr Berg hatte sich in seinen Sessel gesetzt, während Drak halb schlafend auf dem einen Sofa lag. Celina saß neben ihm und beobachtete aus ihrem gesunden Auge aufmerksam das gegenüberliegende Sofa, auf dem sich Mike eingequetscht zwischen Lucy und Vior befand.

»Wenn du dich unwohl fühlst, musst du das nicht tun«, sagte Lucy nun.

»Ich habe lange genug nachgedacht und jetzt ich werde es auch tun.«

Vior kramte die leuchtende Kugel hervor und legte sie auf Mikes Schoß.

»Bitte sehr, fang an.«

Vorsichtig griff er sie mit beiden Händen und hielt sie vor sich. Mit geschlossenen Augen dachte er an seinen Sturz von der Treppe, wie Viors Zauber ihm die Beine weggerissen hatte. Minuten verstrichen, in denen sich nichts tat. Plötzlich stand Vior auf und meinte trocken: »Komm mit, wir schmeißen dich noch einmal die Treppe runter.«

Lucy protestierte und stand ebenfalls auf.

26

»Du kannst ihm doch nicht einfach wehtun, nur weil es nicht auf Anhieb klappt!«

»Er ist ein Mensch, woher soll er das Potenzial haben, um so etwas von sich aus zu vollführen?«

»Du hast Angst. Vor deinen Taten ... und einer leuchtenden Kugel. Deshalb kamst du doch überhaupt her, oder?«

Vior bleckte die Zähne und Lucy zuckte kurz ängstlich zusammen. Es war ihr eindeutig peinlich, dass sie so reagiert hatte. Nun, da Mike endlich Platz auf dem Sofa hatte, konnte er sich besser in die Situation auf der Treppe hineinversetzen. Einige Zeit verstrich. Inzwischen konzentrierte er sich so stark, dass ihm schwindelig wurde. Dann, ohne Vorwarnung, verschwand er.

»Hey!«, rief eine quietschende Stimme, bevor Mike am Handgelenk gepackt und über die Pflaster des Bodens geschleift wurde. Ein paar Meter später realisierte dieser den Vorgang und versuchte sich aus dem Griff zu entreißen. Doch der Griff des jungen Chrono war stählern und lockerte sich keineswegs. Ihm blieb nichts anderes übrig, als den Boden unter sich vorbeiziehen zu sehen, während sein Körper vorangeschleppt wurde. Das T-Shirt rutschte nach oben, sodass er nun einige Schürfwunden erlitt.

»Lass mich schon los!«, blaffte er den vergnügten Jungen an, woraufhin dieser plötzlich stehen blieb. Mike nutzte die Gelegenheit, um sich umzudrehen und sah direkt in Chronos kindliches und doch böses Grinsen.

»Gerne doch«, sagte er langsam, bevor er Mike mit gewaltiger Kraft von sich schleuderte. Während er fiel, flogen abermals seltsame, unheimliche oder langweilige Erinnerungen durch seinen Kopf.

»Ich entschuldige die Unannehmlichkeiten.«

Mike rappelte sich auf. Ihm war schwindelig.

»Was sollte das denn?«

Der alte Mann ging nicht auf seine Frage ein und bedeutete ihm, sich an seine Fersen zu heften. Er sprach kein Wort, bis sie das Schloss erreicht hatten. Das Tor öffnete sich wieder ohne Fremdeinwirkung und beide traten ein.

»Du hast dich also entschieden, meine Gabe anzunehmen?«, ergriff Chrono das Wort, während sie an den aufgereihten Statuen vorbeischritten.

»Ja, aber nicht, um Lucy oder sonst irgendjemanden zu übertreffen. Ich will ein nützliches Mitglied des Teams sein und endlich eine Hilfe darstellen.«

»Interessant.«

Wortlos gingen sie voran, an den schier endlosen Podesten mit und später ohne Figuren darauf vorbei. Mike schüttelte verwirrt den Kopf, als sie unerwartet hielten. Doch dann bemerkte er, dass sie sich an einer Mauer befanden. Diese Mauer wurde jedoch von einem riesigen Spiegel verdeckt, welcher die Illusion eines endlos großen Raumes erzeugte. Ein Stück löste sich auf Chronos Handbewegung hin und schob sich zur Seite, um so den Eingang in eine schmale Höhle freizugeben. Der Junge zögerte zunächst, doch wurde von dem Gott hineingeschoben.

»Dies hier ist meine Welt, das heißt, ich kann alles beeinflussen. Theoretisch könnte ich dir auch hier und jetzt einen Teil in deine Seele einsetzen, aber wo wäre die Atmosphäre dabei? Wir machen deshalb ein kleines Ritual.«

Die Tür schloss sich wieder hinter ihnen und für einen kurzen Moment wurde es finster. Dann öffnete sich die gegenüberliegende Wand, welche so den Blick auf eine kleine Kapelle freigab. Schwaches Licht strömte heraus. Beim Eintreten sah Mike sich um. In alle Wände war eine Nische eingelassen, in der viele kleine Kerzen standen. Ihr Licht warf flackernde Schatten, die sich überall und doch gar nicht überschnitten, an die anderen Wände. In der Mitte stand ein Schrein aus schwarzem Gestein, der mit den verschiedensten Uhren bedeckt war. Die Zeiger der Wecker, Armbanduhren und Tischuhren drehten sich chaotisch und vollkommen taktlos in beide Richtungen. Dahinter stand eine Platte aus demselben, schwarzen Stein. Mike zuckte zusammen, als er erkannte, dass sich auf eben jener Platte eine gefesselte Person befand. Sie war männlich, muskulös und trug außer einer kurzen, schwarzen Hose und einem langen, weißen Schal, der um ihren Kopf gewickelt war und nur einen kleinen Schlitz für die Augen freiließ, nichts.

Als Mike vorsichtig einen Schritt nähertrat, wand sich der Mann lautlos. Er war an Armen und Beinen an den Stein gefesselt und dadurch bewegungsunfähig. Von ihm ging die gleiche, seltsame und drückende Ausstrahlung aus wie auch von Chrono, bloß schwächer.

»Das ist Fenrir«, meinte der alte Mann.

»Warum ist er gefesselt? Du müsstest nicht so einsam sein.«

»Fenrir hat keine große Persönlichkeit, er ist nur ein Bruchteil eines Menschen. Er ist ein Werkzeug. Er bringt etwa so viel als Gesellschaft wie ein Brett an der Wand. Außerdem brauche ich niemanden hier. Ich bin ein Gott. Also dann ...«

Chrono wandte sich zu dem Gefesselten und bewegte kurz seine Hand, wodurch die Fesseln sich lösten und wie Schlangen davonrutschten. Sofort richtete sich die Gestalt auf und kniete sich vor seinem Befreier nieder.

»Mike, leg dich auf die Bahre.«

Mike rührte sich nicht. Er wollte nicht gefesselt und machtlos daliegen.

»Leg dich hin!«

Schweigen.

»Leg dich hin!«

Zögerlich nahm Mike Platz und streckte sich aus. Kaum lag er vollständig darauf, wickelten sich die Fesseln um seine Glieder, sodass er sich nicht mehr bewegen konnte.

»Warum tust du das? Du wolltest mir doch helfen?«, schrie Mike in Panik auf. Der Mann zu seinen Füßen richtete sich auf und tat einen bedrohlichen Schritt in seine Richtung. Chrono schlug sofort in Fenrirs Nacken, woraufhin dieser auf die Knie brach. Ein weiterer Stoß folgte und er kippte nach vorne, wo er dann mit dem Gesicht gegen den Boden liegen blieb.

»Bleib liegen. Halt dich einfach aus meinen Sachen raus«, sagte Chrono fast schon monoton, während er seinen Fuß auf Fenrir setzte.

»Also, Mike, ich werde gleich meine Kräfte anwenden und deine Zeit stoppen. Für dich wird also keine Sekunde vergehen und auch dein Leben wird nicht kürzer. Dann werde ich meine Macht gegen deine Seele drücken, sodass sie aus ihrem Schlummer erwacht. Du wirst danach merken, dass du dich selbst noch lange nicht kennst und wirst alles um dich herum anders wahrnehmen. Das Bewusstsein über die eigene Seele zu erlangen, ist ein wichtiger Schritt zur Nutzung der Zauber. Dann werde ich deiner erwachten Seele ein Stück entreißen und das entstandene Loch mit meiner Seele stopfen und es sozusagen vernähen. Gerade der zweite Teil des Prozesses ist enorm schmerzhaft, da deine Seele Schaden erleidet, wenn nicht sogar tödlich. Deshalb friere ich dich in der Zeit ein, sodass du nicht einmal mitbekommst, dass etwas geschieht.«

Bevor Mike protestieren konnte, berührte Chronos Handfläche seine Brust.

Chrono ließ seine Finger knacken. Der Junge vor ihm war wie versteinert. Sein ängstlicher Blick bohrte sich in die Wand neben dem Gott. Für ihn würde keine Zeit vergehen. Nun sammelte er Kraft in seiner Hand, bevor er mit der flachen Faust auf den Körper schlug, welcher unter der Macht kurz erzitterte. Er spürte, dass nun mehr vor ihm lag als noch vor ein paar Sekunden. Abermals wandte er einen Zauber an, woraufhin sein Arm von weißem Licht umhüllt wurde. Problemlos glitt er durch Mikes rechte Hand hindurch, bis er dann dessen Seele erspürte. Er packte die für ihn klebrige, gummiartige Substanz und riss daran. Seine Hand verließ den Körper, noch immer an der Seele klammernd, doch darauf bedacht, sie nicht vollends zu entreißen. Chronos Augen begannen zu glimmen. Er konnte sie nun sehen, die weiße Seele des Menschleins. Sie war sehr matt und hatte keinen Glanz in sich. Schwach. Sie hatte die Form des Jungen, doch der Teil an der rechten Hand hing wie ein Kleidungsstück in seinem Griff. Er formte das Licht an seinem anderen Arm zu einer schmalen Klinge und durchtrennte den Teil der Seele, den der herausgezogen hatte. Als er seinen Griff lockerte, löste sich das herrenlose Stück auf und verschwand für immer. Der Gott blickte an sich selbst herab und musste die Augen zusammenkneifen, damit das gleißende Licht seiner goldenen Seele ihn nicht blendete. Menschen leuchteten weiß, Magiefähige, darunter Dämonen- und Jäger silbern und die drei Urkräfte golden. Je heller eine Seele leuchtete, desto stärker war

31

sie auch. Chrono schwor darauf, dass seine Seele heller als die seiner Artgenossen war.

Nun griff er in seinen eigenen Körper hinein und griff auch hier einen Teil seiner Seele und schnitt ihn ab. Doch diesmal hielt er das Stück fest in seiner noch immer glühenden Hand, führte es zu dem starren Jungen und drückte es in die seelenleere Hand. Kaum berührte der goldene Fetzen die Seele, verschmolzen sie miteinander. Chrono drückte sie etwas zurecht, bevor er seine Hand herauszog und den Zauber darauf erlöschen ließ. Er beobachtete nun, wie der goldene Teil kleine Schlieren, die aussahen wie kleine Tentakel, durch den anliegenden Abschnitt der Seele wachsen ließ. Zufrieden ließ er auch seine Seelensicht verschwinden, bevor er Mike vom Zauber erlöste.

»Lass mich frei, ich will hier nichts von „tödlich" hören!«, brüllte dieser unmittelbar danach. Chrono sagte nichts, sondern löste die Fesseln.

»Was …?«, stammelte Mike. Es kam ihm so vor, als wüsste er nun wirklich, was sein Körper war. Seine Sinne schienen stärker geworden zu sein.

»Es ist schon getan.«

»Spüre ich deshalb –?«

»Ja.«

»Kann ich –?«

»Ja.«

»Wirst du mir –?«

»Ja. Folge mir. Fenrir, du auch.«

Wortlos stand dieser auf und heftete sich an Chronos Fersen, während sie wieder in die große Halle schritten.

»Keine Sorge, falls du ein wenig Schwindel spürst. Das ist normal.« Erleichtert atmete Mike aus.

32

»Also dann. Fangen wir mit den Übungen an. Normalerweise müsste jemand, der meine Kräfte anfragt, seltsame Posen einnehmen. Das ist bei dir zum Glück nicht der Fall. Erster Zauber: Zeitstopp. Diesen Zauber habe ich auch bei dir angewandt. Zwar zehrt er sehr stark an deiner Seele, aber er ist einfach und sehr effektiv in vielen Situationen. Ich denke zudem nicht, dass du in der Lage bist, jemanden länger als drei Sekunden am Stück erstarren zu lassen. Versuche, dieses Bewusstseinsgefühl innerhalb deines Körpers in deine Handfläche zu leiten und dann sprich: „Zeitstopp", bevor du Fenrir damit gegen die Brust schlägst.«

Fenrir verschränkte die Arme und blickte Mike ausdruckslos an. Dieser zitterte vor Aufregung. Er tat, wie Chrono es ihm erklärt hatte, doch sein Schlag bewirkte nichts. Niemand sagte ein Wort, daher setzte Mike von neuem an. Immer und immer wieder.

»Es geht nicht.«

»Fokussier dich darauf, wie du es beim Kampf tust.«

»Beim Kampf fokussiere ich mich auf mein Schwert, nicht auf meine Hand.«

»Interessant.«

Der Gott zog aus seiner Kleidung plötzlich ein Objekt hervor, das aussah wie der silberne Zeiger einer alten Uhr. Von der Länge her glich es Victa, Mikes Schwert. Kleine Blitze aus uralter Energie zuckten um die Klinge.

»Das ist ein Geschenk an dich. Es ist ein Schwert, welches besonders gut Magie leitet. So sollte es besser klappen, auch wenn der Zauber vielleicht etwas an Stärke verliert.«

Mike ergriff sich den silberblauen Uhrzeiger. Das Schwert war leicht und lag gut in der Hand. Beide Seiten waren geschärft und auch die Spitze schien gefährlich.

»Versuche es noch einmal«, meinte der alte Mann.

»Fenrir wird nichts passieren, keine Sorge.«

Die pechschwarzen Augen des Vermummten starrten ihn durchdringend an. Beim erneuten Angriff leuchtete das Schwert kurz silbern auf, bevor die Klinge gegen den nackten Oberkörper prallte. Keine Wunde.

Enttäuscht wollte Mike sich an Chrono wenden, doch dieser bedeutete bloß mit einer Kopfbewegung, schnell zurückzusehen. Fenrir stand dort. Doch plötzlich taumelte er einen Schritt zurück und Blut spritze aus seiner Brust, an der nun ein Schnitt prangte. Knurrend ging er wieder einen Schritt vor und stellte sich auf, als hätte er keine Wunde in seinem Körper, aus der viel Blut rann. Der Blutstrom versiegte innerhalb eines Moments und auch die Wunde war nicht mehr zu sehen.

»Hat es ge –?«

»Ja. Nächste Lektion. Konzentriere dich auf das Schwert und dann auf deine Augen. Sprich: „Seelensicht".«

Mike tat wie befohlen und plötzlich sah er in Fenrir eine weiße, fast schon durchsichtige Masse, die über und über mit vielen Goldenen Fäden, die aussahen wie Nähte, bedeckt war. Als er Chrono anblickte, schlossen sich seine Augen reflexartig, um vor dem gleißenden, goldenen Licht zu schützen. Er wollte gerade seine eigene Seele ansehen, da packte ihn Chrono am Arm und zerrte ihn durch die Halle, bis sie bei dem Spiegel angelangt waren. Mikes Zauber verschwand, da er keine Konzentration aufbringen konnte.

»Wir machen ein anderes Mal weiter. Zeit, zu gehen«, sagte der alte Mann. Seine Stimme zitterte, als ob er sich gerade gewaltig anstrengen würde.

»Aber ...«

Ohne weitere Worte wurde der Junge in den Spiegel befördert und verschwand.

Chrono brach auf die Knie und umklammerte sich selbst. Er hatte zu lange die Form des alten Mannes aufrechtzuerhalten versucht. Um eine gewaltsame Verwandlung zu verhindern, hatte er dem kleinen Jungen viel Zeit im Laufe der letzten Woche gegeben, sodass diese Version seines Selbst etwas ermüdet sein würde. Doch der Natürliche Rhythmus der Verwandlung würde ihn früher oder später dann doch übermannen. Jetzt war dieser Punkt gekommen. Es würde eine Weile dauern, bis er wieder längere Zeit als weiser Mann umherwandeln konnte. Wieso hatte das gemeine und aktive Kind auch mehr Energie? Chrono hasste es, dass es diese Phasen gab, in denen er nichts Sinnvolles tun konnte, da er mit Herumtollen beschäftigt war.

5

Mike stolperte und fiel der Länge nach in sein Wohnzimmer. Sofort stürzte Lucy zu ihm und half ihm auf die Beine. Verwundert hob sie den Uhrzeiger auf, der flach auf dem Boden lag.

»Vorsicht. Es ist scharf«, meinte Mike. Plötzlich hörte er Schritte hinter sich und drehte sich um. Dort stand Vior, der gerade genüsslich in ein Brötchen biss, aus dem etwas Käse heraus hing.

»Na dann, erzähl mal.«

Er kam näher und verstaute das angebissene Brötchen in der Innentasche seines Mantels. Als Mike zu erzählen begann, fanden sich die anderen Hausbewohner ebenfalls schnell bei ihm ein.

» ... und dann warf er mich einfach so raus. Das Training wird noch fortgeführt.«

»Allerdings wird Kanoe nicht warten, bis du deine Ausbildung vollendet hast«, warf Vior ein.

»Hast du einen besseren Vorschlag?«

Lucy blickte angewidert zu Vior hinüber. Er beachtete sie nicht weiter, obwohl er auf ihre Frage einging.

»Ich denke, wir sollten unsere Suche nach den anderen Urkräften bereits beginnen. Mike ist ja scheinbar nicht ortsgebunden, wenn er zu Chrono möchte.«

»Oh, toll! Die ganze Welt absuchen, alle Tiefen, alle Höhen. Da freue ich mich drauf.«

»Ich habe bereits Anhaltspunkte. Eine sinnlose Suche würde mir so nie einfallen.«

Der maskierte Mann stellte sich in die Mitte des Raumes und begann, das Gesprochene mit seinen Händen zu begleiten.

»Ihr wisst doch sicherlich noch, dass Lucifer, also ein Teil des Königs, wöchentlich neue Gefahren in „sein Reich" befördert hat. Da es sie so nie in der echten Welt gab, muss er sie also mit Magie erschaffen haben. Ich bin mir sicher, dass er Genesis in seinem Besitz hat. Ragnarök wiederum habe ich vor etwa 500 Jahren bereits gesehen. In den Händen dieses Mädchens, dieser Dämonin. Sie und ihr Freund erzählten mir von einem Ort, an den sie unbedingt gehen mussten, um Azaroth einen Wunsch zu erfüllen. Das wäre die Spur, um Ragnarök zu finden. Auf dem Weg könnte man auch mein altes Haus durchsuchen. Zumindest das, was davon übrig ist.«

»Bin nicht zufriedengestellt.«

»Ach komm Lucy, beschwer dich nicht. Lass es uns versuchen!«

»Na gut, aber ich werde ganz sicher nicht mit so wenigen Leuten gegen so jemanden antreten, der die Macht von Lucifer UND Marcurio besitzt.«

Herr Berg trat in das Zimmer.

»Nun ja, ihr kennt doch ein paar gute Leute noch aus eurer Zeit im Seelengrab. Ich bin mir sicher, Celina wird euch ebenfalls unterstützen. Ich wäre ebenfalls gerne dabei, aber erstens bin ich bereits ein Rentner und habe keinen Zugriff auf das Arsenal des MWD und zweitens wäre ich ohnehin mit meinem beschränkten Körper keine Hilfe. Jedoch kann ich vielleicht die MWD-Führung überzeugen, für das ungewisse Projekt zwei fähige Leute abzutreten. Immerhin war ich eine führende Kraft.«

»Was ist denn eine MWD?«, warf Vior ein.

»Nun, der Mutantenwachdienst ist eine geheime Organisation, die sich mit der Überwachung und Geheimhaltung von Mutanten und

Drachen beschäftigt, sodass die Menschheit nichts von deren Existenz erfährt.«

»Quasi geheime Dämonenjäger, die aber nicht töten, sondern den Kopf tätscheln und sagen „Nein, nein, das darfst du nicht".«

Der Mann warf dem Dämonenjäger einen abwertenden Blick zu, knurrte und meinte noch kurz, bevor er das Zimmer verließ: »Deine Aktion im Einkaufszentrum war zum Glück einfach als Explosion einer Gasleitung zu tarnen. Kein Mensch weiß von deiner Existenz als Dämonenjäger.«

Vior biss sich auf die Unterlippe und sagte nichts. Er sah zum ersten Mal verletzt aus. Mike blinzelte und als er seinen Blick wieder auf die Maske richtete, war das Gesicht wieder entschlossen.

»Wohl ein Irrtum«, dachte er sich.

»Wir brechen gleich morgen auf, suchen nach Ragnarök. Mein altes Haus ist gar nicht so weit entfernt. Mein Auto steht hier hinten im Wald.«

Vior deutete in eine scheinbar beliebige Richtung.

»Wie kannst du denn mit der Maske Auto fahren?«

»Indem ich mich hinter das Steuer setze und losfahre. Wenn mich irgendjemand anhält und Fragen stellt, ergreife ich mit einem Geschwindigkeits-Zauber die Flucht. Ich bin selten unter Menschen und wenn doch, lassen mich die meisten in Ruhe. Die haben Angst oder denken, ich trage ein „Cosplay". Ich wohne abgeschieden und kann mich selbst ernähren. Was ein paar Pflanzen-Zauber nicht ausmachen.«

»Wovon ernährst du dich, wenn du nicht gerade Zuhause bist oder unseren Kühlschrank plünderst?«, fragte Lucy.

»Ich stehle. Denkt ihr, das Auto wäre meines?«

Die Dämonin rollte mit den Augen.

»Nun ja, trefft eure Vorbereitungen, nehmt nur das Nötigste mit. Nur Mike und Lucy. Celina, du kümmerst dich bitte schon um die ehemaligen Mitstreiter aus dem Seelengrab und bestellst alle her, die du finden kannst. Beherberge sie bis wir wiederkehren. Drak, hilf ihr. Du kannst nicht mit. Du bist einfach... zu auffällig. Ich möchte früh los, wenn die Straßen leer sind. 4:30 Uhr.«

Er stand auf und verließ überraschend schnell das Haus.

6

In der Frühe des nächsten Tages lehnte Mike am Zaun des Grundstücks und kämpfte gegen seine Müdigkeit an. Immer wieder erwischte er sich dabei, wie seine Augen zufielen. Lucy hingegen saß auf dem kleinen Koffer, in dem sie ihre Sachen verstaut hatten und wirkte keineswegs müde. In Gegensatz zu Mike hatte sie nicht die halbe Nacht noch am Computer verbracht.

Sie verschränkte die Arme.

»Wir haben schon 4:32 Uhr und er ist noch immer nicht da. Wieso hören wir eigentlich auf so einen zwielichtigen Typen?«

Mike gab nur einen leisen Laut von sich, den man sowohl als „Ja" als auch als „Nein" hätte deuten können. Wobei keine der Antwortmöglichkeiten eine sinnvolle Antwort auf die Frage seiner Freundin gewesen wäre.

Dann hörten sie endlich ein Motorengeräusch, dass sich näherte. Ein blaues, flaches und älteres Modell eines Autos hielt direkt vor dem Haus. Am Steuer saß Vior. Lucy stieß Mike an und sie stiegen beide in das Auto. Sie bestand darauf, auf dem Beifahrersitz Platz zu nehmen, da sie dem Jäger auf die Finger gucken wollte. Mike wiederum setzte sich schlaftrunken auf die Hinterbank und platzierte den Koffer an seiner Seite.

»Kann es losgehen? Dein Freund da hinten scheint ja nicht gerade im Top-Zustand zu sein.«

»Fahr los. Hättest du nicht ein gutes Auto, das nicht so ranzig riecht, stehlen können?«

»Für so ein Auto lohnt es sich aber nicht, es als gestohlen zu melden.«

Wortlos fuhren sie los. Das Radio stotterte vor sich hin. Es hatte nicht einmal einen Kassettenspieler.

Kaum waren sie ein paar Meter gefahren, hörte Lucy einen dumpfen Schlag von der Rückbank. Ohne sich umzudrehen wusste sie, dass Mike soeben eingeschlafen und umgekippt war. Sie rollte mit den Augen. Nichtsnutz. Schweigend beobachtete sie die Aktionen des Fahrers.

»Wieso verabscheust du mich so sehr?«, fragte Vior nach einiger Zeit.

Lucy warf ihm bloß einen giftigen Blick zu.

»Mir passt es auch nicht, mit einem Dämon wie dir zu arbeiten, aber es fällt mir nicht gerade leichter, wenn diese Dämonin nicht im Geringsten kooperieren will.«

»Es gibt mehr als genug Gründe, dich zu verabscheuen. Als Dämonenjäger bist du mein natürlicher Todfeind. Du kamst damals nur deshalb in das Seelengrab, weil du mich töten wolltest. Du handelst immer nur für dich selbst und nimmst keine Rücksicht. Ich bin nur noch am Leben, weil du dich mir gegenüber schuldig gefühlt hast und du dich mit Mike verstehst. Mir ist schon klar, dass du versuchst, ihn als Dämonenjäger zu erziehen, aber das wird nicht klappen. Er wird den Weg eines Dämons wählen und seine Stärke selbst trainieren, anstatt anderen ihre Erfolge zu entziehen, nachdem man sie ermordet hat.«

»Er hat sich seine Kraft aber nicht selbst verdient und außerdem müssen wir nun einmal zusammenarbeiten, wenn wir der Menschheit helfen wollen.«

Keiner sprach danach ein Wort, bis der Wagen schließlich auf einem Feldweg zum Stehen kam.

»Da wären wir. Ich war schon ewig nicht mehr zuhause.«

Vior stieg aus und Lucy drehte sich nach hinten zu Mike, welchem sie sanft gegen das Bein boxte.

Einige Minuten später liefen sie zu dritt auf das einzige Haus in der Gegend zu. Es war ein kleines Bauernhaus, das zu den umliegenden Feldern gehörte. Vior schlug mit der Hand drei Mal gegen die Tür. Von drinnen ertönte eine Stimme.

»Wir besitzen eine Klingel, verdammt! Wir leben doch nicht im 16. Jahrhundert!«

Kurz darauf öffnete ein Mann mittleren Alters die Tür und starrte die rotweiße Maske an. Ein Spruch schien bereits auf seiner Zunge zu liegen, doch Vior kam ihm zuvor.

»Entschuldigen Sie die Störung und die Maske. Ich bin Forscher und leider ist mein Gesicht sehr unansehnlich entstellt. Diesen Anblick möchte ich Euch ersparen. Diese beiden jungen Menschen hier sind meine Assistenten. Wir erforschen zurzeit die Hintergründe und Abstammungen der Menschen in dieser Gegend.«

»Der da hinten ist aber nicht ganz bei der Sache«, lachte der Mann und deutete auf Mike, der mit halbgeschlossenen Augen noch immer in einem Dämmerzustand war.

»Ich muss mich gleich um die Felder kümmern, aber meine Frau kann euch bestimmt ein wenig weiterhelfen.«

Er schob sich an den dreien vorbei und bedeutete ihnen, dass sie eintreten könnten. Das Wohnzimmer war gemütlich gestaltet und im Kamin prasselte das Feuer. Aus der Küche kamen Geräusche.

»Kinder, geht doch schonmal zu unseren Gästen, ich komme sofort nach.«

Aus der Küche erschienen zwei unterschiedlich alte Kinder, ein Junge und ein Mädchen. Kaum hatte Vior die Kinder erblickt, taumelte er ein paar kleine Schritte zurück. Dies war das erste Mal, dass Lucy ihn verunsichert erlebte.

»Hast du Angst vor Kindern, oder was?«, spottete sie.

Viors Miene festigte sich wieder und er schnaubte bloß. Das Mädchen, die ältere von den beiden, stellte sich vor die Gruppe und salutierte mit einem Kichern.

»Hallo Fremde, ich heiße Kommandantin Lillian und der Kerl da hinten ist Max, mein Dienstmädchen.«

»Ich bin kein Dienstmädchen!«, quengelte der Kleine.

Bevor der Streit ausarten konnte, betrat die Mutter das Zimmer. Sie war eine große Frau, die alle Anwesenden überragte. Unter ihrem Arm trug sie ein altes Buch. Sie schien zu gut vorbereitet zu sein.

»Es freut mich, dass jemand Interesse an unserer bescheidenen Familie zeigt. Setzt euch.«

Die Besucher setzten sich auf die eine Sitzbank an dem großen Tisch, die Hausherrin nahm auf der anderen Seite Platz. Von dort aus ließ sie ihren Blick über die drei schweifen.

»Mich würde echt interessieren, wie Sie die Verletzung in Ihrem Gesicht erlitten haben. Noch interessanter wird die Sache dadurch, dass Sie mit einer echten Dämonin umherreisen.«

Erschrocken sprang Lucy auf. Sie schien kampfbereit. Mike legte beruhigend eine Hand auf ihre Schulter. Die Frau wiederum grinste.

»Ich hatte also Recht. Keine Angst, ich werde dir nichts tun. Setz dich bitte wieder.«

Knurrend ließ Lucy sich herab. Ihre Miene war keineswegs so freundlich, wie sie es vorher war.

»Es ist nicht entstellt, ich zeige mein Gesicht bloß nicht. Wären Sie so freundlich, etwas über Ihre Familie zu erzählen?«

Die Frau schlug ohne zu zögern das Buch auf.

»Das hier ist so etwas wie ein Familientagebuch. Wichtige Ereignisse werden hier verzeichnet. Begonnen wurde es von Harald Orth, meinem Vorfahren.«

Mike bemerkte, wie Vior für einen Moment zusammenzuckte und daraufhin seine Hände ballte.

»Der erste Eintrag lautet wie folgt: „Ich kaufte mir dieses leere Buch, da in letzter Zeit viele Ereignisse geschehen sind, die ich gerne in Erinnerung behalten möchte. Vor etwa einer Woche ließ mein lieber, großer Bruder Viktor mich und Lilli hier zurück, ohne einen Abschied. Stattdessen sind nun zwei Dämonen hier, die sich super um uns kümmern. Elucia und Shou sind echt sehr nett. Sie sind Freunde unseres Bruders. Sie behaupten außerdem, sie würden nicht mehr zaubern wollen und ich soll keinem etwas davon erzählen. Sie möchten ganz dringend eine Klippe in Südamerika besuchen gehen, haben aber kein Geld für die Reise. Ich bin mir sicher, dass Viktor zurückkehren wird, wenn die beiden ihre Reise antreten. Er ist so lieb, er kommt bestimmt wieder. Ich freue mich, ihn wiederzusehen. Dann erzählt er mir von seinen Abenteuern und bringt ganz tolle Sachen mit.“«

Vior richtete sich auf und ging zügig aus dem Haus hinaus. Mike wollte ihm folgen, doch Lucy hielt seinen Arm fest.

»Nicht.«

Mike verstand zwar nicht, aber er blieb ruhig sitzen. Auch die Hausherrin schien verdutzt, fuhr aber fort.

»Zweiter Eintrag: „Viktor ist nicht zurückgekehrt. Es sind jetzt bald vier Jahre vergangen. Wir haben es gemeinsam geschafft, das Geld für die Reise anzusparen. Nächstes Jahr werden sie verreisen. Lilli hat vor kurzem die Arbeit in den Minen begonnen, sodass der Kräutergarten allein mir gehört. Elucia hat einen Sohn geboren, er trägt den Namen Zhean. Dämonen sind überhaupt keine Monster, sie sind bloß Menschen mit lilafarbenen Augen."

Dritter Eintrag: „Beide Kinder der Dämonen sind von Zuhause davongegangen. Sira floh zornig. Ich weiß nicht, ob ich fragen soll, was vorgefallen ist."

Vierter Eintrag: „Die Dämonen sind abgereist, wir sind zum ersten Mal auf uns allein gestellt. Viel Spaß im Urwald, Elucia und Shou!"

Fünfter Eintrag: „Ich begann auch meine Arbeit in den Minen, drei Jahre nach meiner Schwester. Sie wurde vor ein paar Tagen in einem Haufen Schutt und Staub begraben, kam aber zum Glück lebend heraus. Seitdem hustet sie ununterbrochen. Ich mache mir Sorgen um ihre Gesundheit."

Sechster Eintrag: „Der Husten wird immer schlimmer und selbst unsere Kräuter können ihn nicht mehr beruhigen. Ihre Atmung ist schwer, ich höre, wie sie nachts um Luft ringt."

Siebter Eintrag: „Lilli ist nicht mehr. Ich wachte auf, da sie einen lauten Hustenanfall erlitt. Er hörte einfach nicht auf. Nichts half. Plötzlich erschlaffte sie in meinen Armen und ich hörte weder Atem noch Herzschlag. Ich bin allein. Ich kann nicht schlafen. Ich war nicht bereit. Was soll ich tun?"

Ab hier werden die Einträge immer ungenauer. Er schafft es, seinen Kräutergarten auszubauen, kauft das umliegende Land ein und baut Getreide an. So entflieht er der Mine, die er zutiefst hasst. Später zieht eine Frau hier ein, die er jedoch nie heiratet. Sie bekommen drei gemeinsame Kinder. Jahre später wird die Mine geschlossen, da es vermehrt zu Todesfällen kam. Irgendwann schreibt seine Geliebte, dass Haralds Herz bei der Arbeit auf dem Feld versagte. So zieht sich das über

Generationen hinweg. Bis ich dann meinen Mann in der Stadt treffe und er hier zu mir zieht und wir unsere beiden Kinder bekommen. Wir haben diesen Hof nie aufgegeben. Die beschriebenen Dämonen sind nie zurückgekehrt und unsere Familie verlor den Glauben daran, dass es sie jemals gab. Ich wusste schon immer, dass da was dran ist und nun habe ich den lebendigen Beweis vor meiner Nase.«

Glücklich sah sie Lucy an, welche etwas irritiert zurückblickte.

»Können Dämonen zaubern?«

Lucy fühlte sich bedrängt und blickte hilfesuchend zu Mike. Dieser nickte ihr aufmunternd zu. Daraufhin streckte sie ihren Arm hervor und ließ aus der Handfläche eine kleine Stichflamme hervorschnellen. Die Augen der Frau begannen zu glänzen.

»Das ist ja so cool! Was kannst du sonst noch?«

»Meine Magie nennt sich „Elementare Zerstörung", also kann ich Feuer, Eis und Blitze erscheinen lassen, die Schäden anrichten. Alle drei Elemente sind in ihrer Stärke stark beschränkt, sodass ich kein Gewitter, eine große Flammenexplosion oder einen Blizzard beschwören kann. Zudem kann ich kleinere Heilungen durchführen, Gifte neutralisieren und Schilde erschaffen, die kleine Projektile blockieren. Von allem etwas.«

»Bitte zeig mir etwas davon.«

»Die Frau hat uns geholfen, erfülle ihr doch den kleinen Wunsch«, meinte Mike und stupste Lucy sanft mit dem Ellenbogen.

»Ich gehe solange ein wenig frische Luft schnuppern.«

Lucy überlegte kurz, bevor sie einwilligte und den nächsten Zauber wirkte.

Mike trat aus der Tür heraus und sah sich um. Wo war Vior? Vor ihm stand nichts weiter als das verlassene Auto. In der Ferne tuckerte der

46

Traktor des Bauern herum. Langsam schlenderte Mike um das Wohnhaus herum, bis er auf der Rückseite auf eine flache Mauer stieß. Im Inneren der ummauerten Fläche befand sich ein kleiner Friedhof mit einigen Grabsteinen. Dort, inmitten der Gräber kniete Viors maskierte Gestalt. Vorsichtig näherte sich Mike und begrüßte ihn.

Vior richtete sich auf.

»Ich betrachte gerade die Steine hier. Die Dämonen sind hier nicht begraben, aber echt interessant, dass die Familie hier schon so lange lebt.«

Mike blickte herab auf den Stein, vor dem Vior gekniet hatte. Auf ihm standen die Namen Viktor, Lilli und Harald Orth und die jeweiligen Geburts- und Todesdaten. Bei Viktor stand jedoch kein Todesdatum, sondern bloß „unbekannt".

»Hier liegen Lilli und Harald Orth, mögen sie in Frieden ruhen. In Gedenken an Viktor Orth, welcher spurlos verschwand«, las Mike laut vor.

»Genau das sind die drei, die mit den Dämonen zu tun hatten.«

»Du bist Viktor.«

Vior senkte den Kopf.

»Schon lange nicht mehr. Er war ein Mensch. Viktor starb an dem Tag, an dem Vior seine Kräfte von Azaroth erhielt. Viktor hätte seine Geschwister nie im Stich gelassen. Vior hingegen hatte nie Geschwister.«

»Aha, okay«, sagte Mike, da ihm nichts Besseres mehr einfiel.

»Wie auch immer, lass uns schon einmal zum Auto gehen. Wir haben nun unseren Anhaltspunkt. Die Klippe, zu der die Dämonen gehen wollten. Stellt sich nur die Frage, wie wir es schaffen, in ein Flugzeug zu gelangen.«

»Du müsstest die Maske absetzen.«

»Kommt nicht in Frage. Eher schwimme ich. Also bleibt uns vielleicht nur noch versteckt auf einem Schiff.«

Schweigend gingen die beiden zurück zum Auto und setzten sich hinein.

Plötzlich ertönte eine Stimme in Mikes Kopf. Es war Chronos Stimme.

»Ich könnte dich allein an jenen Ort befördern, indem wir meine Welt als Portal nutzen. Deine Freunde müssten jedoch zurückbleiben.«

»Chrono?«, rief Mike erschrocken. Vior drehte sich zu ihm um.

»Geht es dir gut?«

»Ja, aber ich hatte das Gefühl, dass Chrono in meinen Gedanken zu mir gesprochen hat.«

»Habe ich auch.«

»Hat … er scheinbar auch. Er hat einen Vorschlag gemacht, ich erkläre alles, sobald Lucy wieder hier ist.«

»Hm.«

Einige Minuten später öffnete Lucy die Tür des Wagens und setzte sich hinein. Man konnte in ihrem Blick sehen, dass sie vollkommen entnervt war.

»Diese Frau wollte einfach nicht aufhören zu reden und Fragen zu stellen. Sehe ich etwa aus wie ein Lexikon? Bah.«

Vior startete den Motor und Mike begann zu erzählen.

» … Daher könnte ich so zu dieser Klippe gelangen und Informationen suchen.«

»Der mit Abstand einfachste, günstigste und schnellste Weg, so wie ich die Sache sehe«, meinte Vior.

»Aber er wäre alleine in einem fremden Land. Gefällt mir nicht. Ich muss ihn doch unterstützen.«

»Ich werde dir Fenrir als Unterstützung anbieten.«

Mike gab Chronos Worte wieder.

Murrend sagte Lucy: »Na gut, aber du musst nach zwei Tagen zurück sein, hörst du? Sonst komme ich mit dem erstbesten Flug hinterher und suche dich. Außerdem werde ich dir dein Reisegepäck zusammenstellen, sonst verendest du dort noch.«

Verlegen kratzte Mike sich am Kopf.

7

»Nimm die Füße vom Tisch!«, knurrte Lucy Vior an, welcher bloß grinste und seine Füße samt Stiefeln auf dem Esszimmertisch ließ.

»Wenn du hier für eine Weile leben möchtest, solltest du dich dementsprechend benehmen«, mischte sich Herr Berg ein.

Der Dämonenjäger folgte der Anweisung und schob die Füße unter den Tisch.

»Müsste Mike nicht so langsam fertig sein?«

Celina legte ihr Buch zur Seite und sah in die Runde.

»Stimmt. Er wollte ja nur nochmal duschen. Ich gehe mal nachsehen.«

Gerade als Lucy von ihrem Stuhl aufstand, hörte sie ein Poltern, welches aus dem Treppenhaus kam. Kurz darauf kam Mike mit einem großen Rucksack auf dem Rücken in das Zimmer. Daraus ragten die Griffe von zwei Schwertern hervor.

»Das ist schwer. Muss ich wirklich so viel mitschleppen?«

»Ja. Warum sind deine Haare nass?«

»Das passiert normalerweise, wenn man duscht.«

»Du willst mit nassen Haaren die Reise antreten?«

»Die trocknen schon.«

Ohne etwas zu erwidern ging Lucy davon und ließ die anderen verwundert zurück. Plötzlich kam sie wieder, packte Mike von hinten und riss ihn zu Boden. Mit einer Hand richtete sie den Föhn auf ihren Freund, in der anderen hielt sie den Stecker fest. Nun wirkte sie einen Stromzauber in jenen Stecker, sodass der Föhn in Mikes Haare blies.

50

Einige Zeit nach dieser Prozedur verabschiedete sich Mike von seinen Freunden, gab Lucy einen letzten Kuss, bevor er den Kommunikator fest packte und die Augen schloss.

»Das Ding brauchst du nicht mehr, du trägst einen Teil von mir in dir.«

Mike legte die Kugel beiseite, winkte noch einmal und schloss die Augen. Dann ließ er sich nach hinten fallen.

»Interessant. Du bist da.«

»Das weiß ich«, sagte Mike und klopfte sich den Staub von der Kleidung, nachdem er sich aufgerappelt hatte. Neben dem alten Gott stand Fenrir mit verschränkten Armen. Schweigend liefen sie in das Schloss und stellten sich vor dem großen Spiegel auf.

»Gibt es einen Plan?«, fragte Mike.

»Nein. Ihr werdet euch in der Gegend umsehen. Wenn alles gut läuft, findet ihr schon selbst, was ihr sucht. Ich mische mich bereits mehr ein, als ich sollte. Na schön. Auf geht's, solange der Junge in mir noch still ist.«

Bevor Mike sich beschweren konnte, wurde er bereits in den Spiegel gestoßen. Der warme Wind blies sanft durch sein Haar und er hörte die Wellen irgendwo unter ihm an den Felsen brechen. Nachdem er sich aufgerichtet hatte, sah er sich um. Er befand sich auf einer Klippe in einem Waldgebiet, etliche Meter unter ihm das bewegte Meer. Kein von Menschen erschaffenes Objekt war weit und breit zu sehen. Dicht bei ihm ragte ein Fels empor, welcher etwa einen Kopf größer war als Mike selbst. Beim genaueren Betrachten fiel ihm auf, dass jemand in diesen Felsen etwas hineingeritzt hatte. Er kniete sich daneben und kratzte etwas Dreck vom Stein.

»Hier ruht Aura, Silberengel des Lichts, ehemalige Beraterin des grausamen Königs Kanoe. Sie starb gegen den Dämonenjäger Teris und als treue Ehefrau und Unterstützerin Azaroths. Ihre Ruhe und Heiterkeit haben uns bereichert«, las Mike. Ein Stück darunter konnte er weitere Buchstaben erkennen, musste jedoch zunächst etwas Moos abschaben, um so den Rest lesen zu können: »Hier ruht Azaroth, Drachenkrieger-Dämon und Erretter der Menschheit und Dämonen gleichermaßen. Er verbrauchte seine letzte Kraft, um seine Frau Aura zu rächen und den Dämonenkönig Kanoe zu spalten. Sein Mut und sein unbändiger Wille haben uns motiviert. Wir vermissen euch. In Freundschaft, Shou und E-lucia.«

Nachdenklich richtete er sich wieder auf. Also war er zumindest schon am richtigen Ort. Auf Azaroths Spuren. Plötzlich krachte hinter ihm die Erde und der Boden brach auf. Staub gelangte in seine Lunge und er musste husten.

»Ich bin die läuternde Flamme. Ich bin das Vergessen. Mein Pfad folgt der Zeit und der Kraft der Seelen. Jene, die uns missbrauchen, werden bestraft. Untergang ist nah.«

Hustend warf Mike den Rucksack von sich und riss Victa aus der Scheide.

»Wer bist du?«, brüllte er in die Staubwolke hinein. Die Sicht wurde wieder besser und er erkannte eine am Boden hockende Gestalt, hinter der zwei lange Bänder im Wind wehten.

»Fenrir?«

»Ich bin es, korrekt«, sagte Fenrir und ging auf Mike zu. Endlich war der Staub verschwunden und Victa wurde zusammen mit der Scheide zurück in den Rucksack gestopft.

»Du kannst sprechen?«, wunderte sich Mike. Der vermummte Mann nickte bloß. Er würde wohl nichts erklären.

»Äh, ja … und jetzt?«

Mike wippte auf seinen Sohlen ungeduldig hin und her. Keine Antwort.

»Ach komm schon! Hier ist weit und breit nichts und du hältst es für unnötig, mir irgendetwas zu sagen?«

»Ich war nie ein Mann großer Worte und der Verlust meiner Seele hat sich sicherlich nicht positiv darauf ausgewirkt.«

»Hm. Verstehe.«

Der Junge drehte sich um die eigene Achse, suchte nach einem Anhaltspunkt für seine Suche. Nichts. Plötzlich ertönte Chronos Stimme in seinem Kopf.

»Bekommst du denn überhaupt etwas alleine hin? Gibt es hier etwa so viele Wege?«

»Komm mit«, meinte Mike trocken zu Fenrir und ging in Richtung des Waldes, da er nicht die Klippe hinunterfallen wollte. Einige Zeit lang schlugen sie sich durch dichtes Unterholz. Wasser sickerte zu ihnen durch und prasselte auf ihre Köpfe. Es regnete.

»Zeit für eine Lektion.«

Mike zuckte zusammen, zerhackte mit Victa eine letzte Ranke und blieb stehen.

»Erschrick mich nicht so! Ich bin hier gerade mit den Pflanzen beschäftigt.«

»Ich kann dir leider keine Karte geben oder dir den Weg erklären, aber du kannst einen Zauber nutzen, der dir helfen wird.«

Chrono erklärte den Hilfszauber „Echo der Vergangenheit", welcher ein vergangenes, wichtiges Ereignis vor seinen Augen erneut abspielen würde. Mike hörte aufmerksam zu, bevor er sein Uhrzeigerchwert zückte, mit beiden Armen vor sich streckte und „Tiehnegnagrev red O-che" rief. Weißes Licht bündelte sich an der Spitze seines Schwertes, so-dass er eine kurze Zeit geblendet wegschauen musste. Als das Licht ver-blasste und seine Augen sich wieder an die vergleichsweise dunkle Um-gebung gewöhnt hatten, sah er zwei blassgraue, durchscheinende Ge-stalten. Ihre Umrisse waren nur schwach zu erkennen, so als ob sie sich gar nicht wirklich vor ihm befanden.

»Hallo«, sagte Mike vorsichtig. Die zwei Gestalten, die vorher auf das Meer geblickt hatten, wandten sich nun um und blickten in den Wald. Sie blickten geradewegs durch den Jungen und seinen Begleiter hin-durch. Nun konnten diese jedoch besser erkennen, um was es sich bei den Gestalten handelte.

Die Frau hatte schulterlanges, zotteliges Haar und ihre geisterhafte Kleidung schien ebenfalls in keinem guten Zustand zu sein. Bloß die Stie-fel schienen neu. Auf ihrem Rücken trug sie einen großen Beutel und einen langen Holzstab. Dem Mann neben ihr fehlte eine Hand, welche durch eine Prothese mit einer Klinge ersetzt wurde. Sein mittellanges Haar hing in Strähnen auf seiner Stirn und seine Kleidung sah aus, als sei sie aus vielen Tüchern genäht worden.

»Das sind Elucia und Shou, falls du sie nicht erkannt hast.«

Mike verdrehte die Augen und schwieg. Woher hätte er sie kennen sollen, da er sie nie zu Lebzeiten gekannt hatte? Die beiden Geisterer-scheinungen setzten sich in Bewegung und kamen auf Mike zu, welcher zu langsam reagierte, sodass sie geradewegs durch ihn hindurchschrit-ten. Ein eiskalter Schauer lief über seinen Rücken. Fenrir war vollkom-men unbeeindruckt.

»Siehst du sie denn nicht?«, fragte Mike ihn.

»Hast du den Zauber gewirkt oder ich? Geh du vor, ich folge.«

Mike blickte kurz auf den Boden, bevor er den „Geistern" hinterherrannte und dann seine Geschwindigkeit anpasste. Auf dem Weg immer tiefer in den Wald musste Mike immer wieder Ästen, Büschen oder gar ganzen Bäumen ausweichen, durch die die Leute vor ihm einfach hindurchgingen.

»Wahnsinn, wie viele Bäume hier in der Zeit gewachsen sind«, murmelte er. Das feuchte und warme Wetter führte dazu, dass seine Haare schon bald vor Schweiß trieften und auf seiner Stirn klebten. Schnell gab er es auf, sie zur Seite zu wischen, da es ohnehin nichts brachte. Im letzten Moment wich er einer großen Wurzel aus. Dieser Marsch kam ihm ewig vor. Seltsam, dass der Zauber so lange wirkte. Mike holte sein Handy hervor und musste feststellen, dass gerade einmal 15 Minuten vergangen waren.

»Wie lange wirkt dieser Echozauber?«, fragte er in den Wald hinein. Fenrir sagte nichts und auch Chrono schien nicht aktiv zuzuschauen. Na großartig. Kaum hatte Mike angefangen, sich über die Situation in Gedanken aufzuregen, blieben die Gestalten, denen er folgte abrupt vor einem Felsen stehen. Der Stein erinnerte an einen Miniaturberg für Modellbaulandschaften, nur ein Stück größer. Er war etwa einen Kopf größer als Mike, wobei letzterer jedoch nicht oben spitz zulief.

Elucia griff in ihren durchsichtigen Beutel und holte eine ebenso durchscheinende Kugel heraus. Sie sah genauso aus wie die, die Vior vor einiger Zeit angeschleppt hatte.

»Guck mal, das muss der Kommunikator für Ragnarök sein!«, rief Mike aufgeregt. Fenrir sah und sagte nichts, während Elucia ihre freie Hand auf den Stein legte, um einen Zauber zu wirken.

8

Während Mike und Fenrir ihren Ausflug im Wald irgendwo in Südamerika „genossen", hatten Vior und Lucy unter Aufsicht von Celina und Drak einen Plan für den weiteren Verlauf ausgearbeitet. Celina und Vior würden zunächst in Haus bleiben und die Sense unter die Lupe nehmen. Vielleicht würden sie es schaffen, die Waffe zu einem beidseitig begehbaren Portal umzufunktionieren. Lucy und Drak hingegen wollten sich aufmachen, um Liz einen Besuch abzustatten. Ihre unbändige Kampfkraft war nicht zu unterschätzen. Außerdem versuchten sie Lee und Eve, welche ebenfalls den Kampf gegen Lucifer gemeistert hatten, mithilfe von einigen Notizen von Celina aus dem Seelengrab ausfindig zu machen.

»Ja ... äh ... was nun?«, sagte Celina verwirrt, als sie vor der Sense auf dem Boden saß.

»Frag mich doch nicht, du willst deinen tollen Ramin wiederhaben«, erwiderte Vior trocken. Sie ballte die Hände, schloss ihr Auge und atmete tief durch. Dennoch gereizt meinte sie: »Du bist doch hier der Zauberkundige, oder etwa nicht?«

Vior ging nicht darauf ein und rutschte ein Stück über den Boden, näher an die Sense heran, sodass sich ihre Schultern berührten. Mit dem Zeigefingergelenk klopfte er auf die Sense und nickte, als wollte er „ja, das klingt nach Metall" sagen.

»Ich könnte natürlich einfach mein ganzes Zauberarsenal darauf feuern, aber ich denke, dass würde eher dazu führen, dass da nie wieder jemand in irgendeine Richtung durchgeht.«

»Wie wäre es denn mit einer Art Umkehrungszauber oder einem Reflektor?«, warf Celina hoffnungsvoll ein.

»Wie du meinst, du trägst die Verantwortung. Der Zauber lenkt eigentlich Projektile um, aber wer weiß, was er für einen Effekt auf eine herumliegende Waffe hat.«

Vior legte eine Hand auf die Klinge der Sense und wirkte den Zauber. Nichts geschah.

»Selbst, wenn wir den Effekt umkehren können, wie wollen wir es herausfinden?«, fragte Vior.

»Oh. Stimmt. Wir können uns ja schlecht einfach durchsäbeln und schauen was passiert.«

Celina ließ den Kopf sinken. Die Aufgabe war schwerer als erwartet.

»John meint, ihr könntet damit John durchschneiden. Ich würde das gerne sehen!«, brüllte John plötzlich dicht hinter ihnen.

»John? Du bist seit Monaten mal wieder aus dem Keller gekommen!«, rief Celina glücklich. Vior sah ihn nur verwirrt an.

»Ich weiß ja nicht, ob du gehört hast, was da aus seinem Mund kam, aber der Typ hat ganz sicher nicht mehr alle Tassen im Schrank.«

»Das weiß ich doch, aber er ist trotzdem ein geniales Hirn.«

»John würde gerne das Hirn von John sehen, aber außerhalb des Kopfes«, brach John in schallendes Gelächter aus. Das war sein Witz des Tages.

»Alles klar«, sagte Vior und rückte ein Stück davon. Celina, die Johns Gerede schon längst gewohnt war, fragte: »Was führt dich zu uns, John?«

»Wo ist John? Ich muss ihn fangen und töten!«

John rannte einmal im Kreis wie ein Hund, der seinen Schwanz nachjagte.

»Er ist nicht hier. Weshalb bist du hergekommen?«

»John wollte John suchen und töten. Ich habe mir Pläne zum Verbessern eurer Waffen ausgedacht. So könnt auch ihr besser auf John-Jagd gehen! Bring deinen Dreizack mit, ich mache ihn besser und dann gibt's John am Spieß!«

Begeistert hüpfte er davon. Vior starrte Celina an und blinzelte ungläubig.

»So einen Idioten habt ihr im Keller? Kann ich noch aus dem Plan aussteigen?«

»Nein, kannst du nicht. Entschuldige mich bitte für eine Weile, John wird schnell ungeduldig. Ich gebe dir die Erlaubnis, an der Sense herum zu probieren.«

Celina stand auf und ging John hinterher.

Lucys Haare wurden von Wind zerzaust, während sie auf Draks Rücken über unbewohnte Gebiete flog, um keine Aufmerksamkeit zu erregen.

»Dauert es noch lange?«, maulte Drak.

»Wir sind gerade einmal 10 Minuten unterwegs, du Depp«, konterte Lucy. Der Drache schwieg. Schon bald setzte er zum Landeanflug mitten im Wald an, wo eine einzelne Holzfällerhütte stand. Das Holz schien schon Ewigkeiten Wind und Wetter standzuhalten. Kurz bevor Drak den Boden berührte und bereits abbremste, sprang Lucy ab und landete elegant auf den Füßen. Sie ließ den motzenden Drachen zurück und ging auf die Tür der kleinen Hütte zu. Dort hob sie die Faust, um anzuklopfen, doch die Tür öffnete sich und ein vertrautes Gesicht blickte ihr entgegen.

»Ich habe euch landen sehen, daher habe ich mir schnell Schuhe angezogen, um zu euch zu kommen.«

Lucy blickte verwundert zurück.

»Ähm … Wir können ruhig kurz reingehen, so eilig haben wir es nicht.«

»Nein«, sagte Liz leise, aber bestimmend. Ihr schwarzer Pferdeschwanz wippte, als sie den Kopf schüttelte.

»Meinem Onkel geht es zurzeit nicht besonders gut, er hat sich wohl eine Erkältung eingefangen und braucht Ruhe.«

Lucy wollte zunächst erwidern, dass sie ihn doch mit ihren Zaubern ein wenig heilen könne, ließ es dann aber bleiben. Liz hatte sie irgendwie überzeugt.

»Nun gut. Liz, weshalb wir hier sind, ist, da du uns damals im Seelengrab und beim Kampf gegen Lucifer eine große Hilfe warst. Nun, wir haben Grund zur Annahme, dass wir ihn nochmals aufhalten müssen, bevor er zu einer großen Bedrohung für die Menschheit wird. Genaueres erklären wir später in Ruhe. Würdest du abermals an unserer Seite kämpfen?«

Liz wirkte verängstigt. Wäre sie eine Schildkröte gewesen, so hätte sie sich nun in ihren sicheren Panzer zurückgezogen. Sie blickte auf den Boden, dann an Lucy vorbei und wieder zu Boden.

»Ich kann hier nicht weg, wenn es ihm nicht gut geht. Daher möchte ich keine Entscheidung treffen«, sprach sie dann mit einer Entschlossenheit, dass Lucy fast ebenso verängstigt wurde. Ihre Stimme, und wie sie sich verändern konnte, überraschte andere immer wieder. Lucy nickte verständnisvoll und wünschte ihr alles Gute. Die beiden Frauen tauschten die Handynummern aus und Liz versprach, sich um Onkel Holz zu kümmern und dann später, wenn möglich, zu ihnen zu stoßen. Noch während Drak abhob, rief Lucy ein letztes „Tschüss" nach unten, wo Liz staunend den Drachen beobachtete.

9

Verzweifelt trat Mike gegen den großen Stein, der mit Kerben seiner Schwerter übersät war.

»Nichts klappt, selbst mein Zeitstopp-Zauber bringt nichts!«

»Hm«, sagte Fenrir, welcher die ganze Zeit Mike beim Abrackern zugeschaut hatte.

»Wieso bist du nochmal dabei?«

Mike drehte sich um und fuchtelte mit dem Uhrschwert vor dessen verhüllter Nase herum. Sein Begleiter zuckte mit den Schultern. Was sollte Mike auch von einem Halb-Zombie erwarten?

»Hey, Chrono!«, brüllte Mike in den Urwald. Keine Antwort, keine Stimme in seinem Kopf. War ja mal wieder klar. Wenn er damals doch nicht mit diesem verfluchten Ding die Treppe hinunter... Moment! Vielleicht funktionierte es ja auch hier?

Voller Frust kletterte Mike auf den Stein und ließ sich nach hinten fallen, wobei er an den magischen Wind dachte, welcher ihm die Füße weggezogen hatte. Beim Herabfallen streifte seine Hand versehentlich den Stein, welcher ein gleißend helles Licht abgab. Geblendet erwartete Mike auf dem Boden aufzuschlagen, doch Fenrirs Arme schnellten vor und fingen seinen Sturz knapp vor dem Boden ab. Doch dem Jungen blieb keine Zeit sich zu bedanken, denn die Spitze des Steins würgte eine rot glühende Kugel hervor, welche dann schnurstracks in Mikes Gesicht krachte, da er sich immer noch in einer liegenden Position befand. Er brüllte auf, schlug gegen die Kugel und griff sich an die Nase. Der

Schmerz zuckte durch seinen Körper und warmes Blut lief über seine Hand.

»Scheiße, ich blute!«, schrie er, stieß Fenrirs Arme weg und sprang auf. Nun floss das Blut über sein Kinn und tropfte zum Teil auf seine Kleidung, zum Teil auf den Boden.

»Fenrir, hilf mir!«

Mike wirbelte herum und sah den verhüllten Mann an. Dieser zuckte mit den Schultern. Zornig sog der Junge Luft ein, wobei ein wenig Blut in den Rachen gelangte. Dies hustete er jedoch sofort wieder aus. Ohne lange weiter zu überlegen, zog er sein grünes T-Shirt aus, knüllte es zusammen und presste es an seine Nase, die daraufhin furchtbar schmerzte. Wahrscheinlich hatte dieses … Ding sie gebrochen. Erleichtert stellte er nun fest, dass die Blutung etwas nachgelassen hatte, und begann den Kommunikator zu suchen. Noch immer presste er sich mit der linken Hand das T-Shirt ins Gesicht.

»Mike«, meinte Fenrir.

»Lass mich.«

Als Mike dann doch nach ein paar Minuten der erfolglosen Suche zu ihm blickte, entdeckte er den roten Kommunikator in dessen Händen. Grimmig griff er nach ihm und hielt ihn vor sich.

»Alles klar Mike, komm und bring mir den Kommunikator des Wolfes!«, ertönte Chronos Stimme.

»Ich weiß nicht«, sagte Mike, während er in das rote Leuchten blickte.

»Solltest du in den Besitz eines anderen Kommunikators kommen dürfen? Das hat doch bestimmt Folgen …«

»Ach Quatsch, was interessiert mich ein weltliches Objekt? Nun komm schon her!«

Plötzlich leuchtete der rote Kommunikator auf und Mike spürte ein leichtes Kribbeln in seinem Inneren.

»Ragnarök versucht, ihn zu beeinflussen. Fenrir, schnapp dir Mike und wirf ihn zu Boden! Ich hole ihn her.«

»Der Junge hält meinen Kommunikator in den Händen. Ich spüre es.«

Der Wolf lag in der grünen Idylle auf totem Gras und bleckte seine Zähne. Ragnarök hasste Chrono. Selbst als er ihn früher noch besuchen konnte, so sah dieser sich immer als etwas Besseres. Nun hatte der Wahnsinn des Gottes der Zeit zugenommen und die Auslieferung des Kommunikators könnte zu unerwarteten Ereignissen führen.

»Was soll ich denn tun, Ragna? Hm?«, entgegnete Genesis mit erhobenem Haupt.

»Ich weiß es nicht. Ich sende Signale und der Junge zögert – doch Chronos Puppe ist ihm kräftemäßig haushoch überlegen. Er wird Mike bezwingen und dann ...«

»Du weißt doch gar nicht, ob Chrono überhaupt einen Nutzen hat.«

»Das ist es eben. Ich weiß es NICHT. Der Kerl ist durchgedreht, er ist zu allem fähig.«

Der Wolf richtete sich auf, legte den Kopf in den Nacken und stieß ein furchterregendes Heulen aus. Die Hirschkuh sah ihn nur unbeeindruckt an.

»Stör mich nicht weiter, „Bruder".«

»Lass mich los!«, fluchte Mike. Hinter ihm stand Fenrir und hielt ihn mit einem eisernen Griff an den Armen fest. Vor ihm stand Chrono und griff immer und immer wieder in Mikes Rucksack, vorbei an den Schwertern und ... ins Leere.

»Da ist nichts!«, brüllte er zornig. Der Kommunikator konnte von ihm nicht wahrgenommen werden. Dann, von einem auf den anderen Moment, glätteten sich seine Gesichtszüge und er gab Fenrir das Zeichen, Mike loszulassen. Dieser klappte zunächst auf die Knie, richtete sich dann aber wieder auf. Vorsichtig nahm er den Rucksack vom Boden und schnallte ihn sich um.

»Denk nichts Falsches von mir, Mike«, sagte Chrono bestimmend.

»Ragnarök ist die Macht des Untergangs, weißt du? Man muss vorsichtig sein, deshalb wollte ich das Biest hier verwahren, bis der richtige Zeitpunkt gekommen ist.«

Mike war verunsichert. Der alte Mann hatte urplötzlich sein Gemüt geändert, so wie er manchmal ein Kind wurde.

»Nun denn, Junge. Glückwunsch zur erfolgreichen Mission, du darfst nun natürlich zurückkehren. Fenrir bleibt hier.«

Er deutete auf den Spiegel. Mike nickte, trottete los und warf noch einen unsicheren Blick über die Schulter, bevor er in den Spiegel sprang. Er wollte bloß weg von diesem seltsamen Mann.

»Wusste ich es doch«, sagte Ragnarök, als Genesis seine Welt betrat.

»Wusstest du nicht.«

»Jetzt weiß ich es. Und was ich auch weiß, ist, dass wir den Teil von Chrono aus dem Jungen entfernen müssen, oder es wird seine Seele bei jeder Zaubernutzung immer mehr ersetzen.«

Genesis legte den Kopf schief.

»Apropos Zauber: Welchen Zauber hat Mike eigentlich angewandt, um deinen Kommunikator zu finden? Er scheint einer Art Geist gefolgt zu sein.«

»Irgendeinen Zauber von Chrono, welcher es ihm erlaubt, den Taten von anderen Personen an diesem Ort nachzustellen.«

»Verstehe.«

Der Wolf bleckte belustigt seine Zähne.

»Kleiner Fakt am Rande: Chrono hatte mir einmal gesagt, dass man mit ihm nur lebende Personen verfolgen kann.«

Genesis riss die Augen auf.

»Du meinst doch nicht etwa -«

»Doch. Es muss so sein.«

»Wie kann das sein? Ich würde es doch wissen, wenn sie am Leben wären.«

»Ich tippe darauf, dass sie sich in Lucifers Seelengrab aufhalten. Schließlich wirkt der Zauber der Unsterblichkeit durch Alter dort ebenso, wie damals in Daemon City, nur überträgt sich dieser Effekt nicht auf die Außenwelt.«

»Soso. Du bist ja bestens informiert, Ragna.«

»Du weißt, dass ich mir viele Gedanken rund um Chrono mache, Schwester. Er war noch nie besonders stabil, aber in letzter Zeit nimmt sein Wahnsinn zu. Er geht kaputt.«

10

Sie klopfte sich im Dämmerlicht den Stein von ihrer zerschlissenen Kleidung und der Haut. Endlich war der Zauber zu Ende und sie war frei. Nachdem sie sich gestreckt hatte, schlüpfte sie mit dem Fuß unter den massiven Holzstab auf dem Boden und kickte ihn hoch, sodass sie ihn fangen konnte. Gut. Ihre Motorik war noch da. Auch ihre Kleidung war – soweit wie immer – vorhanden. Ihre kurze blaue Hose und das gleichfarbige kurze Shirt, das den Bauch eigentlich nicht mehr bedeckte, hatten die gleichen Löcher und Risse wie vor genau 422 Jahren. Natürlich war das so gewollt und es lag nicht daran, dass die Besitzerin der Kleidung sich nicht zu sehr für ihr Äußeres interessierte. Immerhin waren ihre rosafarbenen, kniehohen Stiefel, das gleichfarbige Unterhemd und die fingerlosen Handschuhe brandneu. Vor ihrem Kampf mit Lucifer hatte sie extra ihr Outfit nach langer Zeit aufgebessert.

»Stase: Befreiung!«, rief sie und wirbelte den Stab einmal herum, bevor sie ihn gegen die menschliche Statue neben sich schlug. Risse zogen sich über die Oberfläche und der Stein rieselte in feinen Körnern herab. Ein verwirrter, rothaariger Mann fiel auf die Knie und hustete. Er schüttelte den Kopf und blickte dann, noch immer auf allen vieren, zu der Frau. Sein rotes Haar schien im Kontrast zu seiner dunklen Kleidung, welche aus vielen Tüchern bestand, zu leuchten. Nicht gerade optimal für einen Ninja-Assassinen.

»Schatz? Ist es so weit?«

»Ja. Die Energien hier drinnen fließen nach draußen. Deshalb ist meine Versteinerung gebröckelt, genau wie geplant. Man kann hier wieder heraus!«

Elucia grinste breit. Shou hustete abermals. Er stemmte seine Prothese mit einem metallischen Klingen auf den Boden und stand schwankend auf.

»Endlich nicht mehr hungern, ohne zu sterben, was?«

Ohne etwas zu erwidern, überwand Elucia die wenigen Meter zwischen ihnen und fiel um seinen Hals.

»470 Jahre ohne dich sind auch versteinert schlimm.«

»Ich weiß, Elucia.«

Er schob ihre Haare aus seinem Gesicht und gab ihr einen Kuss auf die Wange.

»Wir hätten damals echt nicht ohne Vorbereitung Kanoes Hälfte, Lucifer, angreifen sollen. Zwar konnten wir drei Mal einen tödlichen Treffer landen, aber er konnte nicht sterben, genau wie der König damals.«

»Immerhin haben wir kurz vorher den Kommunikator versteckt. Wir sind – oder waren – schon 40, ich wollte nicht in dem Wissen sterben, dass wir Azaroths Aufgabe nicht weitergeführt haben«, meinte sie.

Shou sah sie vorwurfsvoll an.

»Azaroth hatte extra gesagt, dass wir ein ruhiges Leben führen sollen, bis unsere Nachfahren stark genug im Umgang mit Ragnaröks Kräften sind.«

»Ich wollte aber nicht warten. Du kennst mich. Ich bin mir aber sicher, dass Sira und Zhean Familien gegründet haben und wir unsere Urenkel kennen lernen können …, wenn wir sie denn finden.«

Sira und Zhean waren Elucias und Shous Kinder, welche jedoch schon früh entschieden, dass ihnen ein Leben auf dem Land nicht passte und

67

sie ihre Talente lieber in der Welt zeigen wollten. Sie wollten ihre Magie nutzen können, ohne jedes Mal ermahnt zu werden. Zhean ging schweren Herzens, doch Sira verschwand nachts voller Zorn. Shou lag dies noch immer wie ein Stein auf dem Herzen und er wusste, dass Elucia ihre Trauer überspielte.

»Nun ja«, sagte Elucia und drehte sich um die eigene Achse.

»Wir sind immer noch in Lucifers „Reich"?«

Auch Shou sah sich um.

»Scheint so, ja. Denkst du, wir können wirklich hier heraus?«

»Versuchen wir's!«

Elucia sah das Gespräch als beendet an und stürmte in einen Gang, der aus der Höhle führte, in der sie eine lange Zeit versteinert verbracht hatten. Shou schüttelte den Kopf. Die beiden waren inzwischen über 40 und sie rannte noch immer umher wie eine Jugendliche. Doch auch er setzte sich in Bewegung und folgte ihr durch den Gang. Elucia war bereits dabei, einen aufgeschichteten Haufen Geröll zu zerstückeln. Immer mehr Licht kam hindurch, bis sie hindurchsteigen konnten. Ein Wald erstreckte sich vor ihnen, der Himmelsstein leuchtete auf sie herab.

»Da hinten steigt Rauch auf!«, meinte Shou und deutete mit seiner Prothese über die Bäume hinweg.

»Es gibt hier noch mehr Leute? Wir müssen ihnen helfen!«

Sie rannte abermals los, diesmal in den Wald hinein.

»Elucia, nicht in den- Ach vergiss es.«

Der Wald war noch nicht an dieser Stelle gewesen, als sie beschlossen, den Schlaf im Stein anzutreten.

Als sie ein Stück in den Wald gegangen waren, raschelte es über ihnen und Elucia konnte gerade so mit größter Mühe einen Satz nach hinten machen, bevor ein affenähnliches Wesen sie erwischen konnte. In einer fließenden Bewegung zog sie ihren Stab hervor, blockte einen Hufschlag des Monsters und landete dann selbst einen Stoß gegen den Kopf. Während es zurücktaumelte, aktivierte sie den Trümmerschlag und schlug drei Mal kräftig zu. Der Affe verwandelte sich zu Stein und brach dann in viele Stücke.

»Puh«, keuchte sie.

»Das war knapp. Aber ...«

Sie ließ einen Arm kreisen.

»Ich bin nicht so eingerostet, wie ich dachte.«

Shou nickte bloß. Er lauschte der Umgebung, ob da noch etwas auf sie zukommen würde, und tatsächlich hörte er ein Rascheln im Unterholz. Bevor das Bärenwesen aus einem Gebüsch sprang, verschwand der Mann in den Schatten. Die Verwirrung der Bestie nutzend, rannte er hinter sie und stieß mit der Klinge seiner Prothese zu. Mit einem metallischen Klang prallte sie von den harten Schuppen ab. Nun musste Shou einen Satz zur Seite machen, da sein Gegner mit seinem Schwanz nach ihm peitschte. Knapp verfehlten die Stacheln sein Bein.

»Pass besser auf, du musst deinen Gegner schon ordentlich analysieren!«, brüllte Elucia ihm aus einiger Entfernung zu. Er knurrte bloß, bevor er einem Prankenhieb auswich. Dabei entdeckte er eine ungepanzerte Stelle an der Kehle des Monsters. Schnell verschmolz er mit den Schatten, wirkte einen weiteren Zauber und schwang sich auf den Rücken des Bären, welcher ihn aufgrund des zweiten Zaubers, „Schattenpräsenz", nicht wahrnahm. Dort ließ er sich etwas seitlich des Monsters herunterhängen und stach dann geradewegs durch dessen Hals. Das Vieh klappte nach vorne um und Shou rollte sich ab. Kniend verharrte er

69

einen Moment, bevor er Elucias Hand packte und aufstand. Sie war zu ihm geeilt und grinste ihn nun an.

»Das geht aber noch eleganter, mein Schatz!«

»Wie auch immer, lass uns hier lieber verschwinden. Macht keinen Sinn, hier die ganze Zeit Tiere zu schlachten.«

Schnell wirkte er den Schattenmantel-Zauber auf sich und seine Frau, gefolgt vom Schattenpräsenz-Zauber, sodass sie weder gesehen noch wahrgenommen werden konnten. Dies nutzten sie, um zügig durch den Wald hindurch zu kommen. Mehrmals kamen sie nur knapp an ein paar seltsamen Wesen vorbei. Als sie den Wald auf der anderen Seite in das helle Licht verließen, meinte Elucia: »Wo kommen diese ganzen Dinger her? War das Lucifer?«

Shou überlegte kurz und antwortete dann: »Ich sehe keine andere Möglichkeit. Er muss aber irgendwie Genesis wiedererlangt haben und treibt nun hier drinnen sein Unheil mit neuen Schöpfungen.«

Sie nickte zustimmend, nur, um dann nach vorne zu deuten und loszurennen. Vor einer großen Mauer, die ein Dorf umringte, blieb sie stehen.

»Hey! Ist da jemand?«, brüllte sie. Die eine Hand ruhte zur Absicherung auf ihrem Stab. Oben auf der Mauer regte sich etwas und rief etwas Unverständliches auf die andere Seite herab. Als Shou auch herbeigetrottet kam, wurde das große Tor ein Stück zur Seite gerollt. Ein Mann mit ungepflegtem Bart und tiefen Augenringen kam zum Vorschein. Auf dem Kopf trug er einen Pelz, der an einen Wolf erinnerte, und in der Hand hielt schwenkte er drohend einen Krummsäbel. Von der Mauer heruntergestiegen war ein junger Bursche hinter dem Mann mit einem zu großen Stahlhelm und einer simplen Lanze.

»Was wollt ihr?«, fragte der Mann in einem müden Ton.

»Wir haben gesehen, dass hier scheinbar Leute leben und wollten uns mal dieses Dorf ansehen.«

Elucia wippte leicht auf den Fußspitzen hin und her.

»Wie seid ihr hierhergekommen? Wurdet ihr vor kurzem von Lucifer besiegt?«

»Ja, aber bei weitem nicht vor kurzem. Lange Geschichte. Heißt das, alle Bewohner hier wurden auch von Lucifer in diese Welt verbannt?«, mischte sich Shou ein. Der Mann verzog das Gesicht.

»Kommt erstmal herein, wir reden hinter der Mauer weiter.«

Als die beiden durch die Öffnung geschlüpft waren und man das Tor zugeschoben hatte, fügte der Mann hinzu: »Mein Name ist Ramin, ich leite die Wachmannschaft unseres Dorfes hier im Seelengrab. Nun ja, eher das, was noch davon übrig ist.«

»Ich bin Elucia und das ist mein Ehemann Shou. Wir waren eine lange Zeit versteinert und sind nun hergekommen. Was ist denn mit der Wachmannschaft geschehen?«

»Nun ja. Unser Leben hier war noch nie leicht, jede Woche hetzte uns Lucifer eine neue Bedrohung auf den Hals und wir kämpften. Doch wir, das Dorf, waren wie eine Familie. Wir konnten zusammen überleben. Doch dann kamen dieser Junge und seine Dämonin. Sie wollten unbedingt einen Fluchtweg finden. Ein Dämonenjäger traf infolgedessen ein und irgendwie lockten sie auch den alten Marcurio hervor. Ich schätze mal, da ich nichts mehr von ihnen gehört habe und auch einige Leichen fehlten, werden sie wohl einen Weg herausgefunden haben. Wegen diesen verfluchten Zauberern mussten viele unserer Leute sterben und nur ein kleiner Teil entkam, nur um dann wahrscheinlich von Lucifer getötet zu werden. Immerhin erscheinen keine neuen Gefahren mehr. Ich hasse diese ganze Magie trotzdem!«

Elucia hatte ein gespieltes Lächeln aufgesetzt und Shou blickte finster drein.

»Das ... Das ist natürlich ärgerlich. Aber wir würden auch gerne hier herauskommen.«

Die Miene des Mannes wandelte sich.

»Das könnt ihr natürlich gerne versuchen. Oder wollt ihr etwa lieber hierbleiben?«

»Nee, danke«, erwiderte Shou, drehte sich um und zupfte an Elucias Kleidung. Elucia ignorierte dies und fragte: »Wo befindet sich dieser mutmaßliche Ausgang?«

»Dort, wo man auch hereinkommt. Viel Spaß.«

Ramin bedeutete dem Jungen hinter ihm das Tor erneut aufzuschieben.

Die Dämonin bewegte sich noch immer nicht.

»Ramin, wieso bleibst du mit den anderen noch immer hier?«

Sie warf einen Blick auf die Häuser, die größtenteils verlassen dastanden, manche bröckelten bereits, da sich keiner darum kümmerte. Die Mauer war am anderen Ende der Stadt nur provisorisch mit Holz vernagelt.

Ramin zögerte mit seiner Antwort.

»Manche sind zu krank oder verletzt, um den Aufstieg zu schaffen. Ich wache über sie, denn ich stehe zu ihnen. Anders als diejenigen, die einfach verschwanden. Außerdem gibt es in der Außenwelt nichts, das mich dazu motivieren würde, zu fliehen. Und jetzt geht und versucht euer Glück. Ihr solltet es noch gut vor Einbruch der Dunkelheit schaffen können. Danach kommen die Ungeheuer aus den Wäldern. Viel Erfolg, ihr beiden Dämonen. Eure Augen verraten euch. Kommt nie wieder her.«

Er drehte sich um und ging die Straße entlang, ohne nochmals zurückzublicken. Shou schlüpfte durch die Toröffnung und seine Frau folgte ihm leicht verwirrt. Der junge Wachposten nickte ihnen zum Abschied zu.

»Der Typ hasst uns Dämonen echt, oder?«, sagte Elucia.

»Er kam mir ziemlich feindselig vor. Wer weiß, welche Art von Begegnung er mit einem Dämon hatte.«

11

Als Lucy und Drak spät nachts erschöpft durch die Haustür kamen, fanden sie einen auf einem Stuhl schlafenden Mike vor. Er schien gewartet zu haben.

»Du Idiot«, sagte Lucy liebevoll und strich ihm durchs Haar. Er wachte nicht auf.

»Darf ich ihn wecken?«, kicherte Drak und zuckte mit den Schultern, als Lucy ihn strafend anblickte. Sie war selbst sehr müde, denn sie hatten lange nach den anderen Überlebenden des Kampfes gegen Lucifer gesucht. Leider war ihr einziger Anhaltspunkt eine ungefähre Angabe, in welcher Stadt Lee oder Eve wohnten. Irgendwann war die Spur im Sand verlaufen, sodass sie aufgeben mussten.

Sie ging Richtung Treppe, um sich bettfertig zu machen und schnellstmöglich schlafen zu gehen.

»Buh!«, brüllte Drak hinter ihr. Mike fiel vom Stuhl und stieß einen Schrei aus, bevor er benommen aufstand. Drak versteckte sich so schnell es ging vor Lucys zornigem Blick hinter seinem Kumpel.

»Ihr seid ja wieder da! Sorry, dass ich eingeschlafen bin ...«

Lucy machte eine abweisende Geste mit der Hand.

»Schon gut. Ich bin müde. Komm, wir gehen schlafen!«, meinte sie und warf Drak nochmals einen giftigen Blick zu. Dieser zuckte nur nochmals mit den Schultern. Sie betrat die Treppe und Mike folgte ihr.

»Liz wird voraussichtlich nicht kommen, von den anderen fehlt jede Spur. Das war vielleicht ermüdend.«

»Oje. Ich wurde von Chrono in die Enge getrieben, aber es war nicht weiter schlimm. Immerhin habe ich jetzt Ragnaröks Kommunikator.«

»Also müssen wir nur noch auf die fehlenden MWD-Mitglieder warten, die dein Vater bestellen wollte. Dann brauchen wir noch einen Weg in Marcurios Welt hinein und schon kann die Mission beginnen?«

Mike quittierte dies mit einem Nicken. Sie kamen nun im oberen Stock an. Unter der Tür des sogenannten „Sensenzimmers" schien Licht hindurch.

»Ach so, Celina und Vior wollten doch nachsehen, ob sie die Sense als Portal umprogrammieren können …«, sagte Lucy mehr zu sich selbst als zu ihrem Freund. Dann schüttelte sie den Kopf. Nicht mehr jetzt. Nun wollte sie einfach ins Bett. Sie öffnete ihre Zimmertür und Mike ging hindurch. Sofort schloss sie die Tür wieder hinter sich, sodass Drak, welcher ihnen nachgetrottet war, draußen stehen bleiben musste.

Etwa eine Stunde, nachdem Lucy und Mike die Augen geschlossen hatten, lehnte sich Vior stöhnend zurück. Er saß im Schneidersitz auf dem Boden, vor ihm lag diese verdammte Sense. Stundenlang hatte er jeden sinnvoll wirkenden Zauber mehrmals auf die Sense gewirkt, jedoch hatte er Zerstörungszauber weggelassen. Natürlich hatte er immer wieder kleinere Pausen einlegen müssen, um die in seinen Körper aufgenommenen Seelen nicht zu beschädigen. Nun starrte er einfach auf die Sense und kratzte sich am Kinn.

»Warum ist diese Sense so beschissen?«, fluchte er leise. Vielleicht würde er einfach aufstehen und schlafen gehen. Oder er sah mal im Keller nach, was Celina und der Irre dort gebastelt hatten. Er hatte sich gerade aufgerichtet und der Tür zugewandt, als hinter ihm ein dumpfes Geräusch ertönte. Der Dämonenjäger wirbelte herum und ließ

75

reflexartig die Drachenklauen erscheinen. Er war bereit zum Angriff, zögerte jedoch erstmal. Auf der Sense kniete eine Frau mit blondem Haar und schäbiger Kleidung. Mithilfe ihres Stabes stand sie schnell auf. Kaum hatte sie dies getan, krachte es erneut, und ein Mann im selben Alter wie die Frau lag auf dem Boden, diesmal neben der Sense. Ihm fehlte eine Hand, welche mit einer Prothese ersetzt war.

Elucias entschlossener Blick wandelte sich zu einem überraschten, als sie die Drachenklauen an der maskierten Gestalt sah.

»Az …?«, fragte sie ungläubig. Die Augen in der Maske verloren kurz den Fokus, so als würde der Mann darunter in seinen Erinnerungen kramen. Dann schüttelte er den Kopf, die Klauen noch immer drohend erhoben. Shou erhob sich nun auch. Er schien zornig.

»Das ist nicht Azaroth. Wer bist du? Woher hast du diese Fähigkeiten?«

Die scharfe Klinge glitt aus ihrem Versteck in der Prothese. Elucias Blick wurde ebenfalls ernst.

»Shou, das ist ein Dämonenjäger. Diese Maske …«

Vior starrte in die Leere. Alte Erinnerungen wühlten sich durch jahrelange Vergessenheit. Er senkte die Klauen, bevor er noch angegriffen wurde. Auch die Frau entspannte ihren Griff um den Stab.

»Mein Name ist Vior. Ja, ich bin ein Dämonenjäger. Doch ich bin nicht zwanghaft euer Feind«, sagte er ungewohnt unsicher. Elucia starrte ihn einen Moment lang an und ihr Mund verzog sich zu dem altbekannten Grinsen.

»Vior hört sich dumm an, Viktor Orth.«

Sie begann laut zu lachen. Auch Shou zog die Augenbrauen hoch und stieß ein „Ahhh" aus. Auch er schnaubte belustigt auf und meinte dann: »Ich hätte echt eins und eins zusammenzählen können. Die Maske habe ich dir überreicht und Az hat seine Drachenklauen-Kräfte ebenfalls auf dich übertragen. Wie wahrscheinlich wäre diese Kombination?«

Viktor zog einen Mundwinkel hoch.

»Ich verstehe es nicht ...«

»Wir haben 422 Jahre als Stein verbracht, immerhin gab es damals keinen Weg aus der Welt von Kanoes Hälfte heraus. Dass du wegen vielen getöteten Dämonen noch lebst, ist ja eigentlich klar. Sag mal, wo sind wir hier nun? Menschenwelt, nehme ich an?«

Shou blickte fragend um sich.

Der Dämonenjäger war noch immer neben der Spur. Wieso holte seine Vergangenheit ihn in der letzten Woche ein?

»Ja, Menschenwelt. Dies hier ist das Haus der Familie Berg und ihrem Drachen.«

»Cool! Komm, wir gehen sie mal grüßen!«

Elucia marschierte auf die Tür zu, doch ihr Weg wurde von einer nun wieder krallenlosen Hand blockiert.

»Es ist mitten in der Nacht.«

Sie verdrehte die Augen, drückte Viors Arm zur Seite und öffnete leise die Tür. Die beiden anderen folgten ihr. Bevor sie eine Richtung vorgeben konnte, überholte der Jäger sie und bedeutete ihnen, ihm zu folgen. Er führte sie die Treppe hinunter und an der Küche vorbei in das Wohnzimmer, wo sein Bett in Form des Sofas schon auf ihn wartete. Ratlos kratzte er sich am Kopf.

»Also ich würde schon gerne ein, zwei Stunden schlafen, aber ich denke nicht, dass ich euch unbeaufsichtigt hier herumirren lassen kann ...«, meinte er trocken.

»Seit wann spielst du dich denn so auf, als wärst du jemandes Vorgesetzter? Hast du dich so vom Abenteurer zum Langweiler verändert?«

Elucia legte den Kopf für einen Moment schief, bevor sie anfing zu grinsen und Vior einen Klaps auf den Hinterkopf gab. Dieser, noch immer vollends von der Situation verwirrt, reagierte nicht. Sein Blick schweifte in die Leere. Hatte er sich wirklich in den Jahrhunderten so viel verändert? Er wollte doch jemand sein, zu dem die Leute aufblickten. Nun kam eine Freundin aus vergangener Zeit und zeigte ihm, dass alles anders gekommen war.

»Wenn mit einer solchen Aufmerksamkeit, die du jetzt aufweist, kämpfst, müsstest du schon längst tot sein«, riss Elucia ihn spöttisch aus den Gedanken. Vior spürte den Windzug auf seinem Gesicht, als sie ihm die Maske abzog. Shou lachte. Tatsächlich sah er anders aus als der junge Mann, der damals in die kalte Nacht verschwand. Da er ausschließlich die Maske trug, war sein Gesicht bleich, beinahe weiß. Bloß sein Kinn und die Augenpartie genossen eine menschliche Farbe. Zudem schien sein gesamtes Gesicht dürr. Mit Maske mochte er noch ein halbwegs junges Aussehen haben, doch entfernte man diese, so sah man einen mageren, alten Mann. Vior fühlte sich so schwach, so verletzlich ohne seine Maske.

»Gib sie wieder.«, sagte er tonlos.

»Was ist nur aus dir geworden?«, fragte Shou nun. Er hatte aufgehört zu lachen. Vior griff hilflos nach der Maske.

»Eben noch zu viel Selbstbewusstsein, jetzt viel zu wenig. Du versteckst dich hinter der Maske. Wir durchschauen das, Viktor.«

Sie gab die Maske ihrem Besitzer zurück, welcher sie hastig anzog.

»Ihr kennt mich nicht. Ihr kennt diese Welt nicht. Ich brauche niemanden, der mir vorschreibt, was ich tun soll. Ich lebe mein Leben allein und nicht für andere!«, knurrte Vior nun wieder zornig. Die Dämonin sah ihn besorgt an. Dann machte sie auf dem Absatz kehrt und zupfte Shou an der Kleidung, bevor sie aus dem Wohnzimmer in die Küche ging. Nach einem letzten Blick auf den schnaubenden Vior ging auch er.

Obwohl Shou unmittelbar nach Elucia in die Küche trat, fand er sie staunend vor einem offenen Kühlschrank. Sie streckte einen Arm in das Gefrierfach.

»Da drin ist es kalt, Schatz. Denkst du, die Leute hier nutzen Magie dafür?«

»Hmm. Ich weiß es nicht. Aber können wir uns bitte über Viktor unterhalten?«

Shou zog einen Stuhl herbei und setzte sich.

»Ich weiß, wir haben ihn damals nicht lange kennen lernen können, doch Lilli und Harald haben uns jede Menge über ihn erzählt. Darüber, wie sehr er sich für sie abgerackert hat und wie freundlich er zu ihnen war. Ich weiß nicht, was er damals in sich gesehen hat, was er gedacht hat, als er einfach davongelaufen ist, aber so, wie er nun aussieht und wie er sich hinter dieser grausamen Maske versteckt … hat er sein Ziel sicher nie erreicht.«

Elucia schauerte und schloss den Kühlschrank.

»Diese Maske bringt nur Unheil. Das letzte Mal, als ich sie auf einem Gesicht gesehen habe, ist Aura gestorben. Du hast schon recht, er ist stark mit seiner Maske, aber er war so verletzlich ohne sie. Generell scheint er irritiert von unserer Rückkehr. So, als ob wir ihn aus seiner Tarnung heben, ihn zurück in sein altes Leben als großer Bruder ziehen würden. Ich würde zu gerne wissen, was sich alles im Laufe der Jahre in ihm getan hat.«

12

Mike erwachte ruckartig, als er seinen Drachen im Untergeschoss brüllen hörte. Irgendwas gefiel ihm nicht an der Tonart dieses Brüllens. Es hatte etwas Panisches an sich. Schnell schlüpfte er aus dem Bett, zog Victa aus der am Boden liegenden Scheide und rannte die Treppe hinunter. Als er in der Küche ankam, war Lucy bereits dort. Ein Mann mit feuerrotem Haar stand erhoben da und hatte Drak fest mit einem Arm umklammert. Aus der Prothese am Ende des Arms ragte eine breite Klinge. Der Drache atmete schnell, bewegte sich aufgrund der drohenden Gefahr kaum. Die blonde Frau hinter dem Mann winkte den beiden Neuankömmlingen zu. Sie stützte sich gelassen auf einen hölzernen Kampfstab.

»Huhu! Also: zunächst einmal wollen wir euch nichts Böses. Wir sind letzte Nacht aus dem Seelengrab hierhergekommen. Mein Name ist E-lucia und das ist mein Mann Shou. Er musste den Drachen leider fangen, da dieser uns wahrscheinlich angegriffen und dabei das Haus beschädigt hätte. Wenn er und ihr versprechen könnt, dass dies nun nicht mehr passieren wird, dann lässt er ihn los. Alles klar?«

Drak nuschelte ein „Ja" und Mike nickte eifrig. Lucy ließ drohend einen magischen Funken über ihre Hand springen. Als Antwort begann die Frau zu grinsen.

»Damit schüchterst du mich nicht ein, junge Dämonin. Wir beide sind selbst Dämonen.«

Shou nickte und ließ daraufhin den Drachen los. Drak kroch niedergeschlagen wie eine Eidechse zu Mike. Lucy wirkte verunsichert.

»Seid ihr wirklich Dämonen?«

»Ja«, erwiderte Shou.

»Ich beherrsche Täuschungsmagie von Typ Dunkelheit und Elucia hier hat die besondere Gabe, den Magie-Typ Reinheit zu besitzen.«

Da sein Gegenüber nicht aussah, als käme sie ganz mit, fügte er noch an: »Reinheit erlaubt dem Nutzer so ziemlich jeden Zauber zu lernen, auch wenn er nie so stark sein wird wie der Zauber des Hauptnutzers. Außerdem kann sie noch ein paar Zauber lernen, die sonst niemand lernen kann.«

Er verschränkte die Arme. Mike drehte sein Schwert, sodass die Spitze auf den Boden zeigte.

»Können wir euch vertrauen?«, fragte er.

»Wenn wir euch Böses wollten, hätte ich niemals so viel über uns preisgegeben.«

Plötzlich weiteten sich Mikes Augen.

»W-Warte mal! Seid ihr DIE Elucia und DER Shou? Kanntet ihr Azaroth?«

Elucia schaltete sich ein: »Ja. Genau die sind wir. Da wir im Seelengrab gefangen waren, habe ich uns versteinert, damit wir, sollte sich die Welt wieder öffnen, dort herauskommen, ohne uns vorher zu quälen. Jahrhundertelang waren wir dort drin.«

Sie erklärte den Anwesenden, wie sie Lucifer herausgefordert, drei Mal „getötet", und dann doch verloren haben. Dann berichtete sie von ihrem Erwachen und der Begegnung mit Ramin.

»Ich weiß nicht, ob diese Nachricht Celina erfreut ...«, murmelte Lucy.

Elucia fuhr damit fort, wie sie dem Seelengrab entkommen waren und auf Viktor trafen, der offensichtlich neben der Spur war.

»Ja, so ähnlich hatten wir ihn auch einmal erlebt, als wir sein altes Haus besuchten und im Familientagebuch die Einträge von Harald und Lilli lasen. Irgendwas in seiner Vergangenheit gefällt ihm nicht. Er denkt nicht gerne daran. Außerdem lässt er keinen an seine Maske heran«, erinnerte sich Mike. Die anderen schwiegen.

»Mir fällt grade ein, dass ihr euch noch gar nicht vorgestellt habt!«

Elucia fing abermals an, breit zu grinsen. Shou schüttelte belustigt den Kopf. Er wusste inzwischen gut genug, dass seine Frau immer dann grinste, wenn sie eine Situation zu ihren Gunsten wenden konnte.

»Äh, ja … also … Ich bin Mike, bin 18 Jahre alt und gehe noch zur Schule. Ich bin ein Mensch.«

Lucy stieß ihn mit ihrem Ellenbogen an.

»Wir sind doch hier in keiner Selbsthilfegruppe. Jedenfalls bin ich Lucy, Dämonin, und nutze die Elementare Zerstörung als Zauberkategorie.«

Shou blickte kurz auf seine Prothese und meinte dann: »Mich interessiert, ob „Lucy" dein echter Name ist oder du ihn von deinen Eltern verliehen bekommen hast.«

Verwundert antwortete Lucy, dass ihre Eltern ihr diesen Namen gaben. Dies sei doch normal.

»Nun ja. Unter Menschen ist das normal. Ein Dämon findet seinen wahren Namen in seiner Seele. Erstaunlich, dass du die Zauber dennoch beherrschst, obwohl du scheinbar nie meditiert hast. Das zeigt sich dann aber garantiert in deren Stärke.«

Lucy war eindeutig leicht verletzt, aber dennoch neugierig.

»Ich habe sie tatsächlich damals durch bloßes Ausprobieren mit meinen Schwestern gelernt. Könnt ihr mir zeigen, wie ich stärker werden kann?«

Gleichgültiges Schulterzucken. Mike wollte den beiden von Chrono und Ragnarök erzählen, doch er musste zunächst sichergehen, ob das Vertrauen gerechtfertigt war.

»Wenn ihr wirklich Elucia und Shou seid, dann beantwortet diese Frage: Wie hat Azaroth den König Kanoe besiegt?«

»Du vertraust uns noch nicht, oder? Azaroth spaltete ihn mithilfe von Ragnarök. Danach löste er sich auf, da er zu viel Kraft aufgewendet hatte. Ich stand direkt neben ihm und konnte nichts weiter tun, als ihn beim Sterben zuzusehen und dann wegzurennen wie ein Feigling«, meinte Elucia. Der traurige Tonfall war echt, sah Mike ein. Außerdem wusste sie über Ragnarök Bescheid. Nun begann er, seine Seite der Geschichte zu erzählen. Wie er an Chrono gelangte, dieser ihm Kräfte schenkte und er zusammen mit Fenrir Ragnaröks Kommunikator fand.

Der Dämon ihm gegenüber schien ungeduldig etwas sagen zu wollen, seine Augen glänzten förmlich vor Aufregung, ließ ihn jedoch zu Ende erzählen. Kaum war er fertig, sprudelte es aus Shou heraus: »Ihr habt Ragnaröks Kommunikator? Das erspart uns so einiges an Arbeit! Chrono wird uns sicher auch ein wenig nutzen, aber Mike, pass auf dich auf. Mit einer solchen Macht ist nicht zu spaßen, bleib stets auf deinem Pfad. Zudem: Wenn Kanoe – oder seine Hälften – gerade wieder Kräfte sammelt, haben wir keine Zeit zu verlieren. Wir müssen dort hingelangen und ihn ein für alle Mal vernichten. Wir bringen zu Ende, was Azaroth nicht geschafft hat.«

Elucia nickte eifrig.

»Genau. Ich denke, ich sollte, wenn ich den Portalzauber auf der Sense studiere, ebenfalls ein Portal erschaffen können, sodass wir in Marcurios Hälfte von Daemon City gelangen. Dann bräuchten wir jemanden, der Ragnarök von sich überzeugt, damit wir diesmal vorbereitet sind. Nicht, dass wir dieses Mal vier Mini-Versionen aus Marcurio und Lucifer machen. Mir fehlt die Zeit und Mike hat bereits Chrono und sollte nicht überlastet werden, also bleibt nur ihr beiden übrig, Lucy und Shou.«

Sie deutete auf ihren Ehemann und das Mädchen.

»Ich falle übrigens auch weg«, ertönte Viors Stimme hinter ihnen und er schlenderte in die Küche, wo er sich aus dem Kühlschrank einen Eiskaffee nahm. Er wirkte unüblich schlapp und müde.

»Ist das hier dein Haus oder wie?«, fragte Lucy ihn leicht gereizt.

»Nö, aber ich lebe hier.«

So schnell er gekommen war, verschwand er auch wieder.

»Du zahlst aber keine Miete!«, brüllte das Mädchen ihm hinterher und warf dann Mike einen auffordernden Blick zu, doch auch etwas zu sagen.

»Naja, du zahlst aber auch keine Miete …«, sagte dieser kleinlaut. Lucy verdrehte die Augen.

»Wie auch immer«, mischte sich Elucia ein, »ich gehe dann mal wieder nach oben, um die Sense zu studieren. Auch wenn ich eure Technik, wie zum Beispiel diesen „Kühlschrank" wirklich spannend finde. Ihr entscheidet, wer mit Ragnarök Kontakt aufnimmt und kümmert euch um die Sache. Fangt auch schon mal an zu üben, der Kampf und der Weg werden kein einfacher. Auch du, Schatz, deine Fähigkeiten sind leicht eingerostet.«

Grinsend spazierte sie aus dem Zimmer. Schweigen trat ein. Shou blickte auf seine Füße. Das waren vielleicht spannende Füße. Lucy hatte die Arme verschränkt und blickte ebenfalls ins Leere. Das waren sehr viele Informationen auf einmal gewesen.

»Also ... ich würde vorschlagen, dass ich mit Ragnarök Kontakt aufnehme. Schließlich habe ich mehr Erfahrung«, meinte Shou plötzlich und hob den Kopf.

»Dagegen habe ich nichts einzuwenden. Wenn ich euch so sehe, dann bekomme ich das Gefühl, dass meine Zauber nicht gut antrainiert sind.«

»Daran können wir ebenfalls arbeiten. Also hätten wir das schon sofort geklärt«, sagte Shou und lächelte.

»Weißt du was, Lucy? Ich zeige dir jetzt wie man meditiert – also in seine Seele einkehrt. Dort wirst du den Namen deiner Seele entdecken und deine Zauber als Lichtkugeln umherschwirren sehen. Um einen Zauber zu studieren, musst du die Kugel finden und ihre Umgebung erkunden. Achtung: Die Zeit vergeht enorm schnell während du meditierst.«

Die beiden begaben sich in das Wohnzimmer, um eine bequemere Sitzgelegenheit zu finden. Zu Lucys Erleichterung war Vior nicht aufzufinden, sodass sie sich niederließ. Shou setzte sich auf das gegenüberliegende Sofa. Mike stand im Türrahmen und sah neugierig in den Raum hinein.

»Nun gut. Lucy, fühlst du die Quelle deiner magischen Kräfte in dir?«

»Ja.«

»Gut. Nun halte mit deiner Seele an diesem Punkt in dir fest – keine Sorge, es fühlt sich immer komisch an. Am besten erzeugst du dieses Gefühl, wenn du dich darauf konzentrierst, deinen Körper umstülpen zu wollen. Dreh dein Inneres nach außen. Atmen nicht vergessen. Atme gleichmäßig.«

Lucy atmete aus. Sie hatte die Luft tatsächlich unterbewusst angehalten.

»Und nun schicke ein dieses Gefühl pulsierend durch deinen Körper. Mehrmals.«

Lucy tat wie befohlen und kippte dann abrupt zur Seite um. Mike wollte zu ihr rennen, doch Shou bedeutete ihm, sich von ihr fernzuhalten.

»Es hat alles geklappt, kein Grund zur Sorge. Geh du trainieren, ich passe schon auf sie auf«, sagte der Dämon in einem ruhigen Ton.

Als Mike in den Garten trat, erblickte er Vior, der im Gras saß und tief in den Wald starrte. Der Junge hatte inzwischen den klobigen Dämonenstahl-Brustpanzer liegen gelassen und hatte mit Lucy zusammen eine schützende Lederjacke hergestellt, welche an Armen und Schultern mit simplen Stahlplatten ausgestattet war. Dies ermöglichte ihm, etwas agiler im Kampf zu sein, außerdem konnte man ihn und Lucy nun gut einander zuordnen. Auf dem Rücken trug er Victa in einer simplen Schwertscheide aus Leder und das Uhrzeigerschwert ohne jegliche Abdeckung.

Als er nun für sein Training näherkam, schüttelte Vior den Kopf und stand auf.

»Was machst du denn hier?«

»I-Ich wollte ein wenig üben.«

Mikes Blick wanderte auf einen der Strohballen, die er sonst immer zum Training nutzte.

»Na dann, kämpf mit mir!«

Viors Herausforderung ließ Mike stutzen.

»Meinst du das ernst?«

Viors Drachenklauen erschienen und er führte einen absichtlich weit ausgeholten Hieb aus. Erschrocken sprang Mike zur Seite und entkam dem Hieb.

»Spinnst du? Das hätte mich töten können!«

»Ach ja?«, meinte Vior und ein Grinsen huschte über sein Gesicht. Dann setzte er zum Sprung an, wirbelte in der Luft herum und stach nach Mikes Oberkörper. Dieser konnte wieder knapp ausweichen und zückte nun Victa. Die Schläge des Jungen prallten wirkungslos an den Drachenklauen ab. Vior war zwar beeindruckt von der Geschwindigkeit der Angriffe, doch Mike war zu durchschaubar. Mit dem nächsten Hieb schlug Vior das Schwert zur Seite und stach dann mit der anderen Hand geradeaus in Richtung des Brustkorbs. Kurz bevor die Klauen in das Fleisch eindrangen, ließ er sie verschwinden und formte seine Hand zu einer Faust, die dann gegen das Brustbein krachte. Mike krümmte sich, verlor die Balance und kippte nach hinten um. Wo er um Luft ringend liegen blieb.

»War's das schon?«, fragte Vior spöttisch. Mike keuchte bloß. Plötzlich leuchtete ein blaues Licht nahe bei ihnen auf und Elucia stand dort.

»Hat ja schon mal geklappt! Der Portalzauber hat viele Ähnlichkeiten mit meiner „Versetzung". Er transportiert das Material ...«, murmelte sie vor sich hin.

»... ich muss nur noch die Stärke des Zaubers üben! Oh, was ist passiert?«

Ihr Blick war auf den sich am Boden krümmenden Jungen gefallen.

»Ich habe ihn in einem Kampf zu Boden gebracht«, sagte Vior gelangweilt. Elucia grinste fies.

»Langweilst du dich etwa? Willst du einen richtigen Kampf?«

Vior zögerte, doch nickte dann entschlossen. Kaum hatte er dies getan, zog Elucia den Stab von ihrem Rücken und wirbelte ihn herum. Blitzschnell blockierte er alle Hiebe mit den Drachenklauen, was ihn jedoch einiges an Kraft kostete. Dann schaffte er es, den Stab zurückzudrängen und griff ebenfalls einige Male an. So tanzten die beiden einen Moment lang durch den Garten, bevor Vior, der langsam sichtlich in Bedrängnis kam, einen Satz nach hinten machte und dann plötzlich wie ein Speer nach vorne schoss. Elucia blockierte die herannahenden Klauen des Jägers, indem sie den Stab vor sich riss und ihn quer drehte. Der zweite Treffer auf den Schaft brachte sie zum Taumeln. Vior, der hinter ihr auf den Boden aufkam, rollte sich ab und stürmte noch im selben Moment auf sie zu, um sie von hinten mit der Faust zu treffen. Gerade, als er sich seines Sieges sicher war, drehte Elucia ihren Körper so, dass der vornüber gebeugte Jäger knapp an und unter ihr vorbeiglitt. Noch während er an ihr vorbeisauste, drehte sich der Stab und krachte in einem der Enden zwischen die Schulterblätter des Gegners. Vior brach zu Boden und schlitterte aufgrund seiner Geschwindigkeit noch ein paar Meter durch den Dreck. Mike, welcher nun wieder aufrecht saß, klatschte der Gewinnerin Beifall.

»Ich bin mehr außer Form als ich dachte«, keuchte sie. Der Dämonenjäger versuchte sich vergeblich hochzustemmen, denn er fiel sofort wieder auf den Boden, sobald er dies versuchte. Gemächlich schlenderte Elucia zu ihm, beugte sich herunter und drückte mit den Händen an seinem Rücken herum. Ein leises Knacken ertönte und der Mann stöhnte auf. Dann krabbelte er ein Stück vor und stellte sich schwankend auf die Beine.

»Ich habe so viele starke Dämonen besiegt, und du erzählst mir, du wärst nicht in Form?«

»Ich habe keine Zauber genutzt, die deine Maske für dich abwehrt, sondern bin dir mit einer stumpfen Waffe im Nahkampf begegnet. Und ja, meine Kondition war mal besser. Ich üb' dann mal weiter meine Portalzauber!«

Elucia winkte Mike zu, bevor sie ein blaues Licht vor sich beschwor und verschwand. Als er wieder nach Vior schauen wollte, war dieser bereits im Wald verschwunden. Er stand auf, ließ die Schultern kreisen und zuckte zusammen, als sein Brustbein schmerzte. Vorsichtig zog er sein Shirt nach oben und tastete die Stelle ab. Das würde einen mächtigen blauen Fleck geben. Mist.

13

Um Lucy herum war alles schwarz. Nichts als die Dunkelheit und die Stille.

»Meditiere ich?«, sagte sie leise. Das Ganze war ihr nicht ganz geheuer. Plötzlich flammte unter ihr ein rundes Licht auf. Das Licht formte sich zu mehreren ineinander befindlichen Ringen, doch die Mitte blieb frei. Dort erschien nun ein helleres Licht, das sich langsam zu einer Schrift formte. Lucy ging in die Hocke, um einen besseren Blick darauf zu haben.

»Featraza«, las sie, als die Lichter sich nicht mehr bewegten. Das war also der Name ihrer Seele? Sollte sie den Namen, der allen anderen bekannt war, nun davonschmeißen? Wer wollte sie sein? Sie schüttelte den Kopf. Nein. Ihre „Lucy"-Zeit war nicht vorbei. Als sie sich aufrichtete, sah sie überall um sich kleine, dämmrige Lichter in den verschiedensten Farben herumschwirrten. Kurzerhand griff sie nach einer hellblauen Kugel und holte sie zu sich. Es war ihr Zauber „Eislanze". Die Kugel zu berühren fühlte sich an, als berührte sie ein Stück von sich selbst. Sie ließ das Licht wieder davonschweben und griff sich nach und nach immer wieder andere.

„Blitzstoß", „Flammenkugel", „Heilen", „Allgemeinschild" und „Entzünde". Sie war fasziniert. Was hatte Shou gesagt? Die Umgebung eines Zaubers erkunden... Lucy lief ein wenig umher, bis sie in der Lage war, „Blitzstoß" erneut zu fangen. Mit dem schwachen Licht in der Faust ging sie voran. Doch wie sollte sie denn nach so etwas suchen? Sie musste den Zauber verstehen – ihn in ihrer Seele erkennen. Ein Blitz bewegte sich im Zick-Zack. Er traf Gegner rasend schnell. Sie hatte ihre Blitze zuletzt beim Training vor ein paar Wochen verwendet, da es einige Gefahren für den Wald barg. Mit Feuer zu üben war tabu, daher beschränkte sie sich meist auf die Eiszauber „Eislanze", „Eissäule", und „Eisdorn".

Als sie so darüber nachdachte, leuchtete das Licht in ihrer Hand stärker und stärker.

»Ein Blitz ist mobiler als Eis. Er wird auch von Gegenständen oder Leuten angezogen und kann weitergeleitet werden«, murmelte Lucy. In diesem Moment strahlte ein Lichtblitz aus ihrer Hand. Die Kugel war gewachsen. Die Dämonin war überrascht, dass sich in ihrem Kopf plötzlich das Wissen befand, dass ihr Blitzstoß nun von ihrem Ziel nach einem Treffer auf andere Sachen überspringen konnte, jedoch nur, wenn sie es wollte. Zudem wusste sie nun, wie sie den Zauber ausführen musste, damit er nicht so viel Kraftaufwand benötigte. Sie fühlte sich erfüllt und glücklich.

Lucy schlug die Augen auf und sah direkt in Shous Gesicht, welcher sich vorgebeugt hatte und sie angestrengt beobachtete.

»Ist was?«

Er schüttelte den Kopf.

»Nein, nichts.«

»Wie lange bin ich weggewesen?«

»Zwei Stunden. Verrätst du mir deinen Seelennamen?«

Sie berichtete von ihrem Namen und wie sie mehr über einen ihrer Zauber gelernt hatte. Shou schien mehr in Gedanken versunken zu sein, als dass er ihr zuhörte.

»Shou?«, fragte Lucy nun und unterbrach ihre Erzählung.

»Hm?«

»Du hörst mir gar nicht richtig zu. Ich entdecke neue Seiten an oder eher in mir und du starrst vor dich hin.«

»Nimm's mir nicht übel. Mir ist da so etwas durch den Kopf gegangen, aber ich muss mal mit Elucia darüber reden. Natürlich bin ich stolz auf deinen Fortschritt. Ruh dich erstmal ein wenig aus und reflektiere das Erlebte. Wenn du dich stark genug fühlst, kannst du ja erneut in deine Seele abtauchen. Ich sehe mal nach meiner Frau.«

Er schwenkte seine Prothese zum Abschied und verschwand aus Lucys Blickfeld. Sie war gerade dabei, ihren Seelenbesuch Revue passieren zu lassen, als Mike sie aus den Gedanken riss.

»Lucy! Ich muss dir was erzählen!«

Sie rollte mit den Augen. Was konnte wichtiger sein als ihr tiefstes Selbst? Wollte er denn nicht ihren Seelennamen erfahren? Mike realisierte dies auch und fügte hinzu: »… aber erst, nachdem du mir von deinen Erlebnissen berichtet hast.«

»Featraza?«, wiederholte Mike schließlich.

»Für mich bist und bleibst du meine Lucy.«

»Hoffe ich doch«, erwiderte Lucy und zwinkerte ihm zu. Dann erzählte er von den Kämpfen im Garten. Seine Freundin lachte laut auf, als er von Elucias Triumph über den Dämonenjäger berichtete.

»'Tschuldige, aber das hatte er irgendwie nötig«, brachte sie beim Lachen hervor.

»Ich fand es echt cool, wie stark Elucia ist. Wenn Shou ebenso stark ist, dann können wir Kanoe besiegen.«

»Du solltest nicht zu übereifrig werden. Denk nur dran, wie viele Opfer es beim Kampf gegen Lucifer gab. Mal ganz zu schweigen von der

Tatsache, dass wir ohne deiner Losstürmerei nie im Seelengrab gelandet wären.«

Mike kratzte sich am Kopf. Ja, das stimmte wohl.

»John ist da! Wo ist John hin?«, ertönte es hinter ihnen. Lucy schüttelte den Kopf. Ständig war irgendwas. Ihr Blick fiel auf John, welcher mit tiefernstem Blick dicht hinter Mike stand. Unmittelbar hinter ihm befand sich Celina. Sie war leicht nach vorne gebeugt und sah unfassbar müde aus.

»Wir … haben die ganze Nacht an Johns neuen Ideen herumgebastelt. Ich hoffe echt, dass sie funktionieren«, murrte sie, hob ihren Dreizack an und drückte auf einen Schalter. Blitze huschten um die einzelnen Zacken.

»Es ist nicht viel, aber es hilft mir vielleicht, ein wenig besser gegen Dämonen zu kämpfen. Außerdem zieht er nun auch andere Blitze an und annulliert sie. Ich denke trotzdem kaum, dass ich für eine solche Mission geeignet bin.«

Celina gähnte und ließ den Dreizack mit dem Schaft auf den Boden fallen.

»Oder man kann John aufspießen und mit Blitzen grillen!«, brüllte John voller Begeisterung. Er war ganz und gar nicht müde.

»Mikes Schwert rüstet John mit kleinen Düsen aus, die das Schwert beschleunigen. So kann er Johns Hals noch schneller zerhacken!«

Der Wahnsinnige lachte laut, rannte in die Küche und kam mit einer Wurst wieder zurück. Er ließ sich eine der drei für Victa vorgesehenen Düsen geben und befestigte sie mit schnellen Handgriffen an dem Stück Fleisch. Dann drückte er den Knopf an der Wurst und … die Wurst flog zuerst nach oben gegen die Decke, dann wieder auf den Boden, nur um danach in den Flur zu verschwinden. John klatschte laut Beifall.

93

»Warum?«, fragte Lucy knapp. Sie wusste nicht einmal, ob sie das überhaupt wissen wollte. Mike starrte auf den Boden und versuchte, nicht in Johns Gelächter einzusteigen.

»War doch witzig, oder?«, meinte er zu sich selbst.

»Für Lucy hat John nichts gebastelt, sie hat ja keine Waffen. Für Vior gibt es -«

Bevor er weiterreden konnte, kam Shou wieder die Treppe hinunter. In seiner Hand hielt er die Raketenwurst. Seufzend hielt er sie in die Runde.

»Nehmt das hier einfach wieder zurück. Ich will auch keine Erklärung.«

John ergriff sie und drehte sie in der Hand herum.

»Willst du auch John jagen und als Dip für deine Milch servieren?«, fragte John ihn mit großen Augen.

»Bitte was?«

Shou machte einen extrem verwirrten Eindruck. Lucy zog ihn beiseite und erklärte mit ein paar Sätzen Johns Persönlichkeit. Als sie sich wieder den anderen zuwandten, startete John die Wurst erneut. Diesmal verschwand sie fast augenblicklich aus dem Raum.

»Scheiße, John, warum?«, fluchte Lucy und ging an der halb schlafenden Celina aus dem Raum hinaus, um das inzwischen ungenießbare Lebensmittel einzufangen. John krümmte sich auf dem Boden vor Lachen und Mike presste die Lippen aufeinander.

14

Zwei Tage später wirbelte Mike Victa im Garten herum. Immer wieder drückte er den kleinen Auslöser am Griff des Schwertes, um ihm einen Geschwindigkeitsschub zu versetzen. Bei seinen ersten Versuchen am vorigen Tag hatte er schnell das Gleichgewicht verloren und war gestürzt, doch inzwischen hatte er gelernt, den Schwung mit seiner Körperhaltung abzufangen. Als er gerade zu einem neuen Hieb ausholte, öffnete sich knapp vor ihm ein blau schimmerndes Portal und Elucia trat zu ihm in den Garten. Das Portal schloss sich.

»Du hattest Glück, dass ich den Raketenschub an meinem Schwert noch nicht aktiviert hatte, sonst hätte ich das Schwert nicht bremsen können«, meinte Mike knapp.

»Der Akku von der Düse ist leer, ich habe dich aus dem Fenster beobachtet. Den Schlag hätte ich außerdem mit meinem Stab geblockt.«

Elucia wirbelte den Stab schwungvoll herum, bevor sie ihn in die Befestigung an ihrem Rücken steckte.

»Weshalb ich zu dir gekommen bin, hat aber einen anderen Grund. Lucy bat mich, dich hereinzuholen, da sie sich kurz mit uns allen absprechen wollte.«

Mike nickte und wollte in Richtung Haus laufen, doch Elucia öffnete mit einem Zauber ein neues Portal und deutete darauf.

»Mach's dir nicht so kompliziert.«

»Na endlich«, sagte Lucy, als die beiden durch das Portal das Wohnzimmer betraten.

»Sag mal ...«

Lucy wendete sich an Mike.

»Unseren heldenhaften Dämonenjäger hast du seit seiner Niederlage nicht mehr gesehen?«

Der Junge zuckte mit den Achseln – keine Spur.

Lucy verschränkte die Arme und sprach dann in die Runde: »Okay, gut. Was fehlt uns noch an Vorbereitungen? Mike, wollte dein Vater nicht bei der MWD anfragen, ob sie uns 1-2 Männer herschicken könnten? Wie steht es um die Portale, Elucia? Hast du schon Kontakt mit Ragnarök aufgenommen, Shou?«

»Keine Ahnung«, sagte Mike.

»Guter Fortschritt, ich kann bereits Portale über eine Distanz von 300km erzeugen, allerdings ist der Kraftaufwand sehr hoch und es kann dann nur eine Person durch, bevor das Portal schließt. Gebt mir noch eine Woche Zeit und ich kann dasselbe in das ehemalige Daemon City tun«, antwortete Lucy.

»Nö, bisher nicht. Ich habe mich aber in meiner Seele darauf vorbereitet und nehme noch heute den ersten Kontakt auf. Wie steht's denn bei dir um deine Meditation?«, erwiderte Shou.

Lucy zog einen Mundwinkel an.

»Also ... Ich habe ein bisschen meditiert ...«

»Nicht genug. Lass uns selbstständig unsere Sachen erledigen, wir sind alt genug. Kümmere dich darum, dass du selbst stärker wirst.«

Er klopfte ihr auf die Schulter und ging langsam davon. Lucy starrte auf den Boden.

»Zeit für deine nächste Lektion, Mike.«, ertönte Chronos Stimme in Mikes Kopf. Er zuckte kurz zusammen, bevor er realisierte, wer da gesprochen hatte.

Während also Mike zu Chrono ging, um seine Kräfte zu erweitern, teleportierte sich Elucia umher, versank Lucy in ihrer Seele und berührte Shou den roten Kommunikator, nur um sich danach auch in der Meditation hinzugeben. Aus dem Keller ertönten metallische Geräusche.

15

»Ich habe schon auf dich gewartet«, ertönte die hallende Stimme des riesigen, roten Wolfes, als Shou das Innere seiner Seele betrat. Er lag ausgestreckt in einer lauernden Position mit dem Kopf zwischen den Vorderpranken.

»Auch ich wusste, dass dieser Tag kommen wird. Entweder ich, meine Frau oder meine Nachfahren würden dir gegenüberstehen.«

Shou sah den Wolf entschlossen an, doch seine Beine fühlten sich weich an. Ragnarök erhob sich und kam langsam auf den Dämonen zu.

»Zunächst einmal meine Glückwünsche, der Zauber deiner Frau hat euch nicht nur Jahrhunderte an Leben gehalten und eure Körper jung gehalten, ihr habt euch auch erfolgreich vor mir und meiner Schwester versteckt.«

Schweigen trat für einen Moment ein. Als Ragnarök schon sehr nah war, setzte er zum Sprung an, stieß den vor Ehrfurcht erstarrten Shou um und nagelte ihn mit seinen Pranken am Boden fest.

»Du bist entschlossen, Azaroths Werk zu beenden, nicht wahr?«, knurrte er.

»Du willst diesen Schummlerkönig, dessen Kräfte nur gestohlen sind, endgültig vernichten? Mich interessieren eure Pläne herzlich wenig, doch diesen König möchte ich tot sehen, nach dem, was er der Welt und meiner Schwester angetan hat. Chrono hat da seine eigenen Pläne, aber auf ihn würde ich mich nicht verlassen.«

Der Dämon unter ihm regte sich kaum und sah ihn bloß mit einer Mischung von Faszination und Angst im Gesicht an. Ragnarök stieg von ihm herab und versetzte der Hüfte einen Prankenhieb. Shou entließ einen spitzen, aber kurzen Schrei, schlitterte ein paar Meter über den Boden und rappelte sich dann auf.

»Ja. Deshalb bin ich gekommen. Ich möchte von dir lernen, wie ich Kanoe für immer loswerden kann.«

»Wenn du nicht so ungeduldig bist wie Azaroth es war, dann lasse ich mich überzeugen.«

Shou richtete seine Prothese auf den Wolf.

»Ich habe viel von Azaroth gelernt, aber ich bleibe weiterhin ein Schüler, wenn es von mir verlangt wird. Ich werde Kanoe besiegen!«

Ragnarök bleckte die Zähne.

»Nun gut. Ich bin zwar nicht ganz überzeugt, aber da du Azaroths Schüler warst, wird wohl was an dir sein. Er war schließlich ein außergewöhnlicher Krieger. Ich akzeptiere dich als Partner, aber pass bloß auf, dass deine Frau nicht vor Ende deines Trainings ermordet wird.«

Ein heiseres Lachen erklang. Shou ballte seine gesunde Hand zu einer Faust, tat aber sonst nichts. Abermals kam der Wolf auf ihn zu, diesmal jedoch mit einer gewaltigen Geschwindigkeit. Shou versuchte zwar, den Prankenhieb mit seiner Prothese abzufangen, aber die schiere Kraft, Geschwindigkeit und Größe des Wolfes machten es unmöglich. Er wurde in die Luft geschleudert, Ragnarök folgte ihm mit einem riesigen Sprung, krachte von oben auf seinen Oberkörper und rammte ihn wieder in die Tiefe. Der Dämon verlor beinahe das Bewusstsein, als sie mit dem Boden seiner Seele kollidierten.

»Du bist tatsächlich noch am Leben. Fein. Beginnen wir das Training. Lektion 1: Der Weltenschneider ...«

»Interessant«, sagte Chrono. Die Haare des alten Mannes waren zerzaust und er hatte dunkle Augenringe. Sein Blick ruhte auf Mike, der soeben angekommen war.

»Du siehst schlimm aus«, meinte Mike und stand auf.

»Dieses Kind bringt mich noch ins Grab. Meine Zeit wird kürzer und das Kind wird stärker. Wenn das so weitergeht, dann war's das mit mir. Deshalb brauche ich mehr Macht. Macht über meine Geschwister und Macht über die Welt. Deshalb habe ich ja dich. Du bist die Brücke zwischen den Welten. Ich brauchte Macht, verstehst du?«

Chrono packte Mike an den Schultern und schüttelte ihn ein paar Mal. Als er wieder frei war, wunderte dieser sich: »Wer ist denn dieser Junge?«

»Ach, das bin auch ich. Kanoes Manipulationen an den Kräften der Welt, ohne die geliehene Kraft zurückzuzahlen, haben einen neuen Chrono geboren. Ich kämpfe schon über 1000 Jahre lang gegen ihn an, doch er raubt mir immer mehr Kräfte und den Verstand. Irgendwann hat er mir alles genommen und ich werde sterben und er nimmt meinen Platz endgültig ein.«

»Was dann?«, fragte Mike.

»Ich weiß es nicht. Ich weiß es nicht!«

Nach einer kurzen Pause fügte er noch hinzu: »Es könnte sich nichts verändern, oder aber die gesamte Zeit der Erde wird zurückgesetzt und alles beginnt nochmal von vorne. Vielleicht ist das schon einmal passiert, wer weiß? Vielleicht haben wir dieses Gespräch schon tausende Male geführt?«

»Echt jetzt?«

»Unwahrscheinlich, aber möglich.«

Schweigend marschierten sie zum Schloss, die Türen schwangen auf.

»Wie auch immer. Lass uns trainieren, Mike.«

Wie gerufen kam Fenrir angelaufen und platzierte sich unmittelbar vor den beiden. Die Enden seines Tuches fielen auf die Schultern, als er zum Stehen kam.

»Also gut. Heute werden wir einen simplen Rückspul-Zauber anwenden. Zieh dein Schwert.«

Mike tat, wie befohlen und zog das Uhrzeiger-Schwert hervor.

»„Zurückspulen" ist ein Zauber, welchen du vorbeugend anwenden musst. Stelle hierzu eine gedankliche Verbindung von deiner Schwertspitze zu dir oder deinem Ziel her. Wenn du den Zauber allerdings nicht auf dich anwenden kannst, schaffst du es auf andere sowieso nicht. Der Zauber merkt sich deine momentane Position und deinen Zustand. Nach exakt zehn Sekunden setzt er dich genaustens in diesen Zustand zurück. Dies heißt, selbst wenn du irgendwo entlangrennst, wirst du danach wieder zurückkehren. Erleidest du Wunden, werden diese wieder vollständig entfernt. Alles andere wird nicht beeinflusst. Erstichst du jemanden in dieser Zeit, so wird er auch danach weiterhin tot sein, es ist schließlich keine Zeitreise. Außerdem: solltest du während dieser Zeit sterben, wirst du nicht mehr zurückgesetzt. Der Zauber lebt nur im Zusammenhang mit einer lebenden Seele.«

Mike nickte, obwohl er nicht alles vollständig verstanden hatte.

Staunend sah Elucia zum Eiffelturm empor. Sie hatte ihr Portal in einer Seitengasse nahe der Pariser Innenstadt verlassen und war dann fasziniert umhergewandert, bis sie vor dem Monument aus Metall stand. Ein paar Leute begannen, sie zu fotografieren. Ihre außergewöhnliche Kleidung und der Stab auf ihrem Rücken ließen sie wie eine Straßenkünstlerin wirken. Doch dies war ihr egal. Sie hatte zu diesem Zeitpunkt nur Augen für die blechernen Autos auf den Straßen, die leuchtenden Schaufenster und die Menschen, die zwischen dem ganzen Licht und den Geräuschen umherwuselten. »Wahnsinn, was aus den Menschen geworden ist. Wie die Welt wohl aussehen würde, wenn Azaroth den König nicht besiegt hätte?«, dachte Elucia. Der Boden unter ihr glitzerte feucht, als es zu regnen begann. Sie fluchte leise und suchte Unterschlupf in einem nahen Buchladen.

»Bonjour«, begrüßte sie der Mann hinter der Theke. Da Elucia kein Französisch konnte, lächelte sie ihn nur freundlich an. Staunend ließ sie ihren Blick über die Regale voller bunter Bücher schweifen. Es gab sogar eine Ecke mit englischsprachigen Büchern. „HISTORY 16-21 century" weckte ihr Interesse, sie griff nach dem Buch und zog es heraus. Es war ein dickes Buch mit einem braunen Einband, auf dem man alte Zeichnungen und Fotos von Menschen sehen konnte. Neugierig ließ sich die Dämonin auf den Boden gleiten und begann, im Schneidersitz im Buch zu stöbern. Neben einigen spannenden Entwicklungen las sie auch einige erschreckende Dinge. Rassismus, Kriege und Massenvernichtungen lagen in der Vergangenheit der Welt, die sie draußen so bewundern konnte.

Plötzlich stand der Buchhändler vor ihr und entriss ihr das Buch. Dabei zeterte er etwas auf Französisch. Sie zuckte bloß mit den Schultern, stand auf und verließ den Laden. Draußen im strömenden Regen fragte sie sich, was das denn für ein Buchladen sei, wenn man sich die Bücher nicht ansehen dürfe. Sie schüttelte den Kopf, wobei ihre durchnässten Haare gegen die Wangen klatschten. Langsam schlenderte sie zurück zu der Gasse, aus der sie gekommen war.

»Also, so sieht die Axt nun aus?«, murrte Celina und gähnte. Sie hatte in den letzten Tagen zu wenig geschlafen. Sie griff den Stiel ihrer Holzfälleraxt und betrachtete sie aus jedem Winkel. Es befanden sich nun kleine Rillen an der Schneide.

»Ein John-Griller, um John zu grillen. Ist aber ungenießbar.«

Sie ging auf den Kommentar des Erfinders nicht ein.

»So. Du musst die Axt bloß von hier unten bedienen, und dann …«

Celina drückte auf einen kleinen Knopf unten an der Axt und aus den Rillen stob Feuer, das die Schneide umhüllte.

»Na bitte, es funktioniert. Das wird garantiert nützlich werden, immerhin verfüge ich jetzt als Einzige über keine Magie. Ich gehe jetzt schlafen. Machst du noch die Verbesserung für Viors Armbrust fertig, falls er sich entscheidet zurückzukehren?«

Sie winkte, betrat die Treppe nach oben und blickte John in Erwartung einer Antwort an, welcher sie gespannt mit großen Augen anstarrte. Sie blinzelte. Er blinzelte nicht. Minuten vergingen.

»Blinzelst du nie?«, fragte Celina.

»Ich muss John doch sehen.«

»Aha. Bist du nicht selbst John?«

»ICH bin John?«

»Ja.«

»Aber wenn John John ist, warum sollte John dann John töten, wenn John damit John tötet?«

»Ich bin wahrscheinlich einfach nur zu müde und sollte nicht versuchen, mit dir zu diskutieren, aber du solltest nicht so einen Hass gegen dich selbst hegen. Du bist ein Erfinder und Genie, aber alles was du von dir gibst, hat was mit „John jagen" zu tun.«

»Ist da was Falsches dran?«

Sie rollte mit den Augen. John blinzelte.

Für einen Moment schienen Johns Gedanken gefasst, doch dann rief er wieder: »John hat John geschworen, John zu jagen! Kein Entkommen!«

Daraufhin rannte er im Kreis und fauchte dabei wie eine Raubkatze. Celina gab auf und stapfte die Treppe nach oben.

Mike stand nun vor Fenrir. Stunden waren vergangen, doch nun sollte es endlich klappen.

»Nelupskcüruz!«, schrie er so laut er konnte und konzentrierte sich auf eine unsichtbare Verbindung zwischen dem Uhrzeigerschwert und sich selbst. Er spürte, wie eine Kraft von seinen Füßen aus durch seinen Körper huschte. Ein dumpfes Gefühl blieb in seinem Kopf zurück. Nun rannte er zu Fenrir, wirbelte das Schwert herum und landete zwei Treffer, die blutige Striemen auf dessen Oberkörper hinterließen. Dann regte Fenrir sich plötzlich auf ein Zeichen von Chrono hin und schlug Mike mit der Faust mitten ins Gesicht. Der Junge hatte natürlich mit keinem Gegenangriff gerechnet, sodass er nicht reagierte und einfach nur mit erstauntem Blick zu Boden ging. Warmes Blut rann aus seiner Nase. Das dumpfe Gefühl in seinem Körper wurde zu einem Zerren, das aus dem Körper hinaus wollte. Es wurde immer stärker, bis er das Gefühl hatte, nach hinten gerissen zu werden. Ehe er es realisierte, stand er wieder dort, wo er den Zauber gewirkt hatte. Keuchend griff er an seine Nase. Kein Blut. An Fenrirs Brust klafften immer noch zwei Schnittwunden und auf dem Boden neben ihm befand sich eine kleine Blutlache, die Mikes Nase entronnen war.

»Glückwunsch, Mike. Das mit Fenrir war abgemacht, damit du die vollen Ausmaße des Zaubers kennenlernst. Nachdem ich gemerkt habe, dass der Zauber geklappt hat, gab ich ihm das Zeichen, zuzuschlagen. Ich hoffe, es tat nicht zu sehr weh.«

Der Junge griff sich erneut an die Nase. Kein Blut, keine Schmerzen.

»Und jetzt probiere ich ihn an Fenrir aus?«, sagte er.

»Nein. Jetzt ist Zeit zu gehen. Sofort!«, erwiderte der alte Mann.

»Ich bin erstaunt, muss ich zugeben«, knurrte der Wolf.

»Den Weltenschneider bekommst du schon mal hin, auch wenn es deutlich mehr Arbeit war als bei Azaroth. Um ehrlich zu sein, glaube ich nicht, dass du einen Weltenschneider in dem Ausmaße erzeugen könntest wie dein Mentor es konnte.«

Shou sagte nichts. Er war auf die Knie gefallen und rang nach Luft. Er hatte nach unzähligen Versuchen und Prankenhieben endlich einen Weltenschneider erzeugen können.

»Nun ja. Ich verschwinde dann mal wieder von hier. Wir sehen uns die Tage dann wieder. Überstürze nichts und lass deine Frau nicht sterben.«

Die Stimme hallte noch nach, als der Wolf sich in kleine Partikel zersetzte.

16

Celina kam am nächsten Morgen zufrieden lächelnd mit einer Tasse Kaffee in das Wohnzimmer, in dem die anderen alle saßen. Ihre Augenringe waren verschwunden. Munter stieg sie über den auf dem Teppich schlafenden Drak und setzte sich auf einen freien Platz.

»Schlaf ist doch toll«, flötete sie.

Elucia blätterte in einem Reiseführer mit dem Titel „100 Orte, die man in seinem Leben besucht haben muss" und umkreiste immer wieder Einträge mit einem Kugelschreiber. Shou, dessen Haare genau wie seine Kleidung ein totales Durcheinander waren, blickte neugierig über ihre Schulter.

»Elucia, wir sollten uns über unsere Fortschritte austauschen«, beschwerte sich Lucy.

»Moment noch.«

Sie unterstrich einen Satz und klappte das Buch dann mitsamt dem Kuli darin zu.

»Okay. Ich fange an«, sprach Lucy.

»Seit ich meinen Seelennamen kenne und meditiere, habe ich gemerkt, wie die Kraft meiner Zauber generell gestiegen ist. Ansonsten habe ich kleinere Verbesserungen an meinen Zaubern entdecken können.«

Nacheinander erzählten sie. Als Shou an der Reihe war, hatte er zumindest seine Kleidung so zurechtgerückt, dass alles wieder am rechten Ort war.

»Fehlt nur unser Lieblingsdämonenjäger.«

»Lucy, du kennst doch nur einen«, sagte Elucia.

»Deshalb ja „Lieblings-".«

Herr Berg kam in das Wohnzimmer.

»Ich habe soeben einen Anruf vom MWD erhalten. Sie werden uns bloß einen Soldaten zustellen. Und selbst dafür musste ich stundenlang diskutieren. Er kommt allerdings ganz aus der Nähe und sollte noch heute eintreffen. Ach ja, Vior hängt wieder bei uns im Garten herum.«

»Okay«, sagte Lucy. Man sah ihr an, dass sie ihn nicht vermisst hatte.

»Komm, Mike. Wir gehen zu ihm.«

Elucia war bereits aufgestanden und hielt ihm die Hand hin, sodass er einfacher aufstehen konnte. Er ging gerade aus dem Türrahmen, da befand er sich auch schon draußen im Garten. Vior blickte ihn und das hinter ihm befindliche Portal grimmig an.

»Hey Viktor! Da bist du ja wieder!«, rief die Dämonin freudig.

»Ich will eine Revanche.«

»Nee, jetzt nicht. Komm mit uns ins Haus!«

»Ich will aber eine Revanche.«

Mike kam das Gespräch eher wie eines zwischen Mutter und Sohn vor.

»Wir sind hier in keinem Prügelclub. Wir kämpfen höchstens gegeneinander, um zu trainieren. Du möchtest nun gegen mich kämpfen, um zu gewinnen, nicht um dich selbst zu verbessern. Deshalb nein.«

Der Junge steckte die Hände in die Hosentaschen und fragte sich, weshalb er überhaupt mitkommen sollte. Er war doch nur ein Statist. Nach einigem Hin und Her gab Vior schließlich nach und trottete in Richtung Haus. Elucia platzierte ein Portal direkt vor ihm, doch der Dämonenjäger ging einfach hindurch, als sei es bloß Licht, und setzte seinen Weg fort.

»Stimmt, die Maske«, sagte Elucia grinsend, ließ das Portal verschwinden und ein neues vor sich entstehen. So fanden sie sich im Wohnzimmer wieder. Kurz darauf traf auch Vior ein, welcher sich auf die Lehne des Sofas neben Mike setzte.

»Ich war im Wald und habe an meinen Fähigkeiten gefeilt«, fasste er seine letzten Tage zusammen.

»Wow. Das war ja total viel. Unglaublich«, meinte Lucy und legte die flachen Hände an ihren Kiefer, so als sei sie schockiert. Vior warf ihr bloß einen finsteren Blick zu und sagte dann: »Ich werde keine Einzelheiten erzählen.«

Am späten Nachmittag klingelte es an der Tür. Mike, der gerade mit Drak in der Küche hockte und Kuchen aß, ging zur Tür.

»Officer Rufus Lampert, auch genannt „Zero". Spezialist für Magieneutralisierung beim MWD.«, stellte sich der muskulöse Mann vor.

Er hatte kurzgeschorenes, hellblondes Haar, breite Schultern und trug eine schwarze Rüstung, auf der sich überall Schutzplatten befanden. In seinem Gesicht sah man schon die ersten Falten. Unter den kurzen Ärmeln prangte auf seinem rechten Bizeps ein breites Tattoo. Auf ihm war ein offenes Grab zu sehen, in dem die Worte „DEINE HOFFNUNG" standen. Es war eine Erinnerung daran, dass unzählige Gegner, im Ringen, das er hobbymäßig betrieb, oder auch Magiewesen, durch diesen Arm ihre Niederlage gefunden hatten. Auf seinem Rücken sah man die Ansätze zweier Schusswaffen und an seiner Hüfte baumelten zwei Handfeuerwaffen und ein langes Jagdmesser. Seltsame, glatte, nachtblaue Kugeln gesellten sich dazu. Munition für die anderen Waffen schien ebenfalls nicht zu fehlen.

108

»Ich bin Drak, Drache und Spezialist für Drachenfeuer«, brüllte Drak von weiter hinten. Zero warf einen kurzen Blick auf ihn und wandte sich dann wieder an Mike.

»Du bist wohl Berg Junior?«

»Ja, genau.«

Kaum war der Soldat eingetreten, führte man ihn in das Wohnzimmer.

»Zero? Hätte nicht gedacht, dass sie dich schicken!«, lachte sein Vater.

»Als der Boss einen Rekruten losschicken wollte, um einem alten Truppenführer zu helfen, bekam ich etwas von einem angeblichen Dämonenkönig mit und meldete mich freiwillig. Du weißt, ich werde normalerweise dann eingesetzt, wenn ein Drache, Dämon, Silberengel, eine Fee oder ein Schattenwesen im Wald ihre Magie nicht mehr unter Kontrolle haben und es längst zu spät ist.«

»Es gibt Feen und Schattenwesen?«, fragte Mike ungläubig. Zero ignorierte ihn.

»Mike, hol' doch mal die anderen, wenn du sie findest.«

Er folgte dem Auftrag seines Vaters und zog los.

Kaum hatten sich alle, außer John und Elucia, die gerade wohl in einem anderen Land war, eingefunden, fragte der Junge: »Was trägst du da eigentlich auf dem Rücken?«

Zero beugte sich wortlos vor und zog die beiden Waffen hervor. Die erste sei ein ganz normales Maschinengewehr, erklärte er und legte die grüne Waffe beiseite. Dann ergriff er die schwarze Waffe mit dem blauen Zackenmuster. Sie sah aus wie ein Rohr, das man vertikal in der Hälfte zersägt hatte um es dann mit vielen Drähten mit einer kleinen

Lücke dazwischen wieder zusammenzubauen. Die Waffe war groß und ging nahtlos in einen geschwungenen Griff über. Aus dem Inneren drang ein schwaches Leuchten. Als er sie anhob, spannte sich das Grab auf seinem Arm, als wolle es Mikes Hoffnung ebenfalls verschlingen.

»Das ist meine persönliche Waffe, ein Unikat.«

Er zog eine der lilafarbenen Kugeln von seinem Gürtel.

»Null, wie ich die Waffe getauft habe, wird mit diesen Bomben geladen und kann mit hoher Präzision über hohe Distanzen schießen. In diesen Bomben ist zum einen ein Gas, welches beim Aufprall entweicht, und ein Stoff namens „AnMag". Es ist eine Antimagie-Droge, die normalerweise in Lebensmittel gemischt wird.«

»Ja«, erinnerte sich Mike, »das haben die Trays damals mit Lucy getan.«

Lucy nickte zustimmend.

»Nulls Geschosse explodieren jedoch so, dass der entstehende Nebel von der Haut absorbiert wird und außerdem in die Atemwege gelangt. Es wirkt schneller, aber auch kürzer als die herkömmliche Variante. Perfekt, um einen Magienutzer außer Gefecht zu setzen.«

»Finde ich gut, sowas brauche ich auch«, meinte Vior.

»Für dich macht es doch sowieso keinen Unterschied, ob dein Gegner Magie nutzt oder nicht«, spottete Shou. Der Dämonenjäger knurrte.

»Jedenfalls«, fuhr der Spezialist fort, »hoffe ich, dass wir nicht zu lange brauchen, bis wir aufbrechen. Ich werde für diesen Einsatz nicht bezahlt, da er „unter meinen Qualitäten liegt". Dämliche Bürokratie.«

Später am Abend stand Elucia an einem Fenster im Obergeschoss, warf einen Blick hinaus, konzentrierte sich und schuf ein Portal. Sie spürte, wie gewaltige Mengen Kraft aus ihrem Körper flossen und trat erschöpft hindurch. Schwarzes Gestein umringte sie. Noch einmal sah sie sich um, um sicherzugehen, dann brach sie in Jubel aus. Sie hatte es tatsächlich bis in das Seelengrab geschafft! Unter ihren Füßen lagen die Überreste ihrer Steinfassade, die sie jahrhundertelang getragen hatten. Sie wägte ab, ob ihre Kräfte bereits ausreichen würden, um zurückzukehren, als alles um sie herum erbebte. Steine fielen von der Decke herab, Risse zogen sich durch den Stein. Elucias Beine gaben nach und sie fiel auf ihr Hinterteil. Schnell krabbelte sie in Richtung des Höhlenausganges, um bei einem Einsturz nicht erschlagen zu werden. Ein spitzer Stein schlitzte ihre linke Wange auf. Ein Blutstropfen schlängelte sich seinen Weg herab. Dann die rettende Freiheit. Das Beben war zu stark, um aufzustehen, doch sie sah, wie im gesamten Seelengrab die Decke bröckelte. Die Rauchschwaden des Dorfes in der Ferne waren erloschen. Elucia kannte dieses Beben. Sie starrte in die Leere, als die Erinnerung sie überkam. Damals, als sie Azaroth beim Sterben zusah und danach floh, erbebte die Welt genauso, auch wenn noch nicht so stark. Ihre Augen weiteten sich. Hieß das etwa …?

17

Der Erzmagier und Dämonenkönig Kanoe stemmte seine Arme gegen die Knie, während er versuchte, aufrecht stehen zu bleiben. Zum Glück hatten Marcurios Zweifel daran, was richtig und was falsch ist, Lucifer den Moment geboten, seine widerspenstige Hälfte ein für alle Mal zu verschlingen. Die blaue Hälfte des ehemaligen Daemon City erbebte. Der Körper war vereint, nun würde die Seele nachziehen. Er spie Blut. Verdammter Azaroth. Als er in zwei gespalten war, hatte er sich bereits schwach gefühlt, doch nun blieb das erhoffte Machtgefühl aus. Die Jahre, in denen er sich selbst bekämpft hatte und der Fakt, dass er überhaupt gespalten wurde, hatten gewaltig an seinen Kräften gezehrt.

»Wenn ich in diesem Zustand gegen Azaroth gekämpft hätte, wäre es nicht so gut für mich gelaufen«, murmelte er in sich hinein. Seine Kleidung hatte sich vereint, sodass das königliche Gewand nun ein Zusammenspiel aus blauen und schwarzen Schlieren war. Auf seinem Kopf spross auf der einen Hälfte das robuste Haar, die andere Hälfte war kahl.

»Wie Frankensteins Monster«, knurrte er.

Gut, dass niemand von seiner Rückkehr wusste. Höchstens dieser verfluchte Dämonenjäger, der Azaroths Drachenklauen geerbt hatte, konnte ihn noch aus Erzählungen kennen. Alle anderen mussten längst tot sein. Er sog tief Luft ein und stieß sie dann langsam wieder aus, bevor er sich aufrichtete und streckte. Warum fühlte er sich so alt? Die Ruine des Schlosses um ihn herum, welches sich nun anstatt in der Mitte der Welt am Rand befand, zitterte. Durch die Trümmerteile konnte der König auf sein vergangenes Reich gucken. Überall lagen Gesteins- und

112

Gebäudereste. Die Leiber der toten Dämonen und deren Jäger waren im Laufe der Jahre verwest und verschwunden.

»Der ganze Schaden … Alles nur wegen diesem Idioten.«

Sein Blick wanderte zur Wand, an der er den halbtoten Azaroth zuletzt gesehen hatte, bevor seine Seele zerriss und er einen langen Filmriss hatte. Nachdem er ihn gespalten hatte, war Azaroth gegen die Wand geprallt und daran zusammengesackt. Kanoe hatte eine weibliche Stimme gehört und dann … und dann? Der Idiot musste sich selbst vernichtet haben, da er so viel Kraft in den Weltenspalter gesteckt hatte. Es gab doch keine Chance, dass er noch lebte. Eine Schweißperle der Angst bildete sich auf des Königs Stirn und er lachte nervös auf. Nein, unmöglich. Oder?

Er bezweifelte zwar, dass sein stärkster Widersacher noch lebte, doch ein wenig Vorsicht konnte nicht schaden. Das Beben wurde nach und nach schwächer, bald würden die Welten wieder vereint sein. Nun kramte er mit schweißnassen Händen in seiner Kleidung herum, bis seine Finger fanden, was sie suchten. Er zog den Kommunikator für Genesis hervor. Sie würde ihm zwar keine neuen Zauber beibringen wollen, doch sie konnte ihm nicht verwehren, die bereits bekannten Zauber anzuwenden. Immerhin zahlte er dafür, wenn auch nicht jetzt. Ein immerwährendes Darlehen.

»Genesis, Macht der Schöpfung, schaffe mir einen Leibwächter. Künstliche Schöpfung!«, brüllte er.

»Lass die Finger von mir, du Betrüger!«, schallte die Stimme der Hirschkuh in seinem Kopf umher.

Die Hände des Königs glommen auf und begannen einen Körper zu schaffen, dessen Möglichkeiten nur von der Fantasie und der Kraft des Nutzers abhingen. Das geschaffene Lebewesen konnte maximal so stark

113

sein wie ein Fünftel seines Schöpfers, doch das war Kanoe bloß recht. Die grün glühende Masse nahm Form an und eine halbe Stunde später verschwand das Glühen und enthüllte einen nackten Körper eines Dämons. Der Mann war groß, breit und voll roher Gewalt. Seine Magie war der des Kriegers Theomars, den der König einst gesehen hatte, nachempfunden, sodass seine Körperkraft nochmals verstärkt werden konnte. Theomars, Version 2.0. besser, größer, stärker, aber auch dümmer.

»Mein König!«, rief Theo 2, als er die lilafarbenen Augen öffnete. Ein voller Erfolg.

Kurz überlegte der Dämonenkönig, ob er ein Abbild von Azaroth erschaffen sollte, verwarf den Gedanken dann wieder so schnell es ging. Erstens wollte er nie wieder in dieses Gesicht blicken müssen oder die Stimme hören, zweitens traute er einem Abbild von Azaroth, das tatsächlich deutlich schwächer wäre als das Original, zu, dass es sich plötzlich gegen Kanoe wenden würde. Er würde sich trotzdem weitere Untergebene erschaffen, sobald er den Zauber wieder von Genesis erzwingen konnte. Dies konnte jedoch bis zu einem Tag dauern.

Mit einem letzten, lauten Krachen splitterte die Felswand direkt neben Kanoe und brach in sich zusammen. Dahinter erschien eine schwarze Masse an Gestein. Das Seelengrab. Daemon City und Kanoes Seele waren endlich wieder vereint. Zufrieden sah er sich die schwarze Hälfte der Welt an. Wie lange es wohl dauern würde, bis die blauen und schwarzen Farben verflossen waren und der Stein wieder eine normale Farbe annahm? Plötzlich zuckte er zusammen. Einen kurzen, aber grausamen Moment lang hielt er den Augenkontakt mit der sich auf alle Viere stützenden Frau, die sich keine 200 Meter von ihm entfernt auf der schwarzen Seite befand. Durch ihren Kopf schienen dieselben zwei Dinge zu schießen wie durch den des Königs.

Erstens: »Warum ist er/sie hier?«

Zweitens: »Soll ich kämpfen?«

Elucia stand ruckartig auf und erschuf eine Kopie von sich, die in eine andere Richtung rannte. Der König wusste nicht, welche die echte war, bis sie plötzlich ein schimmerndes Portal herbeirief und dadurch verschwand. Danach war das Portal auch schon verschwunden. Ach ja, sie war ja eine Reinheits-Magierin, daher konnte sie alles lernen. Das hatte er vollkommen vergessen. Endlich riss er sich aus seiner Starre.

»Verdammt, ich hätte sie umbringen sollen!«, brüllte Kanoe den nutzlos herumstehenden, nackten Dämon an.

18

»Shou!«, brüllte Elucia, sobald sie aus dem Portal gestürzt und sich hastig wieder aufgerappelt hatte. Sie schwankte ein wenig. Diese zwei Portale in kurzer Zeit hatten sie einiges an Kraft gekostet. Nun warf sie sich gegen die Tür, damit diese so schnell wie möglich aufschwang. Schweißperlen rollten über ihre Stirn. Sie hätte eben fast zu einfach sterben können. Der König ... war er vielleicht sehr schwach? Wäre ein sofortiger Angriff eher ein Risiko oder eine riesige Chance gewesen? Sie schüttelte den Kopf. Nein. Das stand nicht zur Debatte. Sie würde nicht im Alleingang losziehen.

Nun riss sie die Tür zum Nachbarzimmer auf und entdeckte ihren Ehemann, wie er mit geschlossenen Augen rücklings auf dem Bett lag, die Hände über der roten Kugel verschränkt. Elucia kletterte auf ihn, griff ihn an den Schultern und schüttelte ihn in der Hoffnung, dass er aufwachen würde.

»Schatz, beruhige dich!«, ertönte es nach einem Augenblick. Sie hörte auf, ihn gegen das Bett zu schlagen. Der Dämon kratzte sich am Kopf.

»Ragnarök sagte, dass ich zurückkehren solle. Was ist denn passiert?«

»Er ist wieder da. Zurück. Lebt wieder.«

Shous Augen weiteten sich.

»Du meinst doch nicht etwa ...?«

Sie nickte.

»Doch.«

»Azaroth ist wieder da?«, rief er aufgeregt. Seine Frau hob die Augenbrauen, atmete tief durch und sagte dann langsam: »Leider nein. Das wird auch nicht passieren. Ich habe das Seelengrab besucht, da erbebte die Welt, und kaum bricht die eine Wand zusammen, sehe ich Kanoe, diesen Dreckskerl. Er ist wieder eine Person, die Spaltung ist vorüber. Was uns wiederum unter einen gewaltigen Druck setzt, schließlich wird er jetzt seine Kräfte sammeln und weiß der Teufel was erschaffen. Wie weit bist du mit Ragna?«

»Könntest du erstmal runter von mir?«

Sie schnaubte kurz belustigt auf, bevor sie sich von seinem Bauch erhob und neben das Bett stellte.

»Erzähl schon!«

»Also gut. Den „Weltenschneider" beherrsche ich einigermaßen, außerdem habe ich soeben „Zersetzen" erlernt. Dieser Zauber löst auf, was man auch damit trifft, man muss nur dauerhaften Kontakt für den Vorgang herstellen. Theoretisch könnte man diesen Zauber gegen den König einsetzen, aber dafür müssten wir ihn längere Zeit immobilisieren. Der Wolf meinte, dass wir demnächst mit dem wirklich entscheidenden Zauber beginnen werden. Er führt mit mir eine Art Crashkurs durch, sodass ich die nötigen Zauber zwar lerne, sie jedoch weder krafteffizient noch besonders stark ausführen kann. Das Ganze erschöpft mich wirklich, aber ich hoffe, in der nächsten Woche soweit zu sein.«

»Eine Woche …«, murmelte Elucia und sah ihm ins Gesicht.

»Das ist viel.«

»Geht nicht anders.«

»Ich weiß schon. Du machst das gut, mein Schatz.«

Sie küsste ihn auf die Stirn, legte sich dann neben ihn aufs Bett und verschränkte die Arme hinter dem Kopf.

117

»Wenn wir mit dem König fertig sind, gönnen wir uns eine Pause. Ich will nicht mehr kämpfen, sondern nur noch mit dir zusammen diese moderne Welt erkunden. Es gibt so viel zu sehen!«

Shou lächelte und gab ihr einen Kuss. Dann wurde er nachdenklich.

»Sag mal, was denkst du, wie viele künstliche Dämonen kann er innerhalb einer Woche erschaffen?«

»Zwei bis drei am Tag schätze ich. So wie es scheint, dürfen wir die Zombie-Abbilder von alten Bekannten verdreschen«, seufzte die Dämonin.

»Wie meinst du das?«

»Als ich den König sah, stand neben ihm ein Dämon, der starke Ähnlichkeiten mit diesem Theomars hatte. Du erinnerst dich?«

»Wie könnte ich den Haufen Hackfleisch in Azaroths Turm vergessen?«

Ein kurzes Schweigen trat ein.

»Shou, kann er mithilfe von Genesis wirklich Leben erschaffen oder ist das eher eine Golemmagie?«

Golemmagie war die Fähigkeit, Objekte zum Leben erwachen zu lassen und zu steuern, allerdings nur, bis die magischen Kräfte versiegten.

»Laut Ragnarök sei die Schöpfung von Genesis nur durch die Fantasie des Nutzers beschränkt – allerdings gilt dies nur für materielle Objekte. Erinnerungen können nicht erzeugt werden, Seelen leider schon, sie sind schließlich Teil des Körpers.«

»Also erschafft er quasi Klone, die jedoch dumm sind und nur nach seinem Willen handeln?«

»So verstehe ich das. Wir dürfen sie trotzdem nicht unterschätzen. Wer weiß, welche Infos sie eingeflößt bekommen.«

Elucia nickte.

»Ja, schon klar. Kanoe stellt uns damit quasi vor dieselbe Aufgabe, die er Azaroth stellte. „Besiege meine Herausforderer, dann darfst du gegen mich kämpfen".«

»Sie sind schwächer, aber mehr als damals. Wir müssen unsere Kräfte gut einteilen, oder wir müssen zu anderen Mitteln greifen.«

»Du meinst, deine Seelenbeschränkung aufzuheben?«

»Ja. Der König hat unbegrenzte Magiekräfte, da er seine Seele nicht belasten kann, solange sie nicht in seinem Körper ist«, antwortete Shou. Ruckartig setzte sich seine Frau auf.

»Wenn wir seine Seele vom Schloss lösen und sie in seinen Körper zurückkehrt, sollten sowohl die Seele, als auch er selbst verwundbar werden, oder? Wahrscheinlich zerreißt es seine Seele sofort, weil die ganze übermäßig verbrauchte Kraft an ihr zerrt.«

Sie kicherte. Shou griff mit einer Hand an ihre Schulter und zog sich selbst hoch.

»Gut möglich, aber er wird uns nicht an die Seele heranlassen – nicht wie damals.«

Nach einer Denkpause sagte Elucia leise: »Sollen wir es den anderen erzählen?«

»Dass der König wieder eins ist, ja. Dass er Diener erschafft, ja. Die ganze Sache mit der Seele, nein. Sie sollen sich auf den Kampf konzentrieren und nicht nach seiner Seele jagen. Sie sind nicht so erfahren, sich auf beides zu konzentrieren. Außerdem sollte keiner von ihnen unüberlegt an seiner Seelenbeschränkung herumspielen.«

»Was ist mit Viktor?«

»Er steckt mitten in einer Existenzkrise. Ebenfalls nein.«

Später am Nachmittag hatte Elucia ihre Entdeckung im Seelengrab den anderen erläutert und alle hatten versprochen, sich noch mehr ins Zeug zu legen, um stärker zu werden. Nun saß sie allein im Garten und starrte mit leerem Blick in den Wald hinein.

»Darf ich?«, ertönte eine ruhige, tiefe Stimme über ihr. Sie nickte und Zero setzte sich.

»Ich merke, wie sehr dieser König dir und deinem Mann zu schaffen macht. Was euch verbindet, möchte ich nicht wissen. Bin kein Kummerkasten. Was mich jedoch interessiert: Wie war es damals, als die Dämonen noch zahlreich waren?«

»Nun, viel Unterschied zu den Menschen gab es nie. Was die Menschen mit Technik lösen, lösten wir mit Magie. Die Dämonen hätten eine Zukunft gehabt, wenn sie nicht in dieser unendlichen Langeweile versunken wären.«

»Die Menschen sind nicht besser.«

»Trotzdem würdest du lieber einen Dämon töten, als einem Menschen zu schaden, nicht wahr?«

»Elucia, wir vom MWD sind keine Dämonenjäger. Unser Ziel ist nicht die Ausrottung, sondern ein friedliches Zusammenleben. Wir beobachten und greifen nur ein, falls man uns braucht.«

»Wisst ihr denn, wie viele „mystische Wesen" noch leben?«

»Genaue Zahlen sind unmöglich, da sie sich meist nicht offen zu erkennen geben. Lucy zum Beispiel war lange nicht in unserer Kartei. Du und Shou noch immer nicht.«

»Kannst du mir trotzdem die Zahlen nennen?«

Elucia klang traurig.

»Okay. Aktuell verzeichnete lebende Wesen: 7 Drachen, 1200 Feen, 800 Schattenwesen, 4 Dämonen – wenn man dich, Shou und den König einbezieht – und 0 Silberengel – der letzte starb vor 50 Jahren bei einer Gruppe von Mönchen im Gebirge. Die anderen Dämonen starben vermehrt innerhalb der letzten 10 Jahre, ein paar leider durch meine Hand.«

»Wenn wir drei und der König die letzten Dämonen sind, bedeutet dies, dass unsere Kinder nicht über Generationen weitergelebt haben?«

»Das heißt bloß, dass sie keine Magie angewandt haben. Wenn sie sich mit einem Menschen fortgepflanzt haben, kann das Kind auch bloß ein Mensch sein.«

Elucia verspürte immerhin etwas Trost in seinen Worten. Jedoch musste sie eines feststellen: Sollte der Kampf gegen den Dämonenkönig damit enden, dass er, Lucy, Shou und sie selbst verstarben, so bedeutete dies, dass der letzte Atemzug der Dämonen endgültig getan war. Würde es je wieder neue Dämonen geben? Es war eine seltene Mutation und die Betroffenen würden es meist nicht einmal bemerken. Vielleicht war es besser so. Dämonenjäger würden auch nie wieder existieren, der ohnehin geschrumpfte MWD würde weiter abbauen. Die kleinen Feen, nicht mehr als Lichter, und die Schattenwesen, nicht mehr als ein Schatten, der sich an Kleintiere heftete und sich unauffällig und ungefährlich von diesen ernährte, waren es nicht wert, eine Organisation aufrechtzuerhalten. Die letzten Drachen konnte man auch mit einer Handvoll Leuten bewachen. Eine Träne lief über ihre Wange. Sie wünschte sich die alten Zeiten zurück, in denen sie gerade von der Straße in Azaroths und Auras Turm gekommen war und dort nachts, mit dem Kissen vor der Brust, mit ihm sprach. Er hatte ihr versichert, dass er das Problem lösen würde. Nun war sie davon überzeugt, zusammen mit ihrem Ehemann in Azaroths Fußstapfen zu treten und mit dem Kampf gegen Kanoe den

Weg ohne Rückkehr einzuschlagen. Lautlos stand sie auf und schlurfte zurück in das Haus.

Zero schwieg noch immer und sah der sinkenden Sonne zu.

19

Spät am Abend vor dem geplanten Übergang in Kanoes Welt, lag Elucia wach neben ihrem Mann. Alle hatten große Fortschritte gemacht. Shou konnte nun den entscheidenden Zauber, auch wenn Ragnarök ihm sagte, dass er schlecht darin war. Mike hatte die bisher gelernten Fähigkeiten trainiert und verbessert und Lucy hatte ihre Magie gefestigt. Da John fest entschlossen war, Winterschlaf im Herbst zu halten, hatte Celina in den letzten Tagen die Ausrüstung aller auf Vordermann gebracht. Die Klingen waren scharf, die Rüstungen robust und stabil. Sie selbst hatte sich aufgrund ihrer Erschöpfung dagegen entschieden, sie in den Kampf zu begleiten. Vior hatte kaum etwas von sich gegeben, er war viel durch den Wald spaziert und hatte sich mit seiner Vergangenheit beschäftigt. Elucia wiederum hatte kein weiteres Portal in die Parallelwelt geschaffen, sondern war um die Welt gereist, um möglichst viel von ihr zu sehen, bevor sie ihre eventuell letzte Reise antrat. Gemeinsam hatten sie reichlich zu Abend gegessen und jeder hatte auf Mikes Wunsch hin einen Mut bringenden Satz geäußert. Vior rollte genervt mit den Augen.

Mike: »Wenn wir uns gegenseitig den Rücken stärken, kann doch eigentlich nichts schief gehen!«

Lucy: »Wir haben doch wohl nicht umsonst trainiert. Wir schaffen das!«

Zero: »Schnappen wir uns den größten aller Dämonenfische!«

John (zwischen zwei Schlafphasen): »Kloppt John eins auf die Rübe! Zack Bumm!«

Celina: »Ihr dürft nicht zögern.«

Vior: »Muss ich etwas sagen? Gewinnen wir einfach, okay?«

Herr Berg: »Ich drücke euch meinen Daumen. Ihr schafft das.«

Drak: »Wir brauchen bloß genug Proviant!«

Shou: »Ich freue mich darauf, Azaroths Aufgabe zu beenden.«

Elucia: »Ja, treten wir diesen Weg in seinen Fußstapfen an.«

Sie hatte diesen Satz gewählt, da sie wusste, was sie erwartete. Nur ungern ging sie mit diesen liebenswürdigen Leuten dort in diese Hölle, in der der Tod überall lauerte. Sie verstand, wie Azaroth sich nach Auras Ermordung gefühlt hatte. Er hatte den wertvollsten Aspekt seines Lebens verloren, und wollte auf keinen Fall, dass den anderen ebenfalls etwas zustieß. Deshalb ging er allein, obwohl er wusste, dass er es nicht überleben würde. Am liebsten wollte Elucia nun ebenfalls allein gehen, damit sie nicht wieder lieb gewonnene Leute sterben sehen musste. Sie hatte Aura nicht beschützen können, wieso sollte es diesmal klappen? Als sie zu weinen anfing, wachte Shou auf.

»Warum weinst du?«

»Ich habe Angst, ich will euch alle nicht verlieren.«

»Mich verlierst du nicht. Ich bin immer bei dir. Wenn, dann sterben wir zusammen, okay?«

Sie nickte und wischte sich ein paar Tränen fort.

»Können wir nicht einfach zu zweit verschwinden und den König töten?«

»Das würden wir nicht schaffen. Ich bin mir jetzt nicht einmal sicher, ob ich den „Antiexistenz"-Zauber, welcher Kanoe verschwinden ließe, hinbekomme. Ragna meint, ich sei damit zu unsicher und schaffe es nicht unter Druck. Ich brauche euch. Ich brauche dich. Dann schaffe ich es. Alleine klappt das nicht.«

»Azaroth konnte es doch auch fast.«

»Warte mal«, sagte Shou sanft und strich ihr durchs Haar, bevor er unters Bett in seine Kleidung griff und Azaroths fingerlose Handschuhe hervorzog.

»Hab mich schon gewundert, wohin sie verschwunden sind«, lachte sie auf.

»Ich habe sie damals vor unserem Kampf gegen Lucifer eingesteckt. Als Glücksbringer. Ich denke, wir sollten sie morgen tragen, du einen, ich einen.«

»Morgen ist der große Tag, Mike?«, sprach der alte Chrono.

»Ja«, sagte Mike unsicher. Kurz bevor er einschlief, hatte der Zeitgott ihn zu sich gerufen. Der Junge fühlte sich nicht mehr so wohl wie beim Abendessen oder damals vor dem Kampf gegen Helena. Diesmal war alles größer, der Gegner mächtiger und die Welt eine andere. Sie hatten die Wahl, einfach hier zu bleiben.

»Du kannst nun deine Zeit beeinflussen, die Zeit eines anderen anhalten, Seelen sehen und vergangene Bewegungen anderer nachvollziehen. Das wird euch garantiert helfen. Das war's. Ich wünsche dir viel Erfolg, morgen werde ich das vielleicht nicht mehr können. Meine Zeit endet bald. Nutze ruhig so viel meiner Kraft, wie du magst.«

Mike nickte stumm. Er wollte das Potential sicher nicht verschenken. Er rechnete schon fest damit, sofort wieder herausgeworfen zu werden, als der alte Mann seine Stirn in Falten legte.

»Mike, erinnerst du dich daran, als ich Ragnarök an mich reißen wollte? Fenrir auf dich losließ? Das hatte einen Grund. Du merkst bestimmt, dass ich schwach wirke. Dieser kleine Bengel in mir zieht immer mehr Kraft, wird stärker. Wenn das so weitergeht, dann wird er mich vernichten. „Chrono" stirbt natürlich nicht, es muss immer eine Zeitenmacht geben. Aber ich sterbe dann. Deshalb wollte ich mir mehr Macht aneignen. Ich habe einen anderen Plan, bei dem du mir helfen kannst. Hierfür musst du erst mehr meiner Kräfte nutzen. Ich kontaktiere dich nochmals deshalb. Schicke dir vielleicht auch Fenrir zur Hilfe, wenn ich nicht zu schwach werde und ihn auflösen muss.«

Mike nahm die Worte überrumpelt wahr, nickte und torkelte zurück zum Spiegel. Chrono schob ihn diesmal nicht heraus, sondern hockte sich müde auf den Boden.

Der kühle Nachtwind umhüllte Zeros große Gestalt, während er draußen an einem Baum lehnte. Null, sein Gewehr, lehnte neben ihm. Der Soldat hatte die Angewohnheit, vor Missionen nicht zu schlafen. Dies mochte sinnlos erscheinen, doch ihm half es, sich vorzubereiten. Den benötigten Schlaf hatte er in den letzten Tagen bereits angesammelt. Er dachte an die Zeiten zurück, in denen der MWD noch alle Hände voll zu tun hatte. Vor seinen Einsätzen als Rekrut hatte er immer mit seiner gro-ßen Liebe Ria durch die Nacht telefoniert. Sie gab ihm Kraft und Mut, auch als Rekrut voller Überzeugung in die Missionen zu starten. Dann, eines Abends war sie nicht mehr zu erreichen – Tage später erfuhr er, dass sie an jenem Abend gestorben sei. Mehr Informationen hatte man ihm nie überbracht, doch Zero hakte dennoch nie nach. Er war schnell aufgestiegen, hatte nie einen Blick zurück gewagt. Eines hatte ihm im-mer gefehlt: Das Gefühl, Rias Hoffnungen in ihn zu erfüllen. Nun, mit dem Kampf gegen einen uralten Dämonenkönig, welcher die Mensch-heit schon einmal bedrohte, konnte er endlich die Aufgabe entdecken, nach der er schon so lange gesucht hatte. Er hoffte, nicht wieder von seinem Weg abzukommen.

20

Elucia atmete tief durch, sah jeder anwesenden Person (und jedem Drachen) in die Augen und begann dann, langsam das Portal in die andere Welt aufzubauen. Sie hatte herausgefunden, dass das Portal länger offen stand, wenn sie den Zauber langsamer wirkte. Ihren inneren Tumult ließ sie sich nicht anmerken, doch sie spürte den sorgenvollen Blick ihres Mannes auf ihr ruhen. Noch in der Nacht hatte er sie am Arm gepackt und zurück ins Bett geschleift, bevor sie in den Nachbarraum und dann durch ein Portal verschwinden konnte. Im Nachhinein war sie ihm sehr dankbar dafür.

Alle waren vollständig ausgerüstet und bereit für die bevorstehende Mission ins Ungewisse. Mike trug seine Kampfjacke und hatte die Schwerter dabei. Lucy hatte auch die neue Variante ihres schwarzen, hautengen Kampfanzuges an. Zero trug eine grünliche, militärische Panzerung und hielt sein schweres Gewehr „Null" vor sich. Vior war mit seiner übliche Mittelalterkleidung zufrieden, ließ seine Armbrust jedoch diesmal weg. Elucia hatte nichts geändert: Ihre zerfledderte Kleidung schützte nicht, aber das war ihr egal. Für den Kampf nutzte sie den alten Stab, der ihr schon durch so viele Kämpfe geholfen hatte. Shou wiederum war mit seinen dunklen Ninja-Tüchern bekleidet, während er seine Waffe stets in seiner Prothese trug.

Mit einem Zischen erschien das bläulich schimmernde Portal und Elucia trat einen Schritt zur Seite. Mike, Lucy, Drak und Vior gingen hindurch, bevor es sich wieder schloss. Natürlich konnte Vior nicht mit Maske durch das Portal, deshalb hatte er sich eine Skimaske angezogen und trug seine eigentliche Maske locker in der Hand. Erneut konzentrierte die Dämonin sich und erschuf ein neues Portal. Zero schlüpfte hindurch, ihm folgte Shou, welcher Elucia noch einen schnellen Kuss auf die Wange drückte. Dann schlug er mit dem Drachensymbol seiner behandschuhten Faust gegen ihr Symbol.

»Für Azaroth!«

»Für Azaroth.«, erwiderte sie, bevor er im Portal verschwand. Da die beiden einen Moment zu lange gebraucht hatten, schloss es sich, bevor Elucia eintreten konnte.

Einen kurzen Moment lang stand sie nun allein in dem kahlen Raum, an dessen Decke eine Sense und ein Schwert mit zwei Klingen hingen. Sie atmete ein paar Mal tief ein und wieder aus, dann öffnete sie schnell ein weiteres Portal und hüpfte hindurch. Mit einem Ruck befand sie sich in der Ruine des einst so mächtigen Daemon City. Von den anderen fehlte jede Spur. Das Portal hatte sie nicht, wie geplant, zu Azaroths Turm geleitet, sondern ganz hinten in den Ruinen einer alten Farm wieder ausgespuckt. Sie riss die Augen auf. Da sie wusste, dass sie keinen Fehler begangen hatte (Sie hatte die Portale schließlich ausreichend geübt), wurde ihr sofort klar, was passiert sein musste. Kanoe hatte die Schöpfung der Portale gespürt, sodass er nach dem ersten die beiden anderen Portale versetzt hatte, um die Truppe zu spalten. Die erste Gruppe befand sich demnach wahrscheinlich am Turm, die zweite am ehesten komplett auf der anderen Seite der Stadt und Elucia, welche noch von den Portalen geschwächt war, befand sich nun vollkommen isoliert.

»Okay, was tue ich jetzt?«, murmelte sie. Shou würde hoffentlich ebenfalls realisieren, was geschehen war, doch sie machte sich große

Sorgen um die erste Gruppe. Konnte sie auf Viktor zählen oder war er zu beschäftigt mit sich selbst, um die Dinge zu erkennen? Es war ein weiter Weg bis zum Turm und es war alles andere als wahrscheinlich, dass die anderen noch dort waren, doch Elucia rammte einen Steinbrocken beiseite und sprintete los. Mit einem Zauber erhöhte sie ihre Geschwindigkeit und Ausdauer. Dann erschien urplötzlich eine Klinge aus dem Boden und ragte spitz und scharf nach oben. Augenblicklich wich Elucia aus, doch aufgrund ihrer hohen Geschwindigkeit verlor sie das Gleichgewicht und prallte auf den Boden. Das Blut an ihrem Arm ignorierend richtete sie sich wieder auf. Hinter einem Trümmerhaufen kamen zwei Gestalten hervor. Das grüne Haar der Dämonin triefte vor einer giftigen Substanz, während sie ihrem Partner breit zulächelte.

»Nutzt sie ihr Haar anstatt der Hände, um Zauber zu wirken?«, wunderte sich Elucia.

Der andere Dämon trug nur eine lange Hose und seine Haare waren nur ein knapper Kamm auf dessen Kopf. Sein Arm schimmerte silbern, als er die beschworene Klinge verschwinden ließ.

»Verdammt«, fluchte die Dämonin, während sie sich nach einem geeigneten Fluchtweg umsah. Sie konnte bloß zurück oder an den zwei Angreifern vorbei. Jegliche anderen Richtungen waren durch große Brocken der Häuser versperrt, es war schließlich die Ruine einer Hauptstraße. Mit jeder Sekunde, die verstrich, kamen Kanoes Kämpfer langsam näher. Sie hatten eindeutig Spaß daran, den Druck so qualvoll Stück für Stück zu erhöhen. Elucias Kräfte waren fast vollständig aufgebraucht und sie bezweifelte, dass sie ohne Verwendung von Magie bestehen konnte. Als sie sich erneut umsah, erkannte sie den Grund für die Ruhe der Angreifer. Knapp hinter ihr befand sich nun eine eiserne Mauer, welche ein paar Meter in die Höhe reichte und die Straße restlos nach hinten abdichtete. Sie spiegelte so stark, dass man sie nur bei genauerem Hinsehen erkannte. Der eine Arm des Mannes glomm schwach – er wirkte den Zauber also permanent, was wiederum hieß, dass wenn man ihn ausschaltete, die Mauer sofort verschwinden würde. Sie blickte herunter auf ihre geballten Fäuste. Das hellblaue Drachensymbol auf Azaroths Handschuh war klar zu erkennen. Nach einem tiefen Seufzer murmelte sie schließlich mutig: »Seelenbeschränkung aufgehoben, nutze das volle Potential!«

Ihr Atem stockte, als sie merkte, wie eine gewaltige Kraft sie durchströmte. Ein Portal zu schaffen dauerte zu lange, sie musste kämpfen. Schnell schuf sie mit „Versetzung" ein Abbild von sich, welches parallel zu ihr auf die Gegner zurannte. Gelangweilt schwang die Frau ihr giftiges Haar und schoss zwei Bolzen ab. Einen auf Elucia, einen auf das Trugbild. Die echte konnte problemlos ausweichen, das Trugbild verpuffte jedoch augenblicklich.

»Denkst du wir kennen deine Tricks nicht?«, lachte der Metallmann.

Kurz bevor Elucias Stab mit der stählernen Klinge, in die sich der zweite Arm des Mannes verwandelt hatte, kollidierte, wich die Hexe ein paar Schritte zurück. Sie hockte sich auf den Boden, zischte einen Zauber und beobachtete, wie ihre Haare sich im Boden vergruben. Elucia wollte den Zauber unterbrechen, doch kam nicht an dem lebenden Metall vor ihr vorbei. Schnell aktivierte sie den Trümmerschlag, schlug dreimal scheppernd auf den Mann ein und musste die Wirkungslosigkeit des Zaubers feststellen. Der Mann beschichtete seine Haut mit Metall, was er jedoch sofort nach einem Treffer zusammen mit dem Abdruck des Stabs verschwinden ließ, sodass der Stab keine drei tödlichen Male hinterlassen konnte. Kanoe hatte seine Krieger schlau ausgesucht. Noch während sie dem Mann ihren Stab vor die Brust knallte und dieser

131

zurücktaumelte, schossen unter ihr kleine, hellgrüne Dornen aus dem Boden, welche sich durch ihre Kleidung bohrten und überall in ihrer Haut stecken blieben. Die Dornen waren kaum sichtbar, aber doch lief ihr Gift ungehindert in den Körper und verlangsamte die Muskeln. Ihre Sicht verschwamm und ihre Gedanken fingen an zu kreisen. Zu langsam schlug sie nun zu, der Mann fing ihren Stab in der Luft ab und warf ihn davon. Unfähig, darauf zu reagieren, wurde sie nun gepackt, in die Luft gehoben und mit dem Kreuz auf das gestählte Knie des Mannes geworfen. Ein spitzer Schrei erstickte in einer Kehle, die ebenfalls gelähmt war. Ein Bein holte aus und traf sie an der Hüfte und ihr Körper schlitterte zu der anderen Angreiferin. Die dazugehörigen Schmerzen schienen in weiter Ferne. Die Gifthexe richtete sich nun auch auf, sichtlich erschöpft von ihrem Zauber.

»Giftdorn«, zischte sie, beschwor einen Dorn in ihrer Handfläche und stach nach Elucias Oberkörper. Nach dem Einstich schaffte diese es, die dornenbesetzte Hand zu greifen und festzuhalten. Der Dorn steckte noch immer in ihrem Bauch, wo er unaufhörlich Gift freisetzte.

»Blitzschlag«, brachte sie zwischen den Zähnen hervor und ließ einen starken Stromschlag durch ihren Arm fließen. Die Frau verdrehte die Augen und sackte in sich zusammen. Aufgrund der bereits vergangenen Zeit und dem Besiegen seines Nutzers, ließ das Lähmungsgift ein wenig nach. Sie rollte sich gerade rechtzeitig zur Seite, bevor die Metallarm-Klinge neben ihr in den Boden einschlug. Noch während der Rolle heilte sie ihren Rücken zum Teil. Entgiften war leider ein anhaltender Prozess, in dem sie stillhalten musste, daher musste dies warten. Elucia hoffte, noch lange genug gegen das Gift ankämpfen zu können. Gerade als sie stand, hatte der Mann seinen Arm aus dem Boden befreit und schlug erneut nach ihr. Sie beschwor einen Windstoß, welcher den Arm gerade

132

so genug ablenkte, dass er lediglich ein paar Haare absägte. Ihre Kräfte litten eindeutig unter dem Gift. Nun schlug sie mit der Faust auf den Brustkorb des Mannes, welchen dieser wiederum verhärten ließ. Sie merkte, wie ihr Ringfinger brach, doch schlug erneut zu. Wieder ein unheilvolles Knacken, doch der Metallmann taumelte zurück. Da sie nun etwas Platz geschaffen hatte, wirkte sie einen Zauber.

»Seelenreißer!«

Dies war einer der wenigen Zauber, die die Seele des Gegners angriffen. Ihre silbern aufgeflammte Faust traf den Brustkorb an derselben Stelle wie zuvor, doch diesmal mit entscheidender Wirkung. Der Mann brüllte vor Schmerzen auf, das Metall auf seinem Körper schmolz dahin und auch die Mauer verschwand. Diesen Moment nutze die Dämonin, wirkte den Trümmerschlag und ließ ihren Widersacher mit drei schnellen Faustschlägen zu Stein erstarren und dann zerbröckeln. Keuchend brach sie auf ein Knie. Ihre rechte Faust war aufgeplatzt und blutüberströmt und das Gift tötete ihren Körper von innen. Unsicher, wie lange der Elektroschock die Gifthexe noch betäuben würde, torkelte sie zu ihr und beschwor Flammen aus dem Boden unter dem Kopf mit den grünen Haaren. Mit ein paar Metern Abstand zu dem lodernden Feuer ließ sie sich dann zu Boden fallen, wirkte schnell noch ein paar Heilzauber auf die anderen Wunden und begann dann die Entgiftung. Erleichtert stöhnte sie auf, als das Gift neutralisiert wurde und ihr Körper sich erholte. Doch sie war ein wenig zu langsam gewesen, das Gift hatte sie verwundet, sodass sie noch immer Schmerzen verspürte und vollkommen träge geworden war. Zudem spürte sie auch, dass ihre Seele ebenfalls irreparablen Schaden genommen hatte. Sie würde wohl nie mehr so viele Zauber wirken können. Bevor sie nicht einige Stunden Ruhe bekam, war sie zu schwach, um noch einen Kampf anzutreten, weshalb sie nun ihrem Stab aufsammelte und sich nun lieber langsam und im Schutz der Trümmer auf den Weg machte.

In einer ähnlichen Situation fanden sich auch die vorausgegangenen Gruppen. Shou und Zero hatten sich in den Trümmern der Bar, in deren Nähe Elucia sich oft aufgehalten hatte, wiedergefunden und, auf Shous Überlegungen hin ebenfalls auf den Weg in Richtung des Turms gemacht. Auf halbem Wege wurden sie von einer aus vier Leuten bestehenden Gruppe überfallen. Nur knapp ließ Shou sich zu Boden fallen lassen, bevor ein Eiszapfen sich in seinen Nacken bohren konnte. Dann ließ er sich und seinen Verbündeten in den Schatten verschwinden.

Der Schütze, ein Glatzkopf mit Brille, fluchte, wurde jedoch von einer kleinen Frau zur Seite gedrückt. Ihr schwarz-roter Rock wippte, als sie einen Zauber wirkte, der ihre Augen tiefrot leuchten ließ. Ihre Haare nahmen dieselbe Farbe an. Sofort heftete ihr Blick sich an die Stelle, an der Shou mit gezückter Waffe stand.

»Verdammt! Kanoe hat sich natürlich auf unsere Ankunft vorbereitet und hat die richtigen Kämpfer erschaffen, um unsere Stärken zu kontern. Die Kälte macht mich als Nahkämpfer schwerfällig, und das Mädchen kann uns mithilfe von Blutmagie sehen.«

»Aber er wusste nichts von mir, richtig?«, sprach Zero und zog lässig an dem Gurt seiner Waffe, um diese nach vorne zu bringen. Blitzschnell schoss er dann eine der magieneutralisierenden Kugeln ab, welche jedoch von einem Schild abgefangen wurde. Ein Mann mit Kopftuch hatte sich hinter das Mädchen gestellt und erschuf nun eine Barriere vor ihr. Das Schimmern war jedoch nach dem Treffer des AnMag-Geschosses deutlich schwächer geworden. Ein Kreischen ertönte, und ehe Shou sich versah, wurde er gepackt und in die Luft gehoben. Eine weitere Gestalt flog über ihm, über den Armen wuchsen Federn, bildeten Flügel, und die Augen leuchteten wie die des Mädchens. Die muskelbepackten Arme schlangen sich um den Hals seines Opfers. Shou rang nach Luft und kämpfte gegen den Griff an. Er begann sich zu winden und mit der Prothese auf die Arme einzuschlagen. Zero hingegen musste immer wieder eisigen Speeren ausweichen, die auf Befehle des Mädchens hin abgefeuert wurden. Der Zauber in den Augen der jungen Frau ließ nach und der Eismann verfluchte sie, da sie den Zauber nicht sofort wieder wirkte. Zero sah sich unbeobachtet, hechtete ein Stück zur Seite, ließ Null sinken und feuerte einhändig mit dem normalen Maschinengewehr in Richtung der Angreifer. Die Kugeln streuten stark, aber ein paar prallten dennoch an einem Magieschild ab. Schnell hob er nun das schwere Gewehr, schoss das Geschoss darin ab, lud nach und feuerte erneut. Die erste Kugel kollidierte mit der Barriere vor dem Schildnutzer und riss diese in Stücke, die zweite traf ihn mitten ins Gesicht. Die Verwirrung über den Verlust seiner Magie nutze Zero, um eine weitere Kugel auf die Frau zu feuern, bevor er Null fallen ließ und zum Sprint ansetzte.

Inzwischen hatte Shou seinen rechten Arm ein wenig freigekämpft, sodass er sich nun traute, die Klinge aus der Prothese hervorschnellen zu lassen, ohne sich selbst in Gefahr zu bringen. Der Vogeldämon flog stetig höher, Shous Lungen schrien ängstlich nach Luft. Entschlossen erschuf er eine Rauchwolke aus seiner gesunden Hand. Hierdurch gelang es ihm, seinen Arm komplett zu befreien und zuzustechen. Gerade so erreichte die Klinge die starken Arme und versetzte ihnen einen tiefen Schnitt in den Muskel. Dann schlug er mit dem Ellenbogen gegen die Brust. Der Vogeldämon schrie mehrmals schrill auf, stürzte in die Tiefe und ließ Shou los. Nach ein paar Metern hatte er jedoch wieder Wind unter den Flügeln und flatterte umher, bis er sich stabilisierte und die

Flucht ergriff. Bevor Shou auf den Boden prallte, fing er sich mit einem Rauchstoß aus den Armen und einer Rolle ab, wirbelte herum und starrte für einen Moment dem kleiner werdenden Feind hinterher.

Als er den Blick wieder auf das Kampfgeschehen lenkte, sah er, wie Zero, nachdem das Mädchen ihn nicht mehr sehen konnte, den noch immer wirkenden Schattenmantel genutzt hatte und hinter dem Mann mit Kopftuch gelangt war. Blitzschnell schoss er nun aus den Schatten hervor, sein rechter Arm legte sich um den Hals des Kämpfers und er riss ihn zu Boden. Shou wusste, dass er nun gebraucht wurde, begab sich blitzschnell zu dem Eismann, wich einem Eisdorn aus und stach dem überrumpelten Gegner mit der Klinge ins Herz. Die Frau daneben schrie ängstlich in ihrer Unfähigkeit, Magie zu nutzen. Als ihr Partner zu Boden ging, ergriff sie die Flucht. Sie rannte schnell, weshalb Shou kaum hinter ihr herkam.

Zeros Arm spannte sich immer stärker an, während der Mann im Griff mit den Fäusten auf ihn eindrosch, jedoch ohne Wirkung. Ein letztes Röcheln entfloh der Kehle, bevor der Bizeps anschwoll, die Worte „DEINE HOFFNUNG" hervortraten und das Genick zerbrach. Nachdem Zero sich vergewissert hatte, dass der Vogelmann verschwunden war, schlurfte er zu seinen Waffen und lehnte sich dann an eine Hauswand. Es hatte keinen Sinn, alleine umherzuwandern, daher würde er hier im Schatten warten.

»Hör auf mich zu verfolgen! Ich bin doch keine Gefahr mehr«, schrie die kleine Frau nach vorne. Ihre kurzen, schwarzen Haare, welche mit roten Strähnen durchzogen waren, flatterten im Wind. Shous Ausdauer ließ nach, er keuchte bereits. Wie konnte sie mit den kurzen Beinen so schnell rennen?

»Ich wäre bescheuert, wenn ich dich leben lassen würde. Du würdest uns irgendwo wieder auflauern, ganz sicher«, brachte er hervor, war sich aber unsicher, ob sie ihn überhaupt hören konnte. Plötzlich klappten ihre Beine zusammen und sie überschlug sich. Auf dem Gesicht und mit empor gestrecktem Hintern blieb sie liegen. Ihr schwarz-rotes Trägertop war ein Stück hochgerutscht, doch ihr Rock hielt sich an der richtigen Stelle. Shou kam schlitternd zum Stehen, zückte die Klinge.

»Bitte. Ich will nicht sterben.«

Das Mädchen hatte die Hände über dem Kopf zusammengeschlagen und zitterte. Ohne Zweifel flossen gerade Tränen über ihr Gesicht. Der Dämon hielt inne, machte jedoch keine Anstalten, die Waffe zu senken.

»Kanoe hat dich einzig für den Zweck geschaffen, um uns zu töten. Wieso sollte ich dir glauben?«

Das Mädchen begab sich langsam in den Schneidersitz, immer darauf bedacht, keine ruckartigen Bewegungen zu machen. Ihre Augen waren weit aufgerissen.

»Das stimmt. Aber mir ist mein eigenes Leben wichtiger. Ich bin doch erst so kurz am Leben. Wenn du mich nicht tötest, kannst du alles erfahren, was ich weiß.«

Er knirschte mit den Zähnen, doch schließlich verschwand die Klinge in der Prothese.

»Versuch keine Tricks, oder du bist schneller tot, als du nochmal um dein Leben flehen kannst.«

Die Anspannung in ihrem Gesicht löste sich und neue Tränen traten in ihre Augen. Sie war nicht in der Lage etwas zu sagen, deshalb stand sie einfach auf, wischte über ihre Augen und zuckte zusammen, als die salzigen Tränen in die Schürfwunde auf ihrer Wange gelangten.

»Wir gehen jetzt wieder zurück. Lauf vor mir.«

Eilig nickte sie und humpelte voran. Sie waren weiter gerannt, als es sich angefühlt hatte.

»Meine Magie ist zurück«, kam es urplötzlich aus ihrem Mund. Shou sagte nichts, zweifelte es aber auch nicht an. Wenn sie ihn hintergehen wollen würde, hätte sie ihm ein solches Detail wohl kaum verraten, oder?

»Erzähl mal, was über dich und was du weißt.«

»Um ehrlich zu sein ist es nicht viel. Nun gut. Der große König Kanoe -«

»Nenn ihn nicht so. Wir finden ihn nicht gerade toll.«

»Also, König Kanoe nannte mich stets Aima, wir haben genaue Informationen über eure Stärken bekommen, aber der große Mann mit der großen Kanone war nicht dabei.«

»Dachte ich mir. Wie steht es um die Fähigkeiten deiner Mitkämpfer?«

»Ich kannte nur die Fähigkeiten aus meiner Gruppe, die anderen wurden mir nie vorgestellt. Aber es gibt 21 von uns, wenn man Kanoe mitzählt.«

»Jetzt nur noch 19. 18, wenn man dich auch abziehst. Der Vogelmann kam ja noch davon.«

»Stimmt. Du hast Valk aber echt böse am Arm erwischt. Eine Menge Blut hat er verloren.«

»Wie konntest du das – ach so, du bist bestimmt Blutmagierin?«

Sie nickte. Ihre Laune schien wirklich gut zu sein.

»Sag mal, stimmt es, dass ihr die Dämonen vernichten wollt?«, fragte sie und blieb stehen. Shou stieß ihr mit dem Ellenbogen in den Rücken, damit sie weiterging.

»Wie sehe ich denn aus? Ich bin doch auch ein Dämon. Kanoe möchte die Menschen da draußen töten, damit die Dämonen mehr als nur ihre einstige Stärke wiedererlangen können.«

»Ja und?«

»Menschen sind auch nur Dämonen ohne Zauberkräfte, weshalb sollten sie kein Recht zu haben, zu existieren?«

Schweigen trat ein. Kurze Zeit später erreichten sie Zero, welcher sich kaum vom Fleck bewegt hatte. Shou erläuterte die Situation, woraufhin Zero trotzdem darauf bestand, Aima die Anti-Magie-Droge einzuflößen und ihre Hände aneinander zu binden. Hilfesuchend sah sie Shou an, welcher jedoch unbeeindruckt zurückstarrte. Dann konnten sie ihren Weg fortsetzen, jedoch mit verringerter Geschwindigkeit, da sie humpelte und mit gefesselten Armen immer wieder drohte hinzufallen.

21

»War doch cool, oder?«, rief Mike, als die Zeitstarre des Dämons vor ihm sich auflöste und dieser mit tödlichen Verletzungen blutend zu Boden ging. Er hatte die Zeit nach Herzenslust angehalten, hatte sich zurückgesetzt und zwei der sechs Angreifer im Alleingang besiegt. Nun stand er grinsend mit je einem Schwert in jeder Hand auf einem Trümmerstück und blickte seiner eigenen Meinung nach heldenhaft zum Himmel. Ein Kribbeln in seiner rechten Hand hatte eingesetzt. Es kam aus seinem tiefsten Inneren, besorgte ihn aber noch nicht.

»Ansichtssache, Mike. Das ist geradezu unheimlich«, keuchte Lucy, während sie mit dem Fuß einen weiteren toten Körper beiseiteschob. Die linke Beinbekleidung war verbrannt und freigelegte Haut war mit Bläschen übersät. Sie widmete sich nun der Heilung und Minderung der brennenden Schmerzen.

Vior klopfte Mike auf die Schulter. Er hatte in irgendeinem unbeobachteten Augenblick die Skimaske von sich geworfen.

»Das war in der Tat beeindruckend. Aber während des Kampfes hab' ich immer mehr Magiekraft von deiner Seele gespürt. Sie verändert sich.«

Überrascht blickte Mike an sich herab. Äußerlich war nichts zu sehen.

»Seelensicht!«, sagte er wie ein Kind, das ein Gedicht auswendig gelernt hatte. Er sah die silbernen Seelen seiner Verbündeten und Draks weiße Seele auf dem Dachgiebel über ihnen, dann sah er sich seine eigene Seele an. Außer an seiner rechten Hand war die vollständig weiß, aber durchsichtiger als die von Drak. An jener Hand bestand sie aus dem gleißenden Gold, dass er an Chrono gesehen hatte. Von dort aus flossen feine Fäden in seine Seele hinein, welche das Stück mit ihr verbanden. Schockiert stellte er fest, dass manche von ihnen bereits fast bis zum Ellenbogen reichten. Ängstlich stolperte er zurück.

»Mike, was ist los?«

Lucy kam angerannt.

»Ich weiß es nicht, das Stück von Chronos Seele in mir scheint zu wachsen.«

»Aber wie?«

Vior lachte kurz auf, bevor er sich den beiden zuwandte.

»Ein Dämonenjäger entreißt seinem Opfer einen Teil von dessen Seele und nutzt dieses Stück als Kleidung für die eigene Seele. So verlängerte ich mein eigenes Leben. Mike erzählte doch, dass Chronos Technik keinen Zusatz, sondern einen Ersatz bot. Ich nehme mal an, dass Chronos Seele unbegrenzte Kraft besitzt. Das Problem hierbei liegt also bei Mikes Seele und Mikes Körper. Beides hatte nie Zeit, sich an die Magie zu gewöhnen, bevor er gewaltig starke Zauber nutzt.«

Mike starrte ihn bloß an. Lucy wippte skeptisch mit dem Kopf. Der Dämonenjäger fuhr fort: »Je mehr Kraft Mike verbraucht, desto mehr wird dieser Fetzen Chrono in ihm beansprucht. Durch ihn fließt mehr Macht, während seine eigene Seele darunter leidet. Chrono frisst seine Seele wie ein Parasit, sobald er Zauber einsetzt.«

Hilfesuchend blickte der Junge sich nach seiner Freundin um. Sie nickte und gab zu, dass Viors Erklärung durchaus plausibel klang.

»Chrono, stimmt das?«, stotterte Mike. Keine Antwort.

»Ob es nun stimmt oder nicht, du solltest sparsamer mit den Kräften umgehen. Am besten nur, wenn dein oder unser Leben davon abhängt. Okay?«, meinte Lucy. Ihr Bein sah bereits besser aus.

»Anderes Thema: Wo sind die anderen? Sind sie uns nicht gefolgt oder muss Elucia ihre Kräfte erst nachladen?«, fragte der maskierte Mann. Er hatte genau wie Mike keine Wunden. Innerlich ärgerte er sich darüber, dass er die falschen Seelen in Kanoes Dämonen nicht hatte aufnehmen können.

»Das war ein Hinterhalt mit sechs Leuten, du Idiot. Kanoe müsste ganz schön bescheuert sein, wenn er uns mit einer Truppe in Unterzahl angreift. Ich schätze, dass sie nicht mehr herkommen können. Er verhindert es.«

»Du meinst also, dass er in der Lage ist, aus seinem Schloss Elucias Magie zu unterbinden? Das halte ich für sehr weit hergeholt, Frau Dämonin Allwissend.«

Lucy zuckte mit dem Mundwinkel und wollte gerade etwas in einem giftigen Ton erwidern, als Mike, welcher nun aus seinem Schockzustand zurückgekehrt war, stattdessen sprach.

»Wir können nicht ändern, dass sie nicht bei uns sind. Stattdessen sollten wir überlegen, was wir nun tun.«

Mit ein paar Flügelschlägen gesellte sich nun auch Drak wieder zu ihnen. Bis auf ein paar kleinere Schnitte ging es ihm gut.

»Ich sage, wir essen was und warten. Mein Großvater pflegte immer zu sagen-«

»Drak, keine Storys jetzt. Ich bin auch fürs Warten«, sagte die Dämonin.

»Kanoe nur zu viert überfallen wäre Selbstmord. Wir warten erstmal und verschwinden dann 'rüber in das Seelengrab, wo es ja einen Ausgang gibt.«

Nach Vior stimmte auch Mike zu. Kurzerhand gingen sie einige Schritte zu den Ruinen eines kleineren Turms und entdeckten eine brauchbare Ecke, in der sie sich verkrochen. Hinter den Steinbrocken und dem halb heruntergestürzten Dach waren sie zumindest vor neugierigen Blicken von außen geschützt. Besonders sicher sah es nicht aus, aber da der Turm in diesem Zustand schon ein halbes Jahrtausend ruhte, sollte hoffentlich nichts passieren. Es roch staubig und abgestanden. Flüsternd sprach der Dämonenjäger: »Da wir noch immer nah an der Stelle sind, wo wir durch das Portal kamen, sollten wir zumindest Licht und Geräusche auf ein Minimum reduzieren. Außerdem dürfen wir niemals gleichzeitig schlafen, sonst sind wir alle tot. Er wird bestimmt noch weitere Leute hinter uns her schicken, die Frage ist nur, wann.«

Dem hatte niemand etwas zu entgegnen, sodass jeder versuchte, eine möglichst angenehme Warteposition zu finden. Drak schlief in seiner nach ein paar Minuten ein.

»Dann beschwert er sich wenigstens nicht über seine Langeweile«, kicherte Mike. Keiner antwortete. Schweigend saßen sie alle eine Weile herum, jeder plagte sich selbst mit seinen eigenen Gedanken, Ängsten und Befürchtungen. Keinerlei Geräusch war von draußen zu hören.

Der Himmelstein war noch nicht lange dunkler geworden, als ein Schlurfen und Stapfen ganz in der Nähe zu hören war.

»Was ist das?«, zischte Mike, doch Lucy legte ihm einfach einen Finger auf die Lippen. Viors Kopf war auf die Brust gesunken, welche sich gleichmäßig hob und senkte. Die Jugendlichen wussten nicht, dass er dennoch hellwach war. Das Getrappel kam näher. Jemand stöhnte auf, dann tuschelten Stimmen.

»Was flüstert ihr denn so rum? Schau doch, die sind tot!«, lachte eine unbekannte Frauenstimme auf. Das Lachen wurde jäh unterbrochen.

»Feinde«, hauchte Lucy kaum hörbar. Mike nickte ihr zu und auch Vior hob den Kopf und setzte sich auf. Indem er die flache Hand vor die anderen hielt, während er sich an ihnen vorbei zum Ausgang der Ruine schob, bedeutete er ihnen, sich nicht vom Fleck zu rühren. Er streckte den Kopf gerade genug hervor, um etwas zu sehen. Im Dunklen ging eine Gruppe aus drei schemenhaften Gestalten auf die Turmruine, in der sie sich versteckten, zu. Im Schutze von den Trümmern tastete der Dämonenjäger sich voran. Immer wieder warf er einen Blick auf die Fremden. Als sie gleich aneinander vorbeigelaufen wären, kauerte er sich nieder, bereit für einen Überraschungsangriff. Vorneweg lief schwankend eine kleine Person, welche die Arme seltsam steif an ihren Körper presste. Dann lief eine unscheinbare, jedoch eindeutig männliche Gestalt dicht hinter ihr. Knapp dahinter folgte noch jemand. Deshalb bewegten sie sich relativ langsam.

»Dort ist der Turm bereits«, murmelte Shou. Vior ließ daraufhin die Schultern sinken und trat langsam aus seinem Versteck hervor. Wohl wissend, dass eine hastige Bewegung den falschen Anschein erwecken könnte, schlenderte er mitten auf die Straße und versperrte den Weg.

»Oho, Feindkontakt«, witzelte das Mädchen.

»Für dich vielleicht«, meinte Shou und ging auf Vior zu. »Gut, dass du hier bist. Geht es deiner Gruppe gut?«

»Wer ist die da?«, knurrte der Dämonenjäger bloß.

»Eine Gefangene. Sie ist erstaunlich kooperativ und auch sehr gesprächig. Sie weiß nur leider nicht so viel, wie ich es mir erhofft hatte.«

»Warum lebt sie dann noch?«

Shou blickte auf das Drachenmal auf seinem Handschuh.

»Leute ändern sich. Die Herkunft muss keine Rolle spielen. Das solltest du auch wissen, Viktor.«

Die Augen hinter der Maske wanderten zu der kleinen Frau und sahen sie böse an.

»Eine falsche Aktion, und du kannst sie nicht vor mir beschützen, klar?«

Mit diesen Worten machte Vior auf dem Absatz kehrt und wanderte in die Richtung, aus der er gekommen war. Da die anderen zunächst stehen blieben, zeigte er ihnen mit einer Handbewegung, dass sie ihm folgen sollen. Schnell hatte Shou zu ihm aufgeschlossen.

»Von Elucia fehlt jede Spur?«

»Lustig, dass du jetzt erst fragst. Ja, sie ist nicht aufgetaucht.«

Shou ließ sich wieder zurückfallen, sodass er hinter dem Jäger lief. Er hoffte, dass seine Frau es alleine überstehen würde. Er konnte sie nicht suchen gehen, da sie überall in der Stadtruine sein konnte.

22

Während die anderen sich zu einer großen Gruppe zusammenschlossen, hechtete Elucia durch ein Trümmerfeld. Durch die Verwüstung war sie gezwungen gewesen, immer näher an das Schloss zu gelangen. Vor ihr lag nun der große Hauptplatz, hinter dem das Schlossgelände begann. Sie würde sich gut versteckt halten müssen. Inzwischen hatte sich ihre Kraft genug regeneriert, um einfach ein neues Portal zu erschaffen, doch sie wollte nicht riskieren, dass der König es erneut umleitete. Kraftlos in einen neuen Hinterhalt zu geraten würde ihren Tod bedeuten, zumal sie vor nicht allzu langer Zeit eine fliegende Gestalt in der Ferne gesehen hatte. Hoffentlich hatte man sie nicht entdeckt. Da sie nun erneut nach oben blickte, stolperte sie über einen größeren Steinbrocken am Boden und fiel auf ein Knie. Fluchend schloss sie mit einem Zauber die entstandene Schürfwunde und wollte sich wieder auf den Weg machen, als etwas ihren Blick fing. Es war wie ein Flackern in der Realität, ein Objekt, das gar nicht wirklich hier war. Dort, einige Meter von ihr entfernt, steckte ein breites, längliches Objekt in der Wand. Sie meinte, die Form zu erkennen. Der Gegenstand flackerte genauso in unregelmäßigen Abständen, wie Azaroth es in seinen letzten Momenten getan hatte.

»Nicht mehr wirklich hier«, murmelte Elucia. Wie in Trance schritt sie mit dem Stab in der einen und der anderen Hand nach dem Objekt ausgestreckt auf das flackernde, halb durchsichtige Objekt zu. Je näher sie kam, desto sicherer war sie sich: es war Zhuls grünes Breitschwert, nur dass es nun nicht mehr grün, sondern schwarz-weiß und durchsichtig war. Sie war nun nah genug, um das Schwert zu greifen, zögerte aber einen Moment. Was würde passieren, wenn sie es berührte? Konnte sie es überhaupt berühren? Die Umrisse des Schwerts verzerrten sich, nur um sich dann wieder zusammenzuziehen. Elucia zweifelte daran, dass dies eine Falle sein könnte und streckte ihre Hand nach dem Griff aus. Sofort sah sie zuerst ihren Arm ebenfalls in seinen Konturen flackern, bevor alles um sie herum sich grausam verzerrte. Als das Bild wieder klar wurde, war es hell. Die Ruinen um sie herum waren wieder intakt und um überall tobten die Geräusche eines Kampfes. Kanoes Schloss thronte prächtig hinter ihr, das Gelände war jedoch ausgestorben. Das Schwert in der Wand fehlte. Nicht weit vor ihr kämpften zwei unerfahrene Dämonen gegen einen jungen Dämonenjäger. Sie erkannte es am Kampfstil. Kampfbereit schwang sie ihren Stab vorwärts, doch keiner der Kämpfenden beachtete sie.

»Ich kenne diesen Krieg«, schoss ihr nun durch den Kopf. Trotzdem schlug sie prüfend nach einem der Dämonen, aber das robuste Holz glitt einfach durch dessen Kopf hindurch. Ein Traum? Sie ging wieder ein paar Schritte zurück und sah sich um. Ihr Blick heftete sich an eine große Traube von Leuten, welche alle zornig auf etwas in ihrer Mitte eindroschen. Plötzlich entfalteten sich aus jener Mitte gewaltige Drachenflügel, welche die Dämonen ringsum wegpeitschten. Manche prallten gegen die umliegenden Hauswände oder sackten sofort in sich zusammen. So schnell die Flügel erschienen waren, so schnell verschwanden sie auch wieder. Stattdessen sprang ein schwarzgekleideter Mann hervor, landete auf dem Kopf eines benommenen Widersachers und beförderte sich dann auf das nahegelegene Dach. Die ungeordneten, grauen Haare wippten, als er sich umsah. Er schien etwas zu suchen. Dann drehte er sich um und ließ einen Tentakel oder ähnliches aus seinem Arm hervorschnellen, mit dem er Zhuls Schwert vom Boden zu sich zog. Dann kam er über die Dächer gerannt und blieb über der kämpfenden Dreier-gruppe prüfend stehen. Elucia stockte der Atem. Azaroth stürzte sich nun auf die Dreiergruppe nieder, brach dem Dämonenjäger mit seinem Fuß das Genick und rammte die Klinge in einen der beiden Dämonen. Sein Freund ergriff schreiend die Flucht. Einen Augenblick lang stützte Azaroth sich auf das Schwert, bevor es lockerte und den Blick auf das Schloss richtete. Elucia hätte am liebsten nach ihm gerufen, obwohl sie wusste, dass sie sich in einer Art Traum befand. Tränen bildeten sich in ihren Augen. Bevor sie den Mund öffnen konnte, verfinsterte sich Aza-roths Miene. Die Dämonin folgte seinem Blick und sah in einiger Entfer-nung die rot-weiße Maske, die Vior inzwischen trug. Mit wütendem Ge-brüll wuchtete er das Schwert in die Höhe und warf es dann von sich. Unfähig zu reagieren, schrie Elucia auf, als das Schwert durch sie hin-durch glitt. Unverletzt wirbelte sie herum und sah, wie das Schwert den Kopf eines panisch rennenden Dämons spaltete und mit dessen sterbli-chen Überresten in der Wand stecken blieb. Als sie noch immer keu-chend nach Azaroth sehen wollte, war er schon auf den obersten Dämo-nenjäger mit beschworenen Klauen losgegangen.

»Stopp, Azaroth! Du wirst sterben!« Tränen flossen nun über ihre Wangen. Sie wusste, was nun geschah. Kurz nach dem Kampf würde ihr späterer Ehemann auftauchen, die Maske erhalten, gesagt bekommen sie sei tot und weggeschickt werden. Sie selbst würde zu spät auftau-chen und der grünäugige Dämon bereits im Sterben liegen.

Ihr tränenverwischtes Blickfeld verschwamm und verzerrte sich noch mehr, doch sie bekam es erst mit, als die Dunkelheit sie wieder umgab. Die Ruinen waren zurück und Azaroth war tot. Elucia stand mit hängen-den Armen vor der Wand mit dem noch immer flackernden Schwert. Ihr Stab war ihr aus der Hand gerutscht und zu Boden gefallen.

»Was war das?«, fragte sie leise, um die Leere in sich zu vertreiben. Minuten verstrichen, in denen sie bloß das sich verzerrende Objekt betrachtete. Azaroth hatte so geflackert, als die Welt an seiner Existenz zerrte, sein Körper und seine Seele kurz davor waren, sich aufzulösen. Konnte es sein, dass Daemon City ebenso aufgrund der Wunden, die er diesem Ort damals zufügte, und einem gleichermaßen geschwächten König in der Existenz geschwächt war? Wenn dem so war, dann müsste es noch mehr solcher „Wunden der Zeit" geben. Elucia gefiel der Name, welchen sie für das erlebte Phänomen gewählt hatte. Sie wollte zwar weiterhin zu den anderen gehen, doch würde auf ihrem Weg Ausschau nach weiteren flackernden, blassen Objekten halten. Eine erste Idee, wo sich so etwas befinden könnte, schwebte ihr bereits durch den Kopf. Schnell hatte sie den Stab auf ihren Rücken geschnallt und war losgehuscht. Sie wich ein paar Trümmern aus, welche jedoch eindeutig nicht von den Häusern, sondern aus der Felsdecke, die den Himmel darstelle, stammten. Im Dunkeln sah sie wieder ein blasses Glimmen, ein verzerrtes Bild. Diesmal jedoch etwas kleiner. Sie stand schon dicht vor der Pforte des Schlosses, als sie auf die Maske hinabblickte. Genau wie das Schwert war sie nicht wirklich hier – und Elucia wusste sogar, wer sie wirklich trug. Sie wollte die Maske berühren, nochmals in die Vergangenheit blicken. Doch sie zögerte. Zum einen konnte sie sich vorstellen, was sie sehen würde, und zum anderen befand sie sich in einer schlechten, leicht erkennbaren Position. Das Schwert hatte am Schlossplatzrand in einer Seitengasse gesteckt, doch nun stand sie mitten auf dem Platz, bloß umgeben von ein paar kleineren Trümmern, welche jedoch keine nennenswerte Deckung boten. Die Dämonin schüttelte den Kopf und wandte sich ab. Gerade als sie den ersten Schritt weg tat, ertönte eine laute Stimme hinten von oben.

»Willst du etwa schon gehen?«

Sie musste sich nicht umdrehen, um den Sprecher zu erkennen. Hass schäumte in ihr auf. Wenn sie sich nicht kontrollieren konnte, würde sie sterben und somit die anderen im Stich lassen.

»Ich weiß ja nicht, was du dort in den Trümmern suchst, aber mach ruhig noch weiter«, faselte Kanoe monoton. Er sah die Wunden der Zeit nicht? Elucia lachte innerlich auf. Klar, ihm hatte Az auch schwere Wunden zugefügt. Sie drehte sich nun langsam um. Der König stand auf seinem Balkon, an dem das halbe Geländer fehlte. Das Nachtlicht strahlte seine Stirn an, jedoch nicht seine Augenpartie.

»Komm doch runter, Kanoe!«, forderte sie ihn auf.

»Ob du es willst oder nicht, ich bin immer noch dein König. Ich bin der König aller Dämonen.«

»'n Scheiß bist du. Sag mir, was du von mir willst!«

»Was ich von dir will?« Kanoe hob eine Augenbraue, sodass das fahle Licht sein silbernes Auge erleuchtete.

»Du hättest mich einfach töten können, anstatt mich anzuschwätzen. Oder willst du mir sagen, dass du weder Handlanger noch magische Kräfte übrig hast?«

Sie grinste spöttisch nach oben.

»Du bist echt nur halb so dumm, wie du dich ausdrückst. Ihr seid hier, weil ihr mich töten wollt, richtig? Schon einmal darüber nachgedacht, dass es dich ohne mich gar nicht gäbe? Du wärst schon vor langer Zeit gestorben, auf der Straße irgendwo im Nirgendwo. Ich erschuf diese Welt als Zufluchtsort für all die von der Menschheit ausgestoßenen, besonderen Leute. Für die Dämonen wie du und ich. Azaroth hingegen ... er zerstörte all dies. Er tötete unsere Art. Ich habe viele alte, weise und starke Dämonen in Folge seiner Taten sterben sehen. Der Zauber, der in meiner Welt die natürliche Alterung entfernte, wurde in dem Moment gebrochen, in dem dieser Bastard mich und meine Welt zerteilte.«

»Bla bla bla. Du wolltest selbst die Menschen auslöschen, damit wir ihren Platz auf der Welt einnehmen können.«

»Evolution nennt sich das. Die Stärkeren überleben, die Schwachen müssen sterben.«

»Alle Lebewesen haben ihre Daseinsberechtigung. Die Dämonen hätten sich kurz darauf selbst vernichtet, nichts wäre übriggeblieben.«

»Elucia, war ja ganz nett zu plaudern, aber wenn du nicht meiner Meinung bist, dann musst du aus dem Weg.« Kanoes Spott in der Stimme war verschwunden. Gerade rechtzeitig wich Elucia einem Schattenblitz aus, welcher nun einen Steinbrocken neben ihr in Stücke sprengte. Sie hatte bereits einen Angriff erwartet. Kanoe spielte immer gerne mit seinen Gegnern, bevor er sie dann doch tötete. Das Gespräch war rein zu seiner Unterhaltung geführt worden.

»Du kommst nicht weg!«, brüllte der Dämonenkönig und entsandte zwei Schattentücher, welche auf Elucia zusteuerten. Elegant hüpfte sie beiseite. Zu ihrem Glück hatte sie einen guten Abstand zum König, was ihr Zeit für die Reaktion ließ. Aus dem Augenwinkel sah sie, wie die Tücher kehrtmachten und erneut auf sie zukamen. Diesen Augenblick nutzte Kanoe, um eine Faust aus gebündelter Luft unter ihr aus dem Boden schießen zu lassen. Brutal wurde die Frau zusammengeklappt und in die Luft katapultiert. Sie brachte keinen Schmerzensschrei zustande, sondern segelte am Rande des Bewusstseins auf den Boden zu. Ihr entgegen schossen die zwei schwarzen Projektile.

»Erwachte Versetzung: Umkehr!«, zischte Elucia, als ihre Lungen sich wieder mit Luft füllten. Ihr Gehirn arbeitete wieder. Sie blickte sich hastig nach einem Fluchtweg um. Ihr Abbild schoss ihr voraus nach unten, absorbierte beide Tücher in einer Sekunde und verschwand sofort wieder. Erleichtert, dass keiner der bösen Zauber weiter auf sie zielte, wirkte sie „Aufwind". Ein sanfter Wind bremste ihren Fall ein wenig, sodass sie sich gut mit dem Stab abfangen konnte. Hätte der König sie nicht so hochgeschlagen, so wäre sie nicht in der Lage gewesen, sich rechtzeitig abzufangen. Ihr rechtes Knie gab nach und ihr Rücken pochte unaufhörlich. Dennoch bereitete sie einen Zauber vor und als ein Schattenblitz von dem kaum noch erkennbaren Gegner kam, reflektierte Elucias Körper ihn und Kanoe erlitt den Treffer. Er taumelte unter Schmerzen ein Stück rückwärts. Elucia reagierte sofort, wirkte einen Heilzauber auf ihre Wunden und rannte trotz schlimmer werdender Schmerzen im Knie davon. Sie hörte erst auf zu rennen, als sie sich sicher war, dass er sie mit seinen Zaubern nicht mehr erreichen konnte. An einer Hauswand stürzte sie eher zu Boden, als dass sie sich hinsetzte und krempelte ihre Hose hoch. Ein flacher Stein steckte seitlich unter ihrer Kniescheibe, wo er dem Blutverlust nach zu urteilen einige Adern durchtrennt hatte. Elucia biss sich auf die Lippe, als sie den Stein mit zwei Fingern griff und mit einer fließenden Bewegung herauszog. Sie unterdrückte einen Schrei, aber fuchtelte mit den Händen herum, bis der Schmerz wieder etwas abgeklungen war. Mit Zaubern säuberte sie die Wunde, stoppte die Blutung, beschleunigte die Heilung und verschloss die oberste Hautschicht.

»Verdammte Neugier«, verfluchte sie sich selbst, aber atmete dennoch lächelnd aus. Der König hatte sie nicht töten können.

23

Kanoe schlug zornig gegen das Geländer. Ein Teil brach ab und stürzte in den Schlossgarten. Er atmete schwer. Wie er eben hatte feststellen müssen, so hatte sich die Reichweite, in der er seine Zauber wirken konnte, stark verringert. Außerdem zehrte es an seiner Kraft, was gar nicht passieren durfte. War es möglich, dass seine Seele wieder zu einem Teil mit seinem Körper vereint war? Er ballte seine Faust und schlug sich selbst doppelt auf die Brust, bevor er durch die schief hängende Tür in das Schloss trat.

»Pyro!«, brüllte er in die Dunkelheit. »Hinterher mit dir!«

»Hallöchen, Schwesterherz!«, rief Ragnarök, kaum, dass er im Wald der Hirschkuh angekommen war.

»Bist du bereits komplett verrückt geworden, oder wie kann ich deine Aussage deuten?«

Genesis beobachtete ihren Teich, obwohl der Wolf neben ihr stand.

»Du musst mir mal helfen, Schwesterchen.«

»Hör auf dich zu verstellen.«

»Schon gut, okay. Also, erklär mir mal, weshalb dein „König" gerade so geschwächelt hat?«

Genesis' große, braune Augen fixierten nun den Wolf, dessen Zähne sichtbar waren. Er grinste.

»Er hat es hinbekommen, Zweifel in sich einzupflanzen, als die Hälften sich wieder zusammenschlossen.«

Ragnarök scharrte mit einer Pfote im Gras. Das Gras verdorrte und starb.

»Genauer. Du weißt, ich kann nicht beobachten, was du machst oder denkst.«

»Lucifer und Marcurio waren nicht deshalb unsterblich, weil sie keine Seele im Körper hatten, sondern weil die Seele unvollständig war. Kanoes Seelenkern befand sich in seinem Schloss. Dies ist auch der Grund, weshalb er dorthin zurückkehrte, um wieder eine Person zu werden. Als Lucifer Marcurio in sich aufnahm, sind die halben Seelen wieder aus dem Körper geflossen und haben sich beim Seelenkern vereinigt. So ist Kanoe wieder in jenem seelenlosen Zustand, den er vor der Spaltung hatte. Wie du bestimmt gemerkt hast, kann er meine Zauber immer noch problemlos nutzen, denn Marcurio hatte dies nie getan. Bloß die Luftzauber machen ihn schwach. Dieser eine Teil in ihm will sich schwach fühlen, deshalb geschieht es. Noch weiß er es jedoch nicht.«

»Hm. Das heißt er fühlte Schwäche, weil etwas in ihm Schwäche fühlen will? Wegen der einen Luftfaust?«

»So kann man das auch sagen, ja.«

Genesis wandte sich wieder ab. Ragnarök wiederum freute sich. Dieses Mal würde der Weltensünder und Kraft-Missbraucher Kanoe sein endgültiges Ende finden. Zwar zweifelte der Wolf an Shous Stärke, den Zauber zu benutzen, aber der König war schwach geworden. Er kämpfte scheinbar bereits mit sich selbst.

24

Aima stöhnte, als Zero sie auf ein ausgerolltes Stofftuch legte.

»Ich bin doch kein Baby!«, protestierte sie.

»Benimmst dich aber wie eines«, sprach Vior trocken, bevor er sich an der Wand heruntergleiten ließ. Er verschränkte die Arme und verfiel in ein Schweigen. Aima wiederum blickte fasziniert auf den müden Drachen. Die Wärme der Echse war toll.

»Stellt sich doch nur die Frage, was wir jetzt machen, oder etwa nicht?«, begann Zero das Gespräch.

»Wir dürfen nicht lange warten, bis wir uns wieder in Bewegung setzen, schließlich gibt das auch Kanoe mehr Zeit, um mehr Sklaven zu erschaffen«, meinte Lucy.

»Wir sollten wenigstens warten, bis es wieder hell wird.«

Shou wirkte besorgt. Er wollte seine Frau finden. Aima schien dies zu bemerken.

»Uh, ich will ja kein Spaßverderber sein, aber alleine da draußen wird es schnell gefährlich für die Dame.«

»Schnauze!«, blaffte der Dämonenjäger die Gefangene an. »Ich frag' mich sowieso, was wir jetzt mit dir machen wollen. Ballast bist du, mehr nicht.«

»Ich bleibe mit ihr und dem Drachen hier«, mischte sich Zero ein. Überrascht entgegnete Shou: »Wie, echt jetzt?«

Der Mann des MWDs polierte demonstrativ seine Messer mit einem Tuch.

»Ich habe auf dem Weg hierher nachgedacht. Weißt du, ich habe nicht vor, hier in einem wahnwitzigen Unternehmen draufzugehen. Ich bin nicht hier, um zu töten, sondern um zu beschützen. Weil ich Mikes Vater sehr schätze. Wenn es darum geht, den König anzugreifen, bin ich nicht der Richtige.«

»Aber du sagtest doch, dass du dich wegen des Dämonenkönigs überhaupt erst gemeldet hast?«

»Ja, das habe ich. Aber ich habe auch gute Gründe, nicht weiter angreifen zu wollen. So wie ich die Sache sehe, ist der König zwar eine Gefahr, aber keine wirkliche Bedrohung, solange er in seinem Schloss bleibt. Ein Angriff dieser Klasse entspricht nicht meinen Prinzipien. Ich bin nie aktiv, sondern reaktiv im Kampf. Außerdem, wenn der König bereits solch starke Diener erschaffen kann, dann werde ich wohl kaum etwas ausrichten können. Meine Spezialmunition wirkt kürzer, je stärker mein Gegner ist. Gegen ihn wäre es wohl nutzlos. Ich will kein Ballast sein und ich möchte auch nicht in einem für mich aussichtslosen Kampf sterben.«

Mike dachte an den Kampf gegen Lucifer und wie alle normalen Menschen, ihn eingeschlossen, absolut nichts genutzt hatten. Bevor er etwas sagen konnte, ergriff Zero erneut das Wort.

»Wer außer mir könnte das Mädchen permanent unter Kontrolle halten? Ich kann ihre Zauber unterdrücken, sodass sie keine Gefahr darstellt. Somit werde ich bleiben und sie und den Drachen beschützen.«

»Du sagst jetzt schon zum zweiten Mal, dass du mich auch hierbehalten willst. Warum?«, sagte Drak und legte den Kopf schief. Zero nickte ihm zu. Er hatte die Frage bereits erwartet.

»Erstens habe ich kein großes Vertrauen in Magienutzer, somit bist du der einzige hier, der keine faulen Tricks auf Lager hat und zweitens brauche ich Unterstützung, falls wir angegriffen werden. Alleine ist nie gut. Mit dir im Team hätte ich sogar noch einen ausgezeichneten Späher, da du von Zeit zu Zeit mal eine Runde am Himmel drehen kannst, um mögliche Angreifer oder Ähnliches zu entdecken. Die Umgebung im Blick zu haben ist wichtig.«

Drak hatte genug Honig ums Maul geschmiert bekommen. Er stimmte mit stolz geschwellter Brust zu.

»Zero hat schon Recht, aber einfältig ist dein Drache trotzdem«, flüsterte Lucy Mike zu. Er lächelte wehleidig.

»Hoffentlich passiert ihnen nichts.«

Lucy küsste ihn kurz und meinte dann: »Unsere Aufgabe ist schwerer. Ich würde mich auch gerne davor drücken, aber wir müssen helfen, so gut wir können.«

Vior richtete sich plötzlich auf und schlurfte nach draußen.

»Ich halte Wache, schlaft ihr ruhig.«

Elucia hatte sich verlaufen. Nach ihrer Flucht vor dem König war sie planlos in ein Trümmerfeld gerannt, welches sie nicht wiedererkannte. In der Dunkelheit fiel es ihr schwer, sich zu orientieren, deshalb würde sie hier bis zum Morgen ausharren müssen. Ihr gebrochener Ringfinger pochte wie wild. Müde sah sie sich nach einem Unterschupf um, bis sie sich für einen Ort entschied und durch ein zerbrochenes Kellerfenster hineinkroch. Da es hier drinnen stockfinster war, beschwor sie ein Licht aus ihrer Handfläche. Sämtliche Regale im Keller des verlassenen Wohnhauses waren umgestürzt und die Treppe nach oben war verschüttet. Ansonsten war der Keller weitestgehend trümmerfrei.

»Das passt schon«, sagte sie sich selbst und platzierte eine magische Barriere im Fenster, durch das sie eingestiegen war. So würde sie ein wenig schlafen können, ohne Angst haben zu müssen, dass man sie im Schlaf ermordete. Die Treppe war verschüttet und das Fenster blockiert. Wer auch immer in den Keller kommen wollte, musste also entweder Lärm machen oder Elucia durch Auflösung ihres Zaubers aufwecken.

Im Schein des kleinen Lichts auf ihrer Handfläche suchte sie nun eine Stelle, in der wenig Steine und kein Regal herumlagen, kehrte mit dem Fuß den Schutt zur Seite und legte sich rücklings auf den Boden. Sie verschränkte die Arme, atmete mehrfach tief ein und aus und sah zur Decke.

»Ich hoffe, die anderen kommen zurecht …«, dachte sie.

25

Als der Himmelsstein wieder hell aufflammte, weckte Vior seine Verbündeten. Obwohl er die ganze Nacht kein Auge zugetan hatte, war er nicht müde. Einer der Vorteile, ein Dämonenjäger zu sein. Er zehrte bloß deutlich stärker an den Kräften der unzähligen Seelen in ihm.

Er verabschiedete sich zusammen mit Shou, Lucy und Mike, welcher seinen Drachen nochmals fest an sich drückte.

»Ich sterbe schon nicht, Mike. Pass lieber auf dich selbst auf.«

Dann schlug er mit seinem Stahlflügel gegen Mikes Schwert, das an ihm baumelte und erhob sich in die Höhe. Shou blieb still und führte die Gruppe an, da er sich an diesem Ort am besten auskannte. Seine Ehefrau war nicht zu ihnen gekommen. Immer wieder sagte er sich selbst, dass doch alles in Ordnung sei. Sie war doch schließlich sogar stärker als er und fand sich sicher zurecht. Andererseits war sie durch die Portale geschwächt und ganz auf sich allein gestellt. Kanoe hatte sicher auch auf sie einen Trupp losgehetzt. Er atmete tief ein und blickte auf das Schloss, dass in einiger Entfernung zu ihnen gerade so über den Ruinendächern zu sehen war.

»Halte durch, wo auch immer du bist, Elucia«, murmelte er.

Drak beobachtete die Truppe seiner Freunde eine Weile von ganz oben. Abgesehen von ein paar Trümmern konnte er nichts entdecken, was ihnen Schwierigkeiten bereiten würde. Natürlich konnte er nicht alle Straßen bis zum Schloss und auch den großen Platz nur schwer überblicken, doch er traute sich nicht näher an das Schloss heran, da er hoch oben in der Luft zuerst leicht gesehen werden konnte und danach ein genauso leichtes Ziel abgab. Deckung oberhalb der Dächer zu suchen würde nichts taugen. Ein wenig sehnsüchtig sah er den sich immer weiter entfernenden Leuten hinterher. Er hatte bei ihrem letzten Kampf wieder so richtig Spaß gehabt und hatte Lust auf mehr. Aber er verstand auch, dass er als Späher mehr nützen würde. Außerdem hielten die anderen ihn für vollkommen tollpatschig und sehr nutzlos, was jedoch nur zum Teil stimmte. Nur weil Mike und Lucy alleine aus dem Seelengrab herausgekommen waren, hieß das nicht, dass Drak nicht auch seine Wichtigkeit im Krieg gegen Helena gehabt hätte. Er stieß eine Rauchwolke der Belustigung aus, als ihm auffiel, wie sehr er sich hatte gehen lassen, seitdem er und seine Freunde sich niedergelassen hatten und nicht dauerhaft auf der Hut sein mussten. Seine Gedanken schweiften zu all dem leckeren Essen, das Zuhause auf ihn wartete, doch dann verwarf er den Gedanken und fokussierte sich auf seine Aufgabe. Er würde den anderen schon zeigen, dass er seine Sachen auch richtig ausführen konnte.

»Nun zu dir.«

Kaum war der Mann, den alle nur Zero nannten, wieder in den Raum getreten, hatte sich seine Miene verfinstert. Aima fühlte sich sofort unwohl in seiner Gegenwart.

»Was willst du?«, zischte sie. Er verharrte einen Moment vor ihr, sah sie bloß prüfend an. Dann zog er seine Maschinenpistole hervor und richtete die Mündung einhändig auf Aimas Kopf. Ein Lichtstrahl, der seinen Weg in den Raum fand, erleuchtete das offene Grab, welches auf seinen Arm tätowiert war.

»Was–?«

»Die bessere Frage ist, was bist du?«

Abgesehen von seinem Mund regte sich nichts an seinem Körper. Aima gab die beste Antwort, die ihr in den Sinn kam.

»Ich weiß es nicht.«

Für einen kurzen Moment meinte sie, seine Zähne aufblitzen zu sehen. Ohne die Waffe auch nur einen Moment von ihrer Stirn zu nehmen, erzählte er: »Weißt du, ich bin derjenige, den der MWD einsetzt, wenn alle anderen Anpassungs- und Beruhigungsmaßnahmen versagt haben. Wenn die Monster und Kreaturen durchdrehen. Ich bin ein Beschützer der Menschen, und um mein Ziel zu erreichen, töte ich. Du bist ein Wesen, das nicht einmal existieren dürfte. Du bist nicht geboren worden. Ein Dämon, welcher vollends durchdrehte, dieser Kanoe, hat dich erschaffen. Letzten Endes macht dich das nicht zu mehr als einer seiner Zauber, den ich neutralisieren muss.

»Bist du deshalb zurückgeblieben? Weil du Angst hast, gegen den Dämonenkönig zu kämpfen und stattdessen mich töten willst, obwohl ich unter deine Anti-Magie-Droge keine Gefahr darstelle?«

Sie unterdrückte ihre Tränen. Der Tod bereitete ihr Angst, sie wusste so viel noch nicht.

»Du hast recht, ich habe Angst und ich werde verdammt nochmal nicht hier draufgehen. Ich helfe der Welt, indem ich dir hier und jetzt eine Kugel durch den Kopf jage. Doch bevor ich dich töte, will ich wissen, was ich töte. Also nochmal: Was bist du?«

»Ein Dämon.«

»Du siehst aus wie einer, ja, aber dennoch hast du keine Daseinsberechtigung, „Aima". Du bist durch einen bösen Zauber erschaffen worden. Niemand gebietet über das Leben, auch nicht ein selbst ernannter König.«

»Was tust du dann gerade? Du willst entscheiden, ob ich leben oder sterben soll. Zero bedeutet Null, also bist du wohl der sagenumwobene Niemand?«

Trotz ihres Zorns traten die Tränen in ihre Augen und ihre Lippen zitterten.

»Also gut. Entscheiden wir uns dafür, dass du ein Zauber, ein Abbild eines Dämons bist, welches von Kanoe, einem Dämon, erschaffen wurde? Das schreibe ich dann in meinen Bericht. Allerdings werde ich dich nicht namentlich erwähnen. Du bist bloß ein Beschwörungszauber.«

»Bitte«, flehte Aima ein letztes Mal.

Elucias Plan, kurz nach Einbruch des Tages Orientierung zu erlangen und dann möglichst schnell zu den anderen zu stoßen, wurde durch ihre Neugier durchkreuzt. Die Nacht war ruhig verlaufen und sie hatte einigermaßen gut schlafen können. Als sie morgens die Barriere vor dem Fenster entfernte und ins Freie kroch, sah sie sofort, wo das Schloss stand. Dies half ihr, sich zu orientieren. Dass sie sich ein ganzes Stück schräg hinter dem Schloss befand, hieß wiederum, dass sie erneut am Schloss vorbeimusste, auch wenn diesmal bei weitem nicht so dicht wie beim letzten Mal. Elucia verschränkte die Hände über dem Kopf und streckte sich. Als sie sich dann vor dem Loslaufen nochmals umsah, entdeckte sie abermals ein Objekt, welches keinesfalls in die Welt passte. Sie schloss für einen Moment die Augen, bevor sie »Sorry, Leute«, flüsterte und dann zügig auf die Wunde der Zeit zuging. Verwundert blieb sie über dem Objekt stehen. Es waren Azaroths Handschuhe. Ehrfürchtig ging sie in die Hocke und streckte ihre mit dem Drachenhandschuh bekleidete Hand aus. Die Welt verzerrte sich und riss Elucia in eine vergangene Zeit.

»Du bist der Schüler, der am schnellsten mit der Grund- und Fortgeschrittenenausbildung fertig war, und selbst dann hast du unermüdlich Körper und Seele gestärkt. Warte einen Moment«, sprach eine tiefe Stimme hinter ihr. Als sie sich umdrehte, sah sie gerade noch so den riesenhaften Rücken eines Mannes durch den Türrahmen des nun wieder intakten Hauses gehen. Auf den Treppenstufen saß ein junger Dämon, dessen braunes Haar sich am Ansatz bereits grau färbte. Er war dunkel gekleidet und aus seinen Fingerspitzen sprossen silbrige Drachenklauen. Elucias Augen weiteten sich, als sie realisierte, dass sie nun einen jungen Azaroth vor sich sah. Sie beobachtete ein Erlebnis aus einer Zeit, in der es sie nicht einmal gegeben hatte.

Gedankenverloren bewegte sich ein Finger des jungen Dämons zu seinem Kinn und kratzte daran. Die Drachenklaue ritzte die Haut auf und rotes Blut floss über seine Hand. Fluchend schreckte er nun auf, ließ die Klauen verschwinden und wirkte hastig einen Heilzauber auf die selbst verursachte Wunde. Seine grünen Augen glänzten, als das Licht des Himmelssteins hineinfiel. Lachend trat der große, sonnengebräunte Mann wieder ins Freie. Er trug keine Schuhe.

Leise sagte er etwas zu Azaroth, was Elucia jedoch nicht verstand, und zog dann ein Paar fingerlose Handschuhe hinter seinem Rücken hervor. Sie waren schlicht, schwarz und auf dem Handrücken sah man ein hellblaues Drachensymbol. Elucia blickte auf ihren Handschuh.

»Die Handschuhe habe ich maßfertigen lassen, als du mir sagtest, dass du unbedingt den Drachenklauen-Zauber meistern willst. Ich musste sie suchen, da ich nicht damit gerechnet hatte, dass du es schon so kurz nach Ende deiner Ausbildung schaffen würdest. Jedenfalls sieh sie bitte als Belohnung für deine Mühen an. Du wirst Großes vollbringen und ich hoffe, ich sehe dann diese Handschuhe an dir.«

»Das hast du, Azaroth. Du hast nicht nur deinen Mentor stolz gemacht, du hast auch mich inspiriert«, sprach Elucia leise und kämpfte abermals mit den Tränen. Wieso war sie bloß solch eine Heulsuse, wenn sie Azaroth erneut sah? Er war tot und sie konnte es nicht ändern. Es war Jahrhunderte her. Plötzlich verschwamm das Bild erneut, doch Elucia fand sich nicht in ihrer Zeit wieder. Alles war noch immer in bester Ordnung. Die Tür des Hauses vor ihr war nun verschlossen und kein Licht brannte darin.

Plötzlich schoss die junge Version von Azaroth an ihr vorbei und rüttelte an der Tür.

»Rock, bist du da?«, brüllte er mehrmals. Keine Antwort. Wovor rannte er weg? Kaum hatte Elucia sich diese Frage gestellt, bogen auch noch weitere Dämonen in die Straße. Sie waren ebenfalls noch im Wachstum, also noch keine 24 Jahre alt. Nach Luft ringend verlangsamten sie ihren Schritt und teilten sich auf. Zwei blieben, wo sie waren, die anderen beiden sprinteten durch Elucia hindurch und platzierten sich dicht bei ihr, sodass die Gruppe Azaroth nun an der Haustür seines Mentors umstellte.

»Was rennst du denn weg, Menschenkind? Wenn du dir so einen Stress machst, werden deine Haare noch ganz grau«, eröffnete ein Mädchen mit einem schmalen Gesicht das Gespräch. Die drei Jungs um sie herum lachten.

»Weil ich keine Lust auf eure Scheiße habe. Außerdem bin ich schneller, seht doch mal, wie ihr herumröchelt«, erwiderte Azaroth trocken.

»Du kannst nicht nur wegrennen, auch wenn ein Mensch nun mal schwach und ängstlich ist. Liegt wohl einfach in deiner Natur. Renn doch noch weiter weg, denn für Menschen ist hier kein Platz.«

Der Junge mit dem langen Haar spie auf den Boden vor Azaroths Füßen. Dieser regte sich kaum, zog bloß seinen Fuß aus dem Weg. Dann folgte ein schneller Blick nach unten auf seine Handschuhe, auf denen das Drachensymbol deutlich zu sehen war. Die Spucke brodelte auf dem Boden. Säure. Dann wirkte der langhaarige Junge einen Zauber, schob seine übermäßig lange Zunge aus dem Mund und peitschte erfolglos nach Azaroth. Er nutzte also Transformationsmagie für seine Zunge, welche er zusätzlich mit Säure ausstattete, stellte Elucia fest. Sie wollte Azaroth helfen, doch sie war sich auch bewusst, dass sie nichts bewirken konnte.

Das Mädchen ließ nun mit einem Murmeln und Nicken ihre Eckzähne in die Länge wachsen, sodass auch sie kampfbereit war. Um die Hände der beiden anderen Jungen stoben eiskalte Winde.

»Na, hast du etwa Angst vor den Dämonen, Mensch?«, fragte das Mädchen mit den langen Zähnen. Azaroth starrte bloß die lange Zunge an, die vor ihm herumhing.

»Ich hab' da echt keine Lust drauf«, sagte er schließlich und wanderte ein paar Schritte nach links, wodurch er der Zunge und den Zähnen den Rücken zuwandte. Das schmalgesichtige Mädchen griff an, bereit, die spitzen Zähne in Azaroths Oberkörper zu versenken. Dieser hatte jedoch bereits damit gerechnet, wirbelte herum, packte seine Gegnerin am Hals und rammte sie mit aller Wucht seiner Drehung gegen die Hauswand neben der Tür. Mehr als ein „gah" konnte sie nicht hervorbringen, bevor sie mit blutendem Kopf zu Boden ging. Als die Zunge nun auf ihn zupeitschte, erschienen die Drachenklauen wortlos an seinen Fingern und er durchtrennte das magisch verstärkte Körperteil mit einem einzigen Hieb.

»Ahhrrg! Eg haf mich zegschniffen«, schrie er, während das Blut aus seinem Mund lief.

Ein Eisdorn verfehlte Azaroths Kopf nur knapp und der nächste bohrte sich in seine Flanke. Doch anstatt schmerzvoll aufzuschreien, entflammte der Zorn in seinen Augen. Blitzschnell hatte er mit einem Satz den Abstand zu den Eiszwillingen überwunden, stach dem einen tief mit den Klauen in den Bauch, nur um dem anderen die andere klauenbesetzte Hand über den gesamten Körper zu ziehen. Bei beiden verdrehten sich die Augen, sodass man nur noch weiß sah, und sie krachten zu Boden. Unter ihnen färbte sich der Kies rot. Kaltblütig wischte Azaroth das Blut an seinen Händen an der Kleidung des bewusstlosen Mädchens ab und sah dann zu dem Zungenjungen, welcher in Schockstarrte verharrte. Ein kurzer Moment verging, bevor dieser mit einem spitzen Schrei die Flucht ergriff. Dann wirkte Azaroth einen kleinen Heilzauber auf die fast schon winzige Wunde an seiner Flanke, bevor er nacheinander zu den auf dem Boden liegenden Gegnern ging, um ihren Puls zu fühlen. Eine Angewohnheit, welche er später ablegen würde, da er genau wusste, wie schwer er getroffen hatte.

Elucia realisierte, dass dies nicht das erste Mal sein konnte, dass Azaroth um sein Überleben kämpfen musste, da man ihn nicht anerkannte. Sie hatte dies auch erlebt, wenn auch nicht in einem solchem Ausmaß. Das Ergebnis stand fest: das Mädchen lebte, die Jungen waren tot.

»Rock versteht das, er sagt selbst, dass den Dämonen etwas zu tun fehlt und sie deshalb alles töten wollen, was nicht ist wie sie. Wie soll ich auch sonst überleben?«, sagte Azaroth laut zu sich selbst.

166

Das Bild verschwamm und Elucia kehrte zurück in ihre eigene Zeit, aber starrte noch einen kurzen Augenblick auf die Stelle, an der eben noch die grünen Augen geleuchtet hatten. Sie streckte sich und trat einen Schritt vom flackernden Handschuh am Boden zurück. Dann überlegte sie, ob sie es versuchen sollte, ein Portal zu den anderen zu erschaffen, verwarf diese Idee jedoch sofort. Zu hohes Risiko, auch wenn ihre Kräfte sich gut erholt hatten. Auch ihre Wunden des Kampfes gegen die Schergen und des Aufeinandertreffens mit dem König waren kaum noch zu sehen. Aus dem Augenwinkel sah sie ein Licht auf sie zurasen und stieß sich sicherheitshalber mit den Füßen nach hinten. Kurz darauf verfehlte sie ein Wall aus Flammen.

»Tsk. Wäre ja auch zu einfach gewesen«, meinte eine Stimme aus vergangenen Zeiten. Als der Qualm sich ein wenig auflöste, fiel Elucias prüfender Blick auf einen glatzköpfigen Mann, dessen Gesicht sie stark an einen Widersacher Azaroths erinnerte.

»Kanoe hat also nicht nur den Fleischhaufen als seine Wache erschaffen, er hat auch versucht, dich wieder zurückzubringen, Pyro? Keiner wollte die Menschen so schnell töten wie du. Aber du erinnerst dich wohl kaum, denn du bist nicht er.«

Sie zog ihren Stab hervor und wirbelte ihn herum, um die letzten Rauchschwaden zu vertreiben. Ein Hustenreiz bahnte sich an.

»Der große König hat mir und Theomars einen Teil unserer Erinnerungen generiert. Ich weiß, wer du bist, ich weiß, wessen Idealen du folgst, und ich weiß, was derjenige getan hat!«

Elucia stutzte einen Moment, schüttelte dann aber ihren Kopf. Es war unmöglich, dass dieser Pyro ein wahres Abbild seines Gedächtnisses besaß. Vielmehr wusste er nur das über sich, was Kanoe selbst gesehen oder gehört hatte. Doch was er sicherlich kannte, war der Hass Pyros, welcher nun in seinem verzerrten Gesicht zu sehen war. Seine nackten Arme standen in Flammen, sein bloßer Oberkörper dampfte.

»Stirb!«, brüllte er und entfesselte die Flammen.

Der zum Himmel emporsteigende Rauch wurde von den anderen zwar entfernt über den Dächern bemerkt, aber nicht weiter beachtet. Sie schritten entschlossen über Trümmer hinweg auf das Schloss zu.

»Müsstest du nicht – wenn man deine Zeit im Seelengrab abzieht – etwa 60 Jahre alt sein, Shou? Du siehst so viel jünger aus. Elucia übrigens auch.«

Vior folgte dem zügig voranschreitenden Dämon. Dieser warf einen Blick über die Schulter und erwiderte bloß grinsend: »Ganz verpufft zu sein scheint der Fluch von Daemon City auf den Dämonen von damals nicht. Unsere Körper altern noch immer deutlich langsamer, auch wenn die Alterung keinen Stopp mehr einlegt. Körperlich schätze ich mich und meine Frau auf 25 bis 35 Jahre. Eigentlich ist sie 53 und ich bin 52 Jahre alt.«

»Dann heißt das wohl, dass mir und meinen verstorbenen Schwestern gesagt wurde, wir würden ein wenig länger leben als Menschen, hat da seinen Ursprung? So was wie letzte Spuren.«

Da Shou nichts sagte, deutete sie dies als ein „ja".

»Eines noch«, sagte Vior plötzlich und verlangsamte seinen Schritt.

»Je näher wir an das Schloss herankommen, desto wahrscheinlicher wird ein Angriff auf uns. Spätestens am Schloss wird der König höchstpersönlich es uns nicht leicht machen. Ich möchte ... dass ihr die ganze Zeit hinter mir bleibt, damit ich die Zauber abfangen kann. Beim Kampf gegen den König – und den wird es geben, verdammt – überlasse ich euch das Angreifen, ich spiele euren lebendigen Schutzschild. Lasst … mich euch beschützen.«

Er senkte den Blick und trat einen Stein davon.

»Einverstanden. Deine Maske annulliert immerhin die meisten Zauber, die für uns tödlich sein würden«, sagte Shou dankbar, hielt für einen Moment an und überließ so dem Dämonenjäger die Führung.

»Als ob ich mein Leben deinem Schutz überlasse. Du denkst wirklich, dass ich einfach hinter dir herumkrieche, damit du dann im letzten Moment zur Seite gehst und ich „aus Versehen" doch sterbe? Nein danke, ich passe auf mich selbst auf.«

»Lucy, du solltest ihm vertrauen. Wenn er uns wirklich töten wollen würde, dann wären wir längst tot. Außerdem ist er irgendwie anders geworden«, sagte Mike in einem ruhigen Tonfall. Lucy dachte nach. Ja, Vior hatte sich wirklich gewandelt, nachdem die beiden Dämonen auftauchten. Eigentlich begann hatte diese Wandlung sogar schon begonnen, als er das Tagebuch seiner jüngeren Geschwister las. Irgendetwas hatte dem so stolzen und kaltblütigen Dämonenjäger einen Riss in seiner Maske verpasst. Er hatte sein Überlegenheitsgefühl verloren.

»Na schön«, knurrte sie knapp.

»Ich weiß euer Vertrauen wirklich zu schätzen«, sagte Vior, ohne den Blick vom Weg zu nehmen. Kaum hatte er zu Ende gesprochen, zerbarst ein nahegelegener Turm und tausend Stücke und ein graues, riesiges Ungetüm kam zum Vorschein. Das übergroße Mammut aus Felsen ließ Vior, Lucy und Mike einen Fluch ausstoßen, als es diagonal zur Straße von vorne auf sie zu rannte. Shou hatte irgendetwas mit „Steinkoloss" gehört.

26

Als Drak den Turm nach seiner Erkundungsreise wieder betrat, sah er, wie Zero die Mündung seiner Waffe auf das gefesselte Mädchen hielt. Sein Gesichtsausdruck erinnerte ihn an den von Helena, während sie ihre Opfer mit den Seelenwellen angriff. Böse, sich am Leid ergötzend.

Ohne lange zu zögern, stürzte sich der mittelgroße Drache auf den gleichgroßen Menschen und riss ihn seitlich zu Boden, bevor dieser den Abzug betätigen konnte. Die Waffe schlitterte aus dem Licht in die Schatten der Trümmerteile. Dann kollidierte Zeros Schulter mit dem Boden. Kurzerhand packte er den Drachen am Hals und schleuderte ihn mit gewaltiger Kraft von sich, sodass dieser ein Stück über den Boden rollte, bevor er brüllend aufstand. Qualm bildete sich in seinen Nüstern und seinem Maul, sein Körper schien zu glühen.

»Fass sie nicht an oder ich verwandle dich in einen Haufen staubiger Asche!«

»Danke«, wimmerte Aima. Ihr schwarz-rotes Haar klebte an ihrer nassgeschwitzten Stirn, ihre Unterlippe bebte unkontrolliert. Weil der Blick des Drachen für einen Moment auf das Mädchen gerichtet war, zückte Zero nun eines seiner Kampfmesser und stach nach dem Drachen. Dieser versuchte zwar, dem Angriff auszuweichen, doch der Mensch war zu schnell für ihn. Das Messer steckte sofort bis zum Ansatz im Brustkorb und Zero schwang sich auf den Drachen, welcher nun Feuer speien wollte. Er hatte schon größere Drachen zur Strecke gebracht, dieser sollte kein Problem darstellen. Die aufkeimende Hitze erstickte er, indem er seinen tätowierten Arm um den Hals der Echse schlang und ihr so die Atemluft nahm. Der andere Arm folgte und der Atemstrom versiegte. Drak versuchte verzweifelt, in mit seinen messerscharfen Klauen zu erwischen, was sich jedoch als äußerst schwierig erwies, wenn der Feind auf seinem Rücken war. Mehr als ein paar Kratzer auf der Schutzrüstung waren nicht möglich. Sein Fuchteln verlangsamte sich, da der eiserne Griff des Mannes ihm keine Luft ließ. Die Beine gaben nach und Drak kippte nach vorne wie ein Brett. Einen Moment lang drehte sich alles und obwohl es sich danach ein wenig beruhigte, so wollten seine Augen kein klares Bild mehr hervorbringen. Müde hob er erneut eine Kralle, doch die Kräfte verließen ihn, sodass die Pranke wieder in den Schutt fiel. Trotz der robusten Schuppen an seinem Körper drückte sich ein Brocken schmerzhaft gegen seinen Bauch. Drak gab jeglichen Widerstand auf, während alles um ihn herum dunkler und dunkler wurde.

Ein stumpfes Geräusch ertönte und Zeros Griff lockerte sich für einen Moment, als Aimas Fußspitze gegen seine Schläfe prallte. Zero spürte trotz der nun ein wenig tauben, pochenden Stelle an seinem Kopf, wie sein Blut sich einen Weg ins Freie bahnte und über seine Wange lief. Kurzerhand stemmte er den Drachen mit den Knien zu Boden, lockerte den Griff soweit, dass er einen Arm befreien konnte und packte das Fußgelenk des Mädchens, als es erneut zutreten wollte. Ihre Arme waren noch immer gefesselt. Dann zog er sie zunächst zu sich, führte die Bewegung dann aber über seinen Kopf hinweg weiter. So warf er Aima in Richtung des Eingangs, wo sie mit ein paar losen Mauersteinen kollidierte, welche auf sie niederprasselten, nachdem sie im Licht des Himmelssteins liegen geblieben war.

»Ich wollte dich ja eigentlich nicht umbringen, sondern dir nur das Bewusstsein nehmen. Aber deine Freundin hier macht zu viel Ärger und du brauchst mir ein wenig zu lange, um die Augen zu schließen, Echse.«

Mit diesen Worten griff der mit der noch immer freien Hand nach dem Messer, das in der Flanke des Drachen steckte und zog es mit einer fließenden Bewegung heraus. Es war mit dem dickflüssigen, schwarzen Drachenblut überzogen. Einen Moment zu lange sah er das Blut an, denn plötzlich entwand sich der Drache seinem Griff, zog tief Luft ein und entfesselte eine schwache Stichflamme.

Drak war geschwächt, doch die Flamme, die er gerade so kurz vor der Ohnmacht herausspie, ließ Zero von ihm herunterschlittern und zurücktorkeln. Bevor dieser ihn erneut anfallen konnte, peitschte er mit seinem Schwanz nach ihm. Er traf auf Brusthöhe und Zero verlor das Gleichgewicht. Drak nutzte den Augenblick, um sich endlich zu erheben und stürmte brüllend zum Ausgang. Auf dem Weg nach draußen schnappten seine Kiefer nach dem Mädchen und dann erhob er sich panisch flatternd in die Luft. Aima baumelte staubig vor ihm, die Seile, mit denen ihre Hände gebunden waren, befanden sich zwischen seinen Zähnen. Beim Zubeißen hatten sie ein wenig Schaden genommen, sodass die einzelnen Fäden sich nun langsam immer weiter trennten. Aima selbst hing bloß da wie eine Puppe.

Noch bevor er auch nur hundert Meter zurückgelegt hatte, rannte Zero zornig ins Freie, hob Null an und feuerte drei Schüsse nacheinander ab. Alle trafen Drak an unterschiedlichen Stellen und jede der Antimagie-Kugeln brachte ihn kurz aus der Balance. Er spürte, wie die Droge in seinen Körper einsickerte. Fast schon belustigt stellte der Drache fest, dass er nun seine Zauber nicht mehr nutzen konnte. Wenn er denn welche könnte.

Zero verschwand wieder im Gebäude. Er suchte seine andere Waffe. Drak ruderte schneller mit den Flügeln, flog weg vom Schloss und auf die schwarze Seite der Welt zu. Dann zischten Kugeln in schneller Abfolge durch die Luft um ihn. Kein Treffer. Ein letzter Blick nach unten bestätigte ihn, erfolgreich entkommen zu sein. Der Mann, ganz klein, da er in einiger Entfernung stand, hatte die Waffe gesenkt und die Schultern hängen gelassen. Er starrte ihnen bloß nach.

Draks Kräfte ließen rapide nach. Dies hatte mehrere Gründe: sein Fressverhalten, der erschöpfende Kampf und der Ballast in seinem Maul, den er lieber auf dem Rücken sitzen hätte. Kaum hatte er die Ruinen der hellen Seite hinter sich gelassen und einen Fluss auf der dunklen Seite gesichtet, setzte er zur Landung an. Unsanft hüpfte er mehrmals auf und ab, wobei das Mädchen hin und her schwang. Er legte sie in das abgestorbene Gras und platzierte sich dann auf den Boden und schlang seinen Schweif um sich. Während sein Herzschlag sich verlangsamte, blickte er auf seine neue Verbündete. Sie lag ein wenig verdreht auf dem Boden und ihr Brustkorb hob und senkte sich. An ihrem Hals waren ein paar getrocknete Blutstriemen zu sehen, ebenso auf der Stirn. Ein Mensch hätte sie jetzt bestimmt auf Wunden unter der Kleidung untersucht, doch Drak hatte keine weiche Haut, sondern harte Schuppen und scharfe Klauen an den Händen. Aima röchelte ein paar Mal, dann öffnete sie ihre lilafarbenen Augen.

»Du bist ein Drache«, sagte sie leise. Drak war irritiert. Fragten bewusstlos gewesene nicht immer erst nach den Umständen und dem Ort, anstatt zu sagen, was sie sehen?

Sie hob eine Hand, um sich das Haar aus dem Gesicht zu streichen, doch zuckte dann zusammen und unterdrückte einen Schrei. Also schürzte sie stattdessen die Lippen und blies ein paar Mal gegen eine Strähne, bis sie sich unmerklich bewegte.

»Meine Schulter tut weh.«

»Ich kann da nichts tun.«

»Ich weiß, ich wollte es nur sagen.«

»Ich wollte auch nur sagen, dass ich keine Zauber beherrsche. Es gibt zwar Drachen, die können Zauber nutzen, aber die sind schon selten, sagte mein Opa immer. Ich kannte ihn nicht wirklich, aber das hat er mir oft gesagt. Auch wenn er mir sonst nichts gesagt hat. Außer natürlich -«

»Schwätz nicht so viel, Mann. Erzähl mir lieber etwas Sinnvolles, zum Beispiel wie wir hergekommen sind.« Sie verdrehte die Augen.

Drak erzähle von der Flucht und dass seine Kräfte dadurch erschöpft waren.

»Vielen Dank fürs Retten also. Doppelt.«

Sie lächelte freundlich, aber Drak sah, dass ihre Schmerzen noch immer präsent waren. Dann leuchteten ihre Augen auf und ihr Lächeln wurde breiter.

»Bin ich wirklich mit dir herumgeflogen? Da oben?« Sie blickte nach oben. »Krass! Können wir das nochmal machen? Du weißt schon, wenn ich wach bin.«

»Ich sagte doch, keine Kraft. Später aber gerne.«

Drak fühlte sich geschmeichelt, dass sie eine solche Begeisterung an den Tag legte, wenn es um seine Flugkunst ging (auch wenn sie es gar nicht bewerten konnte).

»Okay, okay. Wie sieht unser Plan nun aus? Wir ruhen uns erst ein wenig aus, du fliegst 'ne Runde mit mir und dann? Stoßen wir zu den anderen? Gehen wir zurück und killen diesen Zero? Erkunden wir die Gegend?«

»Wir fliehen. Weiter hinten habe ich das Dorf gesehen, von dem Mike und Lucy erzählt haben. Von dort müssten wir das Portal finden können, wodurch wir in die echte Welt zurückkehren können. Davon haben sie auch erzählt.«

Drak war selbst überrascht, dass etwas so Überdachtes aus seinem Mund kam. Es war das erste Mal, dass sich etwas, was in seinen Gedanken cool war, sich auch in echt nicht dumm anhörte. Aima war sichtlich enttäuscht.

»Na gut. Macht wohl mehr Sinn, wenn ich so kaputt bin. Aber sag mal, was meinst du mit der „echten Welt"? Ist diese Welt denn nicht echt? Und wenn nicht, bin ich dann auch nicht echt? Das sagte er zumindest zu mir.«

Drak sah sie ratlos an. Davon hatte er doch keine Ahnung.

»Ach, was weiß ich, was echt ist. Für mich ist die andere Welt echt, weil ich dort lebe. Das heißt aber nicht, dass das hier nicht echt ist, sonst könnte ich doch nicht hier sein, oder? Das Gleiche gilt für dich. Wenn du falsch wärst, dann wärst du nicht hier. Also bist du echt, so wie auch diese Welt für dich echt ist. Neue Sachen muss man erst kennenlernen, damit sie echt für einen werden. Irgendein Mathekram ist für mich auch nicht echt, weil ich damit nichts anfangen kann.«

»Willst du mich denn kennenlernen?«

Als der Drache nickte, grinste sie breit.

27

Immer wieder schwang Elucia den Stab und erzeugte Windböen, um die Flammenstöße aus Pyros Händen zu löschen. So kam sie Schritt für Schritt näher, ohne ein Risiko einzugehen. Wenn der Flammenmagier seine Angriffsstrategie nicht änderte, würde sie schon bald die Defensive verlassen können. Die Flammen versiegten.

»Ich kann das den ganzen Tag lang machen, irgendwann verbrennst du dir die Finger«, meinte Pyro und zischte dann noch etwas, das Elucia jedoch nicht verstand. Die Flammen an seinen Armen loderten heller.

»Tja, ich auch. So was Dummes.«

Hatte er nicht mitbekommen, dass sie schon ein ganzes Stück näher gerückt war? Dachte er, sie stand einfach nur herum? Er war halt doch nur ein Klon und nicht der gerissene Kämpfer, den Azaroth überlistete. Azaroth...

Plötzlich schoss ein breiter, glühender Wall aus gelben Flammen aus den ausgestreckten Armen und kam auf sie zu. Nein, hier würde der Windstoß rein gar nichts ausmachen. Unfähig einen Fluchtweg zu finden rammte sie ihren Stab in den Boden und wurde vom Feuer umhüllt. Qualm. Es war düster. Elucia keuchte, atmete den Rauch ein und hustete. Die Drachenflügel um ihren Körper funkelten ein letztes Mal, bevor sie verschwanden. Sie waren klein und besaßen keine Klinge an der Spitze, aber sie hatte es geschafft, dank ihrer Reinheits-Gabe Azaroths Drachenschwingen zu replizieren. Allerdings hatte diese ungeübte Anwendung zu viel Kraft gezogen, sodass Elucia schon wieder kaum Kräfte übrig hatte. Sie verfluchte sich selbst im Stillen dafür, dass sie nicht schon früher einen Weg um die Feuerbälle herum gefunden hatte, anstatt Pyro die Chance zu geben, einen starken Zauber zu benutzen. Da das Licht hinter dessen Rücken in den Qualm fiel, sah sie die Silhouette auf sie zu stolzieren. Schnell reagierte sie, wirkte „Versetzung" und hinterließ ein nicht selbst agierendes Abbild zusammengekrümmt auf den Boden. Dann schlich sie mit gezücktem Stab im Bogen durch den Qualm. Zum Glück war Pyros Blick starr auf das Abbild, welches er nun entdeckt hatte, gerichtet. Als sie relativ dicht hinter ihm war, wirkte sie stumm den Trümmerschlag und rannte auf ihn zu. Der Qualm dämpfte ihre ohnehin schon sanften Schritte. Ein Schlag auf das Genick, ein Schlag ins Kreuz und … der dritte Hieb verfehlte sein Ziel. Pyro war im Qualm verschwunden. Panisch blickte sie um sich, drehte sich um die eigene Achse.

»Nicht schlecht, aber denkst du, Kanoe hätte mich nicht gewarnt?«

Sie erlitt einen Hieb in die Armbeuge, der Stab wurde ihr entrissen. Sofort wirbelte sie herum. Blitze huschten über ihre Handflächen. Sie drehte sich direkt in eine große Pranke, welche sicher nicht Pyros Hand war. Der Riese packte sie unter dem Kinn und hob sie in die Luft. Die Stromschocks an den Händen wirkten nicht gegen den starken Arm. Was war die Kraft des Riesen nochmal gewesen? Transformation? Wie hieß er überhaupt?

»Theomars!?«, fluchte Elucia laut. Der Rauch lichtete sich allmählich, sodass sie nun in das fette Gesicht des Kolosses aus roher Kraft blickte. Sie wirkte den Trümmerschlag, schlug dreifach schnell mit der Faust gegen den Arm. Nichts. Konnte er seine Arme irgendwie schützen? Ängstlich probierte sie den „Versetzung"-Zauber, welcher jedoch nicht wirkte, wenn sie sich kaum bewegen konnte.

»Du siehst genauso dumm aus wie damals, als Azaroth deine Innereien im Turm verteilt hat!« Elucia lachte nervös auf.

Theomars bleckte die Zähne und drückte fester auf ihren Kiefer, doch sie schrie nicht auf. Bloß ihr Mundwinkel zuckte verräterisch. Wenn sie schon sterben musste, dann wie Aura, ohne Angst in den Augen. Pyro kam nun auch zum Vorschein, hielt sich aber hinter Theomars. Er stützte sich auf Elucias Stab und mit der anderen Hand rieb er sich die Knie. Sein Verbündeter hatte ihn brutal an den Beinen gepackt und weggerissen, bevor der tödliche dritte Hieb mit dem Stab traf.

»Dachtest du wirklich, dass ich einfach so durch den Rauch irre? Ich dachte aber wirklich, du seist erledigt. Nur für den Fall der Fälle war der große Kumpel hier dabei.«

Theomars grunzte. Elucia trat nach ihm, doch ihr Bein schwang ins Leere. Der Arm war einfach zu lang. Und zu robust. Sie ächzte, doch achtete genau darauf, dass ihr Blick zornig und entschlossen blieb.

»Du kannst ihren Kiefer gleich zermalmen, Theo. Ich möchte aber vorher ihre Verzweiflung sehen. Warum weinst du nicht ein wenig?«

Theo erhöhte den Druck auf ihren Unterkiefer. Der Schmerz zog sich bis in den Schädel. Sie hatte aufgehört, gegen den Arm zu hämmern und starrte ihre Gegner bloß an. Plötzlich hob Pyro den Stab an und rammte ihn mit einem Ende in Elucias Magen. Der Schmerz raubte ihr kurz den Atem, was sie aber ebenfalls nicht zeigte. Im nächsten Moment ärgerte sie sich, dass sie den Stab nicht gepackt hatte, um zurückzuschlagen. Sie erwartete nun einen weiteren Hieb, welcher jedoch nicht kam.

»Deinen Stab bekommst du nicht wieder, mach dir da mal keine Gedanken drum. Aber gut, wenn du nicht ein wenig schreien willst, für das was du und deine Freunde getan haben, dann halt nicht. Töte sie!«

Pyro versuchte gelassen zu klingen, während er ein paar Schritte rückwärts ging, doch die Enttäuschung in seiner Stimme konnte er nicht unterdrücken. Theo erhöhte den Druck wesentlich und Elucia versuchte ein letztes Mal, sich aus dem Griff zu befreien. Sie wand sich, drückte mit den Händen gegen den riesigen Arm und plötzlich tat es einen Ruck in ihrem Kiefer, der einen Schmerz auslöste, als hätte jemand einen Speer in ihn gesteckt. Durch diesen Ruck rutschte Theomars' Daumen zur Seite, wo er ins Leere griff. Elucia fiel zu Boden. Ihr ganzer Kopf pochte und ihr Unterkiefer war in einer merkwürdig schiefen Position versteift. Schnell sprang sie dennoch auf die Beine, trat dem Riesen kräftig zwischen die Beine und während er gekrümmt um Luft rang, versetzte sie Pyro einen schwungvollen Hieb mit der Faust ins Gesicht. Hier war keine Zeit zum Zauberwirken, zumal sie mit dem klemmenden Unterkiefer nicht sprechen konnte. Außerdem schadete das Pochen im Inneren ihres Kopfes der Konzentration.

Der Glatzkopf torkelte zurück und fiel auf den Hintern. Elucia ergriff ihren Stab, stieß ihn kräftig gegen die Stirn des Gegners und wandte sich dann wieder an den Riesen, der nun wieder angriffsbereit war. Sein Arm schnellte vor, doch Elucia wich ihm gekonnt aus, rammte den Stab seitlich gegen sein Knie. Das Knie gab nach und Theomars klappte zusammen. Gerade so fing er sich mit einem Arm. Die Dämonin gab ihm keine Zeit zum Aufstehen, schmetterte ihren Stab in die Rippen und dann gegen das Schulterblatt, welches nach oben gerichtet war. Die riesige Faust schlug nach ihr, traf sie an der Hüfte. Elucia tat einen Schritt nach hinten, um das Gleichgewicht nicht zu verlieren. Das betroffene Bein wollte sie nicht so recht tragen. Doch dies hinderte sie nicht daran, den nächsten Faustschlag durch einen geschickten Treffer am Arm gegen den Boden abzulenken. Noch ein Hieb mit dem Stab. Wieder auf die

Schulter. Endlich verließ die Körperspannung den Muskelbrocken und er landete erst seitlich im Dreck, dann kippte er um und blieb bäuchlings liegen. Stöhnend versuchte Theo sich in einer Liegestütz-ähnlichen Stellung hochzustemmen, doch Elucia trat mit ihrer Ferse in dessen Kreuz.

Mit unverständlichem Röcheln verfluchte Elucia ihren Gegner und wirkte unausgesprochen einen Zauber, der ihrem nächsten Schlag mehr Durchschlagskraft verlieh. Ein simpler Zauber, den sie bereits in ihrem Leben in der Menschenwelt, lange bevor sie Daemon City zum zweiten Mal betrat, gelernt hatte. Dann ließ sie ein Ende des Stabs knapp unter dem Kopf ihres Gegners hinunterschnellen. Krachend zertrümmerte er die Halswirbel und den Kehlkopf. Kaum hatte Elucia den Stab wieder angehoben, lief das Blut im Takt der letzten Herzschläge aus einer offenen Wunde heraus, welche durch die zersplitterten Knochen verursacht wurde. Theomars war abermals tot.

»Nun zu Pyro«, dachte sich Elucia, trat wieder auf den Steinboden und stellte fest, dass von dem glatzköpfigen Flammenmagier jede Spur fehlte. Lauerte er ihr irgendwo auf? Schnell drehte sie sich um die eigene Achse. Nichts. Ihr wurde schwindlig, ihr Kopf pochte unaufhörlich und ihr linkes Bein zitterte. Humpelnd begab sie sich zur nächsten Hauswand und setzte sich an ihr nieder. Vorsichtig tastete sie den Kiefer ab. Kein Bruch, stellte sie erleichtert fest. Abgesehen von der verschobenen Position und dass er unbeweglich war, schien alles in Ordnung zu sein. Sie atmete tief durch. Mit beiden Händen fasste sie an den Unterkiefer und riss an ihm herum. Tränen traten in ihre Augen, doch sie hielt den Atem an und ließ nicht nach. Mit einem Knack und einem festen Ruck rutschte alles wieder an den alten Platz. Sofort riss Elucia den Mund zu einem stummen Schrei auf. Der Schmerz klang nun schnell ab, es fühlte sich nur noch taub an. Mit Azaroths Handschuh wischte sie sich die Tränen von den Wangen.

Auf. Zu. Auf. Zu. Ihr Kiefer funktionierte wieder. Mit ihrem Zeigefinger fuhr sie die Konturen des Kiefers nach, dann sah sie nach ihrer Hüfte. Die getroffene Stelle war rot und schmerzte, wenn sie drauf fasste. Eine Prellung, nichts Schlimmes. Sie wirkte einen Heilzauber, um die Genesung zu beschleunigen und ließ die Verletzung dann in Ruhe.

»Wäre ich doch nur mit Shou durch das Portal geschlüpft«, verfluchte sie sich selbst. Nach einer kurzen Pause würde sie wieder aufbrechen.

28

Hals über Kopf stürzten die Freunde durch eine Seitengasse, hinter ihnen brachen die Häuser – oder deren Überreste – durch die rohe Kraft des Steinkolosses ein. Hinter ihm war die Gasse viermal so breit.

»Rechts!«, brüllte Shou und sie bogen schlitternd in die nächste Gasse. Nun war das Schloss wieder vor ihnen in Sichtweite. Vior ließ sich zurückfallen.

»Hier ist genug Platz, um dem Vieh aufzulauern. Ich mach das, lauft ihr weiter!«

Verwirrt liefen die anderen kurz langsamer, doch als der Steinkoloss die Kreuzung hinter ihnen zu einem Park verwandelte, sprinteten sie wieder los. Vior hingegen erklomm die nächste Ruine, indem er die Drachenklauen immer wieder in die Wand rammte. Auf halber Höhe hatte der Koloss ihn fast erreicht. Bevor das schwerfällige Tier die Hauswand und ihn pulverisierte, ließ er die Krallen verschwinden und stieß sich ab. Unsanft krachte er gegen das voranstampfende Vorderbein auf Schulterhöhe. Die Krallen, die er nun wieder erschaffen hatte, steckten tief im steinernen Fleisch. Schutt regnete auf den Dämonenjäger, wenn ein weiteres Haus dem großen, mit Steinplatten besetzten Kopf Platz machen musste. Stück für Stück erklomm er die Bestie, hielt immer wieder inne, wenn größere Brocken umherflogen. Falls ihn so einer traf, musste er so gut wie möglich festgehakt sein. Ein Blick in Laufrichtung sagte ihm, dass Mikes Geschwindigkeit abnahm. Viel Zeit blieb ihm nicht. Als er oben anlangte, war er zumindest sicher vor den Bruchstücken. Außerdem konnte er über die meisten Häuser hinwegsehen, sodass er sich nun vorstellen konnte, wie diese Stadt in ihrer einstigen Pracht ausgesehen hatte. Vior traute sich nicht aufzustehen, daher kroch er mithilfe der Klauen voran, bis er am Nacken des Monsters angelangt war. Die Schwachstelle, die verwundbare Sehne, befand sich hier. Schnell rammte er eine Klaue hinein – nichts. Er traf dort keine Sehne. Beim letzten Mal hatte er ein solches Vieh erlegt, indem er die Sehne zielgenau mit einem Armbrustbolzen durchschoss.

Trotz der Erschütterungen begab er sich nun in die Hocke, schnitzte mit den Klauen ein wenig der robusten Steinhaut weg, zog einhändig die Armbrust hervor und richtete sie auf die blutende Stelle. Den Koloss interessierte es nicht im Geringsten, was er trieb. Nach dem nächsten zerstörten Gebäude streckte der Dämonenjäger seinen Rücken, zielte, atmete aus und feuerte. Der Bolzen drang in den massigen Hals, ein Schnalzen ertönte und das Monstrum wurde langsamer. Ohne Vorwarnung klappten die Vorderbeine ein und der massige Körper schlitterte noch durch die nächsten zwei Gebäude. Vior hielt sich knapp mit versenkten Klauen auf dem Ungetüm, Steine hagelten auf ihn ein. Als endlich alles zum Stehen kam, richtete er sich auf und klopfte sich lässig den Staub von der Kleidung. Sein Herz raste. Was war bloß los mit ihm? Wo war sein kaltblütiger Killerinstinkt hin?

Er fasste sich an eine schmerzende Stelle am Kopf und blickte dann auf seine Handschuhe. Blut. Schnell wirkte er einen Heilzauber auf alle schmerzenden und blutenden Stellen. Sofort waren sie verheilt. Die anderen eilten zu ihm.

»Gar nicht so schlecht, Viktor«, meinte Shou. Alle drei atmeten schwer, Mike stützte sich auf die Knie. Der alte Vior hätte wohl „Mach's doch besser!" geantwortet, doch Viktor sagte: »Danke.«

Bevor die Gruppe durchgeatmet und sich auf den Weg gemacht hatte, ertönte eine Stimme von oben. Auf dem Dach eines relativ intakten Hauses stand ein glatzköpfiger Mann. Auf seinem Gesicht klebte trockenes Blut, welches aus einer Wunde an der Stirn ausgetreten war.

»Pyro!«, zischte Shou leise, als er ihn erblickte.

»Ihr habt also ein Tier erlegt. Glückwunsch. Aber ihr wisst noch gar nicht, dass ihr einen schlimmeren Verlust erlitten habt.«

Er blickte auf Shou hinab.

»Deine süße Frau wurde von meinen Flammen verzehrt. Tot. Asche. Doch vorher hat die Schlampe dummerweise einen Treffer auf meine Stirn gelandet, daher das Blut. Als nächstes seid ihr dran!«

Gelächter hallte von den Wänden wider. Lucy sah Shou an. Seine Augen glühten, seine Hand war zu einer Faust geballt.

»Du bist sowas von tot!«, schrie er aus ganzer Kraft, verwandelte sich in eine dunkle Rauchwolke, kletterte auf das Dach empor und griff an. Vior hob die Hand, wollte ihn zurückhalten. Ungeachtet der Flammenstöße des geschwächten Mannes, die ihn trafen, packte er den Glatzkopf an der Schulter, setzte seine Prothese an dessen Hals und ließ die Klinge hervorschnellen, welche bis in dessen Kopf vordrang. Achtlos warf er die Leiche vom Dach. Dann stieß er einen weiteren Schrei aus, bevor er über die Dächer davonrannte.

»Oh nein, Elucia…«, sagte Mike betroffen, während er auf die Leiche blickte, um die sich eine Blutlache bildete.

»Ich glaube nicht daran, dass sie tot ist«, sagte Vior, um die Stille zu durchbrechen.

»Kanoe möchte replizieren, was damals geschah. Aura starb und Azaroth drehte durch. Wenn man Shou nun mitteilt, dass seine Frau ermordet wurde, dann wird dieser nicht anders reagieren. Dass der Kerl genau jetzt auftaucht, scheint mir ein wenig seltsam.«

»Bist du dir da sicher?«, fragte Lucy leise.

»Zum einen habe ich Elucia und Shou immer geschätzt und beide sind wirklich starke Kämpfer. Außerdem: Der Glatzkopf da war wirklich stark geschwächt. Wenn er gewonnen hatte, warum kam er dann zu uns, anstatt sich am Ort seines Sieges um seine Verletzungen zu kümmern? Glaub mir, ich habe hunderte von Jahren im Kampf verbracht. Dieser Kerl hat nicht gewonnen, er ist geflohen. Ich vertraue auf Elucia. Kanoe hat bloß Shous Ungewissheit ausgenutzt. Er hatte sich bereits große Sorgen gemacht.«

»Ganz einfühlsam heute, mein Jägerlein«, spottete Lucy. Mike war verwirrt.

»Sollten wir nicht trotzdem zusehen, dass Shou nicht in sein Verderben rennt?«, fragte er und hob die Augenbrauen. Ohne Widerworte setzten sie sich in Bewegung, jedoch nicht über die Dächer, sondern weiter in der zum Teil zerstörten Gasse.

Sie kamen keine 1000 Meter weit, als hinter ihnen der tote Steinkoloss in das naheliegende Gebäude geschmettert wurde und eine ganze Horde Wesen aus dem Seelengrab auf sie zustürmten. Allen voran ein weiterer Steinkoloss. Die drei Kämpfer erkannten sie alle. Schnitterpferde, Schreischläger, Kinderzeichnungen, Raubmischlinge, Skromph-Bären und alles andere.

»Scheiße! Hat der jetzt alle Viecher aus dem Wald mobilisiert und hergeschickt?«, schrie Mike panisch, während sie losrannten.

Lucy blickte über ihre Schulter nach hinten. Die Angst war ihr ins Gesicht geschrieben.

»Sieht ganz so aus ...«

»Die Schnitterpferde überholen den Koloss. Ihnen können wir nicht entkommen«, stellte Vior fest und bedeutete den anderen, stehen zu bleiben. Mike packte Victa fest mit beiden Händen. Magie würde er in diesem Kampf nicht brauchen und mit diesem Schwert kam er besser zurecht.

»Pack das weg!«, sprach Vior gelassen. Mike senkte das Schwert und sah den Dämonenjäger verwundert an.

»Du hast es gehört. Pack es weg!«

»Was hast du vor? Sollen wir kampflos sterben?« Lucys Stimme zitterte beim Reden. Vior wandte sich ihr zu und erhob die Stimme.

»Sieht das für dich aus wie ein Kampf, den wir gewinnen können? Da hinten kommt mehr und mehr Nachschub. Das Seelengrab ist leer. Der König will ein Duell mit Shou und dann noch mit Elucia. Er will ein Drama, aber wir sind kein Teil davon. Wenn wir Shou nicht rechtzeitig erreichen, wird sich die Geschichte bestenfalls wiederholen. Vielleicht wird es auch schlimmer. Ihr müsst ihn einholen.«

»Was ...?«, stotterte Lucy, als Vior nun seine rechte Hand hob und an seine Maske griff. Mit einem schnellen Handgriff zog er sie von seinem Gesicht und hielt sie Mike hin. Die beiden jungen Leute starrten ihn mit großen Augen an. Sein Gesicht war bleich. Bloß sein Kinn und die Augenpartie genossen eine menschliche Farbe. Doch sein dürres Gesicht, das von den braunen Haaren umhüllt wurde, zeigte keine Zeichen von Unsicherheit. Nein, Viktor Orth versteckte sich nicht länger. Er wusste, was er tat.

»Nun nehmt sie schon. Gewinnt gegen den König. Macht ihn alle. Ich halte das Viehzeugs auf, damit ihr einen guten Vorsprung bekommt.«

Noch immer verblüfft griff Mike zuerst an der Maske vorbei und bekam sie dann unsanft in die Hand gedrückt. Vior wollte sich gerade den Monstern zuwenden, als er den beiden nochmals ins Gesicht sah.

»Eines noch. Ich weiß, dass ich ein bisschen zu überzeugt von mir selbst war – wahrscheinlich bin ich es immer noch –, aber ich wollte stets nur eines: Anerkennung. Ich dachte, wenn ich die bösen Dämonen ausrotte, sehen mich die Menschen als einen Helden. Die Rückkehr von E-lucia und Shou, das Tagebuch meiner Geschwister, holte mich nach zu vielen Jahren zurück in die Realität. Keiner sah in mir einen Helden. Ich war ein brutaler, egoistischer Mann. Verzeiht mir. Und versprecht mir, dass wenigstens ihr mich in der Erinnerung als einen guten Freund behaltet. Danke für die gemeinsame Zeit.«

Ohne das Versprechen abzuwarten, drehte er sich um und rannte los, damit sie seine Tränen nicht sahen.

»Ich verspreche es!«, schrie Lucy hinterher.

»Danke«, murmelte Mike, wurde am Ärmel gepackt und davongezerrt.

Hinter ihnen schlug, stach, trat und schoss Viktor mit allen Zaubern, die ihm einfielen, um sich. Er tötete und tötete, obwohl die Menge seiner Gegner nur zu wachsen schien. Doch diesmal tötete er für jemand anderen. Er beschützte. Krallen rissen sein Bein auf. Schmerz. Die Tränen trockneten und sein Mund verzerrte sich zu einem Lächeln. Er war keine Gestalt des Hasses mehr.

29

»Jetzt, wo ich so drüber nachdenke, fällt mir ein, dass die Leute, die im Dorf geblieben sind, eine ziemlich schlechte Meinung zu Magie haben. Außerdem jagen sie ja ständig Monster«, erinnerte sich Drak, während er dichter an das Dorf heranstapfte. In der Ferne war ein dunkler Wald zu sehen. Das Mädchen auf seinem Rücken lachte auf und sagte dann: »Hey, kein Problem, ich nutze einfach keine Magie.«

Ihrer Schulter ging es bereits besser, da ihre Magie wieder frei war und sie so die Schmerzen lindern konnte. Blutmagie hatte gewisse Vorteile.

»Ich bin ein Drache, Aima. Ein Drache.«

»Dann hör auf, ein Drache zu sein. Aber du hast recht, es könnte sein, dass die Bewohner nicht gerade begeistert sind, wenn wir dort ankommen.«

»Ich könnte mich verkleiden.«

»Ein Drache kann sich nicht verkleiden, Mann. So funktioniert das nicht.«

Drak blieb stehen und atmete tief durch.

»Was ist los? Bin ich zu schwer?«

»Ich versuch mich gerade zu erinnern, ob Mike irgendetwas erwähnt hat, das wir als Anhaltspunkt nach draußen nutzen könnten.«

»Der Drache dachte nach. Sie standen herum, aber er dachte nach. Zumindest dachte er das«, brummelte Aima mit verstellter Stimme.

»Wenn du so einen Blödsinn erzählst, kann ich mich nicht konzentrieren«, maulte er. Marcurios Hütte und eine Felsleiter kamen ihm in den Sinn. Er gab seine Überlegungen bekannt und blickte sich dann um. Aima sah ebenfalls nichts.

»Sag mal, liegt es an mir oder ist das Dorf ein bisschen sehr kaputt?«, meinte sie schließlich. Drak kniff die Augen zusammen und sah genauer hin. Die Mauern der Stadt waren zerbrochen, einzelne Stücke standen noch aufrecht. Die Häuser, die er erkennen konnte, waren alle zu einer Seite umgerissen und plattgemacht worden. Lange Holzbalken waren gebrochen, Stein war zerbröckelt. Irgendetwas Großes war durch das Dorf gerauscht und hatte alles auf seinem Weg mitgenommen.

»Das ... sieht nicht gut aus. Halt dich gut fest!«

Sofort erhob sich der Drache mit schnellen Flügelschlägen. Aima schlang ihre Arme um dessen Hals und drückte ihren Körper fest gegen die Schuppen. Als sie ein paar Meter über dem Boden waren, quiekte sie vergnügt.

Schon bald hatten sie das Dorf erreicht. Es war totenstill, als Drak mitten auf der Straße zwischen Holzsplittern und verteilten Möbeln landete. Sein Blick fiel auf eine Leiche dicht bei ihnen. Ein Hausdach war auf sie gestürzt und hatte den Körper unschön verformt. Aima kletterte unbeholfen von seinem Rücken hinunter und blieb, noch immer erschöpft, stehen. Dann drehte sie sich um die eigene Achse, um die Zerstörung zu sehen. Häuser standen schief, wenn sie nicht bereits vollends in Stücke gerissen und verteilt waren.

»Krass. Was das wohl war?«

»Keine Ahnung, aber der König wird seine Finger im Spiel haben.«

Drak sah ebenfalls schweigend um sich. Neben den Splittern sah er auch immer wieder Dinge, die an ein menschliches Körperteil erinnerten oder mit Blut getränkt waren.

»Hier ist es irgendwie gruselig, Drak«, hauchte die kleine Dämonin leise. Da mischte sich eine fremde, männliche Stimme ein.

»Seid ihr gekommen, um den letzten Bewohner des Dorfes zu töten? Hier bin ich, ihr Monster.«

Aima sah ihn sofort an, aber Drak brauchte einen Moment, um die Quelle der Stimme zu orten. Der Mann kam unter einem am Mauerrest lehnenden Balken hindurch und fixierte sie sofort mit seinem Blick. Sein Bart war ungepflegt und auf seinem Kopf trug er einen wolfsähnlichen Pelz. Er stützte sich auf einen Krummsäbel, da an einem seiner Beine der Muskel nur noch in Fetzen am Knochen herunterhing. Dieses Bein schleifte beim Gehen hinter ihm her. Blut verteilte sich auf dem Boden.

»Verdammt, wenn ich nicht so stolz wäre, dann würde ich mir dieses verfluchte Schwert in meine Brust rammen!«, wetterte er. Auf seiner linken Wange befanden sich drei tiefe, blutige Kratzspuren. Eine dieser Spuren war so tief, dass man durch diese in seinen Mund schauen konnte, solange er den Muskel nicht anspannte. Aima ging langsam auf ihn zu und legte die Hände vor ihrer Brust ineinander.

»Wir sind nicht hier, um dich zu töten. Du musst auch nicht verbluten.«

Als der Mann die Augenfarbe des Mädchens sah, riss er die blutunterlaufenen Augen auf.

»Bleib bloß weg mit deiner Magie! Ihr bringt nur Unheil mit euch. Die letzte Dämonin in diesem Dorf hat einen Großteil der Bewohner mit sich genommen. Sie sind alle gestorben!«

Nun räusperte Drak sich. Der Mann zuckte zusammen, als würde er einen Feuerstoß erwarten.

»Es sind nicht alle gestorben. Mike und Lucy sind mit Liz, Vior und Celina zurückgekehrt.«

»Celina lebt?«

Die Gesichtszüge des Mannes entspannten sich.

»Hab' ich zu viel gesagt?«, fragte Drak verlegen.

»Ich bin Ramin. Celina ist – war – meine Freundin hier. Ich dachte, diese Dämonin hat sie ebenso in den Tod geführt.«

»Sie hofft jeden Tag darauf, dass du durch das Portal zu uns kommst. Wenn sie könnte, dann wäre sie selbst hergekommen.«

Die Worte des Drachen brachten neues Leben in die Augen des Mannes.

»Darf ich dein Blut in deinen Körper zurücktun?«, unterbrach Aima.

»J-Ja, mach ruhig«

Ramin hatte die Fassung verloren. Er wollte nicht mehr sterben.

Die Dämonin wirkte einen Zauber, wodurch das in den Boden verlorene Blut aus diesem herausgeflossen kam und direkt in die Wunde am Bein ging. Dann nutzte sie noch einen anderen Zauber und stemmte zufrieden die Hände in die Hüften.

»So. Du hast wieder genug Blut im Körper. Sorry, dass ich deine Wunde nicht verschließen oder die Heilung beschleunigen kann. Sie ist einfach zu groß. Stattdessen habe ich ein Siegel in deinem Oberschenkel platziert, welches verhindert, dass das Blut dort weiterfließen kann. Die Wunde ist also trotzdem offen.«

»Danke«, sagte Ramin bloß und ließ sich dann zu Boden sinken. Sein Säbel steckte er mit der Spitze neben ihn in den Schutt.

»Was ist hier eigentlich passiert?«

Der Verwundete sah den Drachen an und antwortete: »Alle Monster dieser Welt sind hier hindurchgerannt. Sie wollten eindeutig dort auf die helle Seite, welche vor Kurzem neu dazukam. Auf ihrem Weg haben sie alles und jeden angegriffen. Ich konnte mich einigermaßen gut verteidigen und dann verstecken, aber es scheint sonst keiner mehr zu leben. Das Dorf und die Einwohner sind tot. Lucifers Experiment ist zu Ende.«

»Ich wurde auch – aua!«

Aima rieb sich den Brustkorb, da Drak ihr einen Stoß versetzt hatte. Er schüttelte unmerklich den Kopf. Sie sollte lieber nicht sagen, woher sie stammte. Ramin sah sie fragend an.

»Ich wurde auch beinahe angegriffen, doch zum Glück war Drak da«, verbesserte sie sich.

»Ach so. Wie lange wirkt dein Blut-Block-Zauber eigentlich?«

Aima kniff ein Auge zu, während sie überlegte.

»Eine Weile jedenfalls. Ich erneuere ihn wohl besser alle halbe Stunde oder so.«

Ramin stemmte sich hoch. Aima wollte ihm helfen, doch sie war zu langsam.

»Also gut«, meinte er nun. »Gehen wir hier weg. Ich möchte zu Celina. Jetzt wo die Bestien alle woanders sind, sollten wir es nicht besonders schwer haben. Trägst du mich?«

Drak nickte zur Antwort und drehte sich um.

»Ich will aber fliegen«, knurrte Aima, bevor sie dem Verwundeten auf den Rücken des Drachen half. Gemeinsam liefen sie los. Ramin kannte den Weg zur Felsleiter.

30

»Kanoes Spiel gefällt mir nicht.«

Der Wolf sagte dies, kurz nachdem seine Schwester in sein Reich getreten war.

»Ich weiß. Mir auch nicht, aber deshalb bin ich nicht hier. Spürst du es auch?«

»Chrono? Ja.«

Ragnarök stemmte seine Pranken gegen den Boden und erhob sich, bevor er hinzufügte: »Chrono stirbt. Kanoe hat durch DICH, liebe Schwester, und seine Manipulationen mit seiner Seele schon damals die Welt unwiderruflich geändert. Er schuf mit Daemon City eine zweite Welt, welche parallel zur eigentlichen existierte. Er hätte es nie in diesem Ausmaß machen dürfen. Genau das war auch die Zeit, in der etwas in dem weisen Chrono zerbrach und er in den Wahnsinn getrieben wurde. Als ob eine zweite Person in ihm ans Licht wollte. Daher –«

Er hörte abrupt auf zu reden, als der große Teich sich blau färbte und ein alter Mann aus dem Wasser stieg. Der Wolf knurrte und zeigte die spitzen Zähne. Genesis wich ebenfalls einen Schritt zurück, zeigte aber sonst keine Regung.

»Hallo ihr beiden.«

»Warum?«, fragten sie gleichzeitig.

»Ich möchte auch nicht hier sein, okay? Jedenfalls wollte ich bloß sagen, dass es eine zweite Version von mir gibt, welche jung und stark ist. Sie entzieht mir jegliche Kraft, sodass ich bald sterben werde und er meinen Posten übernimmt.«

Er nickte mit dem Kopf in Richtung Genesis.

»Wegen dir konnte der König die Welt so verzerren. Wisst ihr eigentlich, was passiert, wenn der Lauf der Zeit durch meinen Tod unterbrochen wird? Nach ein paar Minuten, in denen es mich nicht mehr gibt und der Junge die unumschränkte Macht erhält, wird es die ganze Welt nicht mehr geben. Ich fühle es, ich fühle seinen Wunsch die Welt zurückzusetzen. Obwohl ich der Mächtigste unter uns dreien bin, so bin ich doch nur der Hüter der Zeit, ich kann nicht einfach alles ungeschehen machen. Generell hüten wir unsere Kräfte und können sie nicht direkt ohne einen Wirt auf die Welt wirken. Der Junge, der meinen Platz einnimmt, ist anders als wir. Er wurde durch eine gravierende Beeinflussung der Realität durch den selbsternannten Dämonenkönig geschaffen. Seine Aufgabe ist es, dies Rückgängig zu machen.«

Genesis scharrte mit den Hufen.

»Das heißt, alles wird zurückgesetzt, bis die Erde und alles andere neu entsteht?«

»Ja«, erwiderte Chrono. »Allerdings werdet ihr eure Erinnerungen wohl behalten, denn wir können uns nicht gegenseitig beeinflussen. Ich kann aber trotzdem nicht versprechen, ob dies auf den Jungen zutrifft.«

»Was willst du tun?«, fragte Ragnarök trocken. Noch immer befand er sich in einer lauernden Stellung.

»Ich muss meine Macht erhöhen. Deshalb habe ich Mike einen Teil meiner Seele eingesetzt.«

»Das ist eine Kraft, die für den Menschen zu viel ist, Chrono.«

»Genau das ist der Plan. Jedes Mal, wenn Mike meine Kräfte nutzt – und das muss er schon noch oft genug – verzehrt mein Seelenstück seine Seele mehr und mehr. Er wird daran kaputt gehen. Dann kann ich in seinen Körper schlüpfen und –«

Der Wolf schnaubte.

»Du willst die Welt der Sterblichen betreten und unsere Welt verlassen?!«

»Ja. So ist es. Dort werde ich dem Jungen in mir dann die Kontrolle über Mike abringen. Bevor Mikes Körper durch die Last meiner Person stirbt, muss ich die Oberhand errungen haben. Sonst sterbe ich stattdessen und alles geht den verdammten Bach runter. Wenn alles gut geht, kehre ich zurück.«

»Was, wenn Mikes Seele die Kontrolle behält?«, spottete der Wolf.

»Das wird nicht passieren, er ist doch nur ein Mensch. Was ist ein Mensch gegen einen Gott, Wolfi?«

»Mir gefällt es nicht, dass du den Menschen so ausnutzt«, beschwerte sich Genesis.

»Aber du verstehst doch, was er meint, oder? Ich habe keine Lust auf einen Reset der Welt.«, knurrte Ragnarök. Sie nickte. Chrono atmete schwer.

»Ich gehe dann mal wieder. Wollte meine Haustiere bloß aufklären. Folgt mir nicht, ich versperre euch den Weg sowieso wieder. Tür abgeschlossen.«

Heiser lachend stieg er in den Teich und war mit einem hellblauen Schimmer verschwunden.

»Ich hasse ihn«, stellte Ragnarök erneut fest.

Chrono brach keuchend zurück in seiner Welt zusammen. Auf den Knien und mit einer Hand stützte er sich ab. Er zitterte.

»Verdammt, halte still da drinnen!«, zischte er zu seinem jüngeren Selbst. Sein Atem rasselte. Sein Gesicht fühlte sich taub an. Etwas schien in ihm herumzukriechen, das nach und nach alles abtötete. Nein. Noch würde er nicht sterben.

»Fenrir!«, brüllte er, nur um danach wieder zu röcheln. Plump kam sein Dienerzombie aus der Ferne herbeigetrottet.

»Beeil dich, du nutzloses Wesen!«, knurrte Chrono. Fenrir rannte nun schnell zu ihm und verbeugte sich. Die beiden Enden des weißen Schals baumelten vor der Nase des alten Mannes. Dieser hob die Hand, legte sie auf die Schulter des Dieners und stemmte sich zurück auf die Beine. Ohne die eine Hand von der Schulter zu nehmen, legte er die andere dazu. Einen kurzen Moment zögerte er. In ihm rumorte es immer mehr. Das Kind wollte wieder ans Licht. Grauenvoll.

»Ich schicke dich jetzt wieder in die Welt, du musst Kanoe töten.«

Fenrir erhob sich, öffnete den Mund. Chrono wirkte einen Zauber, doch nicht den, mit welchem er den Halbtoten normalerweise zurückschickte, sondern einen anderen. Einen Abschiedszauber.

»Ich bin die läuternde Flamme. Ich bin das Vergessen. Mein Pfad folgt der Zeit und der Kraft der Seelen. Jene, die uns missbrauchen, werden bestraft. Untergang ist nah.«

Fenrirs letztes Wort hallte noch durch das Schloss, nachdem er endlich, nach unzähligen Jahrhunderten, erlöst wurde. Das, was Chronos Behandlung überstanden hatte, löste sich endgültig auf und wurde Teil der Welt. Chrono spürte, wie eine kleine Menge neue Kraft ihn flutete. Es war genau die Menge, mit der er den halbtoten Körper des Mannes kontrollierte hatte.

»Ich muss den Bengel seinen Freilauf lassen, damit ich noch so lange wie möglich überlebe. Man kann nur hoffen, dass Mike und seine Leute nicht zu lange brauchen oder zu inkompetent sind.«

31

Als Mike und Lucy auf dem großen Platz vor dem Schloss eintrafen, wurden sie bereits erwartet. Sechs Dämonen, welche jedoch im Gesicht grässlich entstellt waren, hockten dort auf einen Trümmerhaufen und unterhielten sich mit blubbernden Lauten. Alles schien verrutscht zu sein, wenn man die Sinnesorgane betrachtete. Sie hatten die beiden Neuankömmlinge nicht bemerkt.

»Ich glaube, dem König ist die Zeit ausgegangen, gute Kämpfer zu erschaffen«, zischte Lucy, stellte sich breitbeinig auf. Bevor sie nun in der einen Hand langsam eine große Eislanze und in der anderen einen knisternden Stromball erschuf, flüsterte sie die beiden Zauber. Mike zog das Uhrzeigerschwert aus dem Rucksack hervor und hielt es leicht hinter sich, sodass es bei einem Sprint nicht im eigenen Bauch landete. Zusätzlich zog er an dem Band der Jägermaske, bevor er sie sich überstülpte. Nach ein paar Klopfern hier und da saß sie wie angegossen. Obwohl es nur kleine Schlitze für die Augenpartie gab, wurde sein Sichtfeld nicht beeinflusst. Zusätzlich legte er die andere Hand auf den Griff von Victa

Dann feuerte Lucy. Die eisige Lanze schlug direkt durch einen entstellten Kopf, die elektrische Kugel traf einen anderen, wo er sich in einen Blitz verwandelte und auf zwei weitere Gegner übersprang. Einer tot, drei bewusstlos. Blieben also nur noch zwei, welche kämpfen konnten.

»Jetzt!«, schrie sie dann und rannte gemeinsam mit ihrem Freund los. Während sie rannten, warf Lucy immer wieder kleinere Feuerbälle, welche jedoch von ähnlichen Projektilen des einen Feindes neutralisiert wurden. Um einem größeren Feuerball auszuweichen, taten sowohl Mike als auch Lucy einen Schritt zur Seite, sodass sie getrennt wurden. Lucy führte das Feuergefecht fort, aber Mike nahm sich den anderen Feind vor. Dieser schwang wütend ein gezacktes Schwert, während er blubbernde Laute aus dem Mund an seiner Stirn dringen ließ. Als sie aufeinandertrafen, schwangen sie beide blitzschnell die Schwerter mehrfach gegeneinander. Der Rückstoß des letzten Hiebes ließ beide ein wenig zurücktaumeln. Mike zuckte instinktiv zusammen, als ein giftiger Ball von der Seite angerast kam. Lucy hatte ihn diesmal nicht mit einem Magieschild geschützt. Der Giftball traf Mike, da er sich zu langsam duckte, wurde jedoch von der Maske, die er trug, vollständig annulliert. Seine Konzentration wanderte zurück zu seinem Gegner. Angespannt ließ er eine Schulter kreisen. Wenn er seinen Gegner irgendwo mit dem Zeitstopp treffen konnte, dann wäre der Kampf bereits entschieden. Sie umkreisten sich wie hungrige Raubtiere. Sein Gegner hielt das Schwert beidhändig vor sich, obwohl es für eine Hand geschmiedet worden war. Mike wusste nicht, mit welcher Hand er zum Angriff auf ihn ansetzen würde. Plötzlich hatte er das Gefühl zu schwanken. Der Boden unter ihm bebte, sodass er es immer schwerer hatte, das Gleichgewicht zu halten. Er musste einen Ausfallschritt zur Seite vollführen und genau dann griff der Entstellte an. Mike sprang panisch nach hinten, doch die gezackte Schwertspitze verursachte eine klaffende Wunde über seinem Knie. Er biss die Zähne zusammen, wirkte aber dennoch den „Zurückspulen-Zauber" auf sich. Chronos Macht strömte von seinem Arm aus durch den Körper. Wieder bebte die Erde und wieder attackierte der Feind, als Mike taumelte. Indirekte Magie konnte die Maske leider nicht neutralisieren. Es bestand keine direkte Gefahr für ihren Träger. Diesmal wich der Junge aber nicht zurück, sondern tat einen großen Schritt nach vorne.

»Nelupskcüruz!«, rief er erneut, doch richtete den Zauber diesmal nicht auf sich selbst. Ein goldener Funke sprang von der Schwertspitze auf den Entstellten, als er nah genug war. Nun rammte er das gezackte Schwert tief in Mikes Schulter. Dieser schrie auf, schaffte es aber trotzdem, seinen Feind mit einem gezielten Tritt auf den Hosenboden fallen zu lassen. Blut spritzte aus der Wunde an der Schulter und Mike fühlte sich schwach. Die Wunde war tödlich. Dann kam endlich das befreiende Ziehen in seinem Inneren und … Mike stand wieder ein paar Schritte weiter hinten. Der Schmerz war verschwunden. Der Entstellte stand wieder, rannte los. Die Erde bebte. Mike ging einen Schritt vor und streckte den Arm mitsamt dem Schwert weit aus. Dann wurde auch der Dämon vom Zurückspulen erfasst. Plötzlich erschien er direkt vor Mike. Ein leises Stöhnen war alles, was er von sich gab, bevor er mit dem Uhrzeigerschwert im Herzen zusammensackte. Nachdem er die blutige Klinge wieder an sich genommen hatte, sah er nach Lucy. Sie schoss deutlich sparsamer mit ihren Zaubern als ihr Gegner. Er hatte eindeutig bereits schwere Wunden.

»Kümmere dich nicht um mich, kill' die anderen Blobs!«, schrie Lucy, um das Zischen eines Feuerstoßes zu übertönen. Schnell hatte ihr Freund sich zu den schlaffen Körpern begeben. Der eine hatte ein großes Loch im Kopf, der Eisspeer war bereits geschmolzen. Er konnte das seltsame Atmen der durch den Stromstoß Bewusstlosen hören. Es klang eigenartig wässrig. Er schüttelte den Kopf, um sich nicht damit zu beschäftigen, hob das Schwert und stach jedem der Entstellten doppelt in die Brust. Das Atmen verstummte. Mike schaute sich gerade noch rechtzeitig wieder um, sodass er sah, wie auch der letzte „Blob" brennend und mit Blitzen, die über den Körper zuckten, umfiel. Noch bevor die Flammen erloschen, war Lucy bei ihm.

»Gute Leistung«, lobte sie und gab ihm einen kurzen Kuss. Dann sah sie ihn besorgt an.

»Du hast wieder Chronos Kräfte benutzt. Du solltest echt damit aufpassen, wer weiß, was sonst noch passiert. Benutze doch mal Victa, John hat doch extra den Feuerkram dran gemacht.«

Mike blickte auf das Uhrzeigerschwert in seiner Hand. Es zeigte auf den Boden. Kurz aktivierte er die Seelensicht und riss die Augen auf.

»M-M-Mein g-ganzer A-Arm ist golden und die Fäden ziehen sich durch meinen ganzen Oberkörper!«, kreischte er dann. Auch Lucy riss die Augen auf.

»Pass auf damit!«, sprach sie. Ein Befehl. Mikes Atmung beruhigte sich ein wenig.

»Letztendlich haben John und Celina fast umsonst Überstunden gemacht. Liz wollte nicht und Celina selbst kam nicht mit. Das Upgrade für Vior wollte dieser nicht, daher bin ich der Einzige, er es nutzen könnte.«

»Und trotzdem tust du es nicht. Pass doch bitte auf dich auf.«

Lucy schloss die Augen und atmete tief aus.

»Uff«, sagte sie und stemmte die Hände in die Hüften. Sie mussten Shou finden, ehe er sich in seinem Zorn umbrachte.

»Er muss bereits im Schloss sein, aber sein Vorsprung ist nicht allzu groß«, schätze Mike.

»Bis wir ihn erreichen, steht er dem König wahrscheinlich bereits gegenüber. Wir können nur hoffen, dass er noch lebt. Außerdem stehen unsere Chancen auf eine Flucht sehr schlecht, wenn wir erst im Schloss sind.«

Lucy ballte die Hände zu Fäusten und sah auf die heruntergekomme-
nen Turmspitzen. Der Himmelsstein reflektierte sich in ihrer lilafarbenen
Iris.

32

In einem angenehmen Tempo husche Elucia durch die Trümmer. Sie wollte nicht zu früh am Schloss sein und dadurch eine erneute Begegnung mit dem König vermeiden. Des Weiteren konnte dieser hinterlistige Feuermagier überall in den Schatten lauern. Als wollte er gefunden werden, blitzte plötzlich vor ihr ein weiterer, schemenhafter Gegenstand vor ihr auf dem Boden auf. Es war ihr eigener Stab. Perplex blieb sie stehen und griff sofort nach hinten. Doch, da war er noch. Seltsam. Sie streckte bereits neugierig ihre Hand aus, doch hielt dann inne. Ihre Finger bewegten sich auf und ab, wollten nach dem Stab greifen. Hatte auch sie eine Spur in dieser Welt hinterlassen?

Sie kniff die Augen zusammen und versuchte nachzudenken, wie viel Zeit ihr noch blieb. Da sie ihren teilweise zu zurückhaltenden Mann kannte, nahm sie an, dass die große Gruppe ihrer Freunde die ganze Nacht auf sie gewartet hatte. Um dem König keine überflüssige Vorbereitungszeit zu gewähren, würden sie auch ohne sie kurz nach den ersten Strahlen des Himmelssteins losgezogen sein. Außerdem würden sie bestimmt nicht rennen, was hieß – sie legte den Kopf schief und hielt ein Auge geschlossen, während die den Weg einschätzte – dass sie noch etwa eine halbe Stunde hatte, um beim Schloss zu sein. Wenn sie rannte, dann schaffte sie es in fünf Minuten. Sie nickte sich selbst zu. Ja, die Zeit für ihren Stab hatte sie.

Unmittelbar nach diesem Gedanken fand sie sich abermals in dem Daemon City der Vergangenheit wieder. Als sie sich umsah, stellte sie verwundert fest, dass sie dieses Mal nicht so nah bei Azaroth war wie bei ihren letzten Visionen. Er kämpfte gerade auf einem voll besuchten Platz vor dem Schloss gegen die Blitze, das Feuer und Eis des Himmelsstein-Priesters an. Nun ja, er hielt sich sehr defensiv. Plötzlich lief ihr Vergangenheits-Selbst durch sie hindurch, dann folgte ein Wachmann. Elucia schauderte, kicherte dann aber dennoch. Der Wächter folgte ihrer durch einen Zauber erschaffenen Kopie.

Während Azaroth auf dem Platz die Aufmerksamkeit der ganzen Stadt auf sich zog und so Zeit gewann, würde Elucia gemeinsam mit Shou in den Keller des Königs eindringen und die Kommunikatoren von Ragnarök und Genesis erfolgreich zurückholen. Kaum hatte sie dies gedacht, kamen auch Jung-Shou und Jung-Elucia herbeigerannt und schoben sich unweit entfernt durch das Seitentor. Doch dann geschah etwas, dass sich von der Vergangenheit unterschied: Jung-Elucia blieb stehen, drehte sich und blickte Elucia selbst direkt an. Sie sah nicht durch sie hindurch, nein, ihr ganzer Fokus lag auf der Person aus der Zukunft.

Ihre Lippen formten sich zu Worten und obwohl Elucia sie nicht hörte, verstand sie.

»Seine Seele ist da unten. Schon vergessen?«

Elucia riss die Augen auf, während die Leute der Vergangenheit im Schloss verschwanden. Natürlich. Wieso hatte sie bloß nicht daran gedacht? Damals, als sie die Kommunikatoren holten, stieß sie durch Zufall auf Kanoes Seelenkern, welcher in den Tiefen versteckt war. Sie wusste, dass sie ihn zwar nicht verwunden konnte, da die Seele schlicht zu stark war, aber dies war ein Weg, der alles einfacher machen konnte! Wenn Shou mit Ragnaröks Hilfe die Verbindung zwischen Seele und Körper wiederherstellte, würde die geballte Kraft, die Kanoe gestohlen hatte, ihn wahrscheinlich in Stücke reißen. So musste Shou auch nicht den riskantesten Zauber „Antiexistenz" verwenden. Er durfte auf keinen Fall

203

enden wie Azaroth vor ihm. Und dies war genau der Weg, um es zu verhindern.

Panisch blickte sie um sich. Sie musste hier raus, musste die anderen aufhalten, bevor sie den großen Kampf gegen den König fochten.

»Lass mich raus!«, brüllte sie gegen den Himmel. Nichts geschah. Die Geräusche der magischen Geschosse des Priesters drangen zu ihr.

33

»Nun gut, nun gut«, sprach der König und warf seinen hellblauen Mantel zu Boden. Zum Vorschein kam das aus Tüchern gewebte, prächtige Gewand. Durch Genesis' Fähigkeiten erschaffen.

Shou, welcher zornig schnaubend die morsche Tür zum Thronsaal eingeschlagen hatte, knurrte: »Du wirst bezahlen! Für Aura, Azaroth und meine Frau Elucia!«

Gespielt ängstlich schlug Kanoe die Hände vor den Mund.

»Oh nein, deine Frau ist tot? Tragisch, aber kommt mir doch irgendwie bekannt vor.«

Die Klinge aus der Prothese sauste zweimal bedrohlich durch die Luft, während Shou näher stapfte. Er gab sich Mühe, nicht unkontrolliert auf Kanoe und damit in seinen sicheren Tod zu rennen. Der König ging seelenruhig ein paar Schritte zurück und strich mit dem Handrücken über die Lehne seines Throns.

»Ist es nicht ironisch, dass vor etwa 500 Jahren Azaroth mit derselben Wut in seinem Blick hier in diesem Raum vor mir stand? Die Geschichte wiederholt sich doch immer wieder, was?«

Als Kanoe von seinem Thron aufsah, war der Assassine in den Schatten des Raums verschwunden.

»Denkst du, Versteckspielen nützt hier irgendetwas?«, spottete er in den scheinbar leeren Raum, bevor er in einer fließenden Bewegung in sein Gewand griff und das uralte Artefakt Nagisa, den magieneutralisierenden Dolch, herauszog. Kaum lag er in seiner Hand, flackerten die Schatten vor ihm und Shou kam zum Vorschein. Er war gerade dabei, mit der Klinge an seinem Arm vorzustehen und tief in des Königs Brust zu versenken. Der Plan versagte, da der König mit einem mitleidigen Lächeln einen Schritt zur Seite tat und dann mit seinem Dolch einen langen Schwung über den gesunden Teil des Arms vollführte. Shou wirbelte herum, doch der König parierte die nächsten Schläge meisterhaft mit seinem Dolch. Dabei spürte er, wie sein Arm durch die lange, aber nicht sehr tiefe Wunde immer schwerfälliger wurde. Das Blut lief an ihm herab und benetzte die Prothese, wodurch bei jedem neuen Hieb einige Tropfen quer durch den Raum geschleudert wurden. Bevor sein Arm zu schwach war, schnellte er mit der gesunden Hand vor und griff die Waffe des Feindes an der Klinge. Mit einer Drehung des Handgelenks zerfleischte er sich nicht nur die gesamte Hand, sondern konnte den Dolch entwenden und zu Boden fallen lassen.

Für einen kurzen Moment versiegte der Kampf, als der Assassine auf die blutigen Fetzen seiner Hand starrte und der König seine Hand noch immer hielt, als hätte er das Messer darin.

»Ich bin wirklich schwach geworden«, dachte Kanoe, bevor er eine Faust aus Luft beschwor und damit mit ganzer Wucht gegen Shou schlug. Die „ganze Wucht" wurde jedoch von einem Teil seines Selbst verhindert, sodass der Dämon nicht durch den Raum geschleudert wurde, sondern bloß benommen ein paar Schritte zurücktaumelte und dann auf ein Knie fiel.

»Verdammter Marcurio!«, schrie Kanoe.

Shou rappelte sich blitzschnell auf, platzierte sich breitbeinig. Schmerz und Hass glänzten in seinen Augen. Wen kümmerte es, wenn er hier starb?

»Seelenbeschränkung aufgehoben. Nutze das volle Potenzial!«, sagte er so ruhig es ging. Dann folgte der nächste Zauber. Kanoe war noch mit sich selbst beschäftigt, sah dann aber auf. Er hatte keine Angst, noch nicht. Vielleicht war er nur unsicher.

»Ragnarök, Macht des Untergangs: Antiexistenz!«, brüllte Shou nun und spürte, wie seine Seele einigen Schaden nahm, während seine zerfetzte Hand schwarz-rot zu glimmen anfing. Wie eine unendliche Sandquelle rieselte der Magiestoff herab.

»Na toll. Der nächste Idiot tritt auf«, ertönte Ragnaröks Stimme in Shous Kopf. Der König hob nun abwehrend die Hände. Schweiß bildete sich auf seiner Stirn.

»Wow, Shou. Weißt du, was du da tust? Lass das bleiben!«

Mit weit aufgerissenen Augen schoss Azaroths Schüler nun aus dem Stand los und schlug mehrfach nach dem Dämonenkönig. Er würde ihn schon erwischen. Er würde seine Rache bekommen! Kanoe hastete panisch umher, um den wilden Schlägen zu entgehen. Als er einen kleinen Abstand besaß, feuerte er mehrere dunkle Bolzen aus seiner Hand. Wie Blitze zuckten sie durch die Luft, wurden aber mit nur einem Wischen der glühenden Hand vernichtet. Shou verschwand in den Schatten, machte sich bereit, aus dem Hinterhalt anzugreifen. Schnell vergewisserte er sich, dass der magieneutrale Dolch noch immer ein paar Schritte Abseits im Staub lag.

»Verdammt!«, rief der König und drehte den Kopf hin und her. Woher hätte er denn wissen können, dass der Schüler mehr Zauber von Ragnarök lernte als der Meister? Schnell kreuzte er die Hände über der Brust und sonderte einen dunklen, giftigen Nebel ab. An einer Stelle floss der Nebel jedoch nicht weiter, wie er es sollte. Den Verwehungen nach musste dort Ragnaröks Wirt sein. Blitzschnell warf sich der König auf den Boden und rollte seitlich in den Nebel. Unmittelbar danach schlug die rotglühende Hand im Boden ein. Sofort zerbarst der Boden und verschwand wie ein Staubhaufen, den man anpustet. Shou keuchte, da er den giftigen Nebel eingeatmet hatte. Er lähmte seine Sinne. Das Glühen seiner blutigen Hand hörte auf, der Zauber war vorüber. Nochmals konnte er ihn nicht wirken. Schon gar nicht heute.

»Hoppala«, lachte der König, hastete zurück auf die Beine und schlug mit seiner Faust in Shous Magengrube.

Dann ließ er ein Portal unter dem Assassinen im Boden entstehen, wo dieser hindurchfiel und aus der Decke wieder hervorkam. Ungebremst und noch immer benommen stürzte er ohne Kontrolle über den Fall hinunter und schlug auf dem Boden auf. Kurz hob er noch den Kopf, doch dann sank auch dieser zu Boden. Die Kraft reichte nicht mehr. Er kämpfte dagegen an, das Bewusstsein zu verlieren, doch sein Körper machte es ihm nicht leicht. Der Arm und seine Hand bluteten, sein Rücken pochte und sein Brustkorb stach.

»Gute Nacht«, sagte Kanoe und feuerte erneut mit dunklen Blitzen auf den Dämon. Shou stöhnte auf, als dies weitere Wunden in seinen Körper schnitt. Nur. Nicht. Bewusstlos. Werden.

Plötzlich durchbrach ein Sirren Kanoes Triumph. Die Eislanze bohrte sich seitlich in dessen Oberkörper, woraufhin er zusammenklappte und auf dem Bauch liegen blieb.

»Super Schuss, Lucy!«, freute sich Mike und rückte die Maske auf seinem Gesicht etwas zurecht.

»Das bringt eh kaum was«, murrte Lucy. Gemeinsam eilten sie zu Shou und schleppten ihn ein wenig zur Seite.

»Er ist noch geistig anwesend«, stellte sie fest. »Ruh dich kurz aus, wir halten schon irgendwie die Stellung.«

Sofort wollte sie noch ein paar Zauber auf den König feuern, doch dieser lag schon nicht mehr herum, sondern stand unversehrt in der

Nähe des Throns. Bloß in seiner Kleidung klaffte ein Loch an der Stelle, wo bis eben noch die Eislanze gesteckt hatte.

»Hm. Verstärkung. Nun gut, wie ihr meint. Ihr seid euch bewusst, dass ihr mich nicht töten könnt? Ich gehe mal davon aus.«

»Halt die Schnauze!«, rief Mike durch den Raum. Er wirkte „Zurückspulen" auf sich selbst und rannte dann mit dem Uhrzeigerschwert in einer und Victa in der anderen Hand auf den König zu. Dieser bückte sich und zog lässig unter dem Thron zwei Einhandschwerter hervor. Das eine war blau und geschwungen, das andere schwarz und gezackt.

»Sonderanfertigung für royale Zwecke. Dämonenstahl. Irgendwie muss ich mich ja verteidigen können, wenn jemand kommt, gegen den meine Zauber wertlos sind. Deine dämliche Maske macht alles zunichte. Du musst einfach nur im Weg stehen! Das hat doch keinen Stil, oder?«

Mike stieß mit dem Uhrzeigerschwert vorwärts, prallte aber gegen das geschwungene Schwert. Schnell konnte er Victa mit der anderen Hand hochziehen, bevor Kanoes andere Waffe seinen Hals treffen konnte.

Mikes Augen zuckten schnell hin und her. Zu schnell hatte er in die Defensive gehen müssen. Nun zielte Kanoe mit einem Schwert gezielt auf Victa, sodass es mit einem metallischen Scheppern zur Seite gestoßen wurde. Der Arm mit dem Uhrzeigerschwert war noch ausgestreckt, daher konnte Mike den nächsten Schlag nicht mehr abwehren. Das gezackte, schwarze Schwert fand nun seinen Weg in Mikes Magengegend. Der Schrei erstickte an seinem eigenen Speichel, sodass er nur gurgelnd auf die Knie fiel, das Schwert noch immer in seinem Bauch. Die Feuerbälle, die nun auf Kanoe einregneten, versengten ihn zwar, konnten aber keinen nennenswerten Schaden anrichten. Mikes Kopf wurde angehoben, die blaue Klinge berührte seinen Hals. Das Ziehen in seinem

Inneren trat endlich ein und sofort stand er wieder an Lucys Seite. Er war wieder unverletzt. Kanoes Schwert prallte gegen den Boden.

»Was...?«, ertönte es vom Thron aus. Seine Pupillen huschten hin und her. Er suchte seinen Gegner.

»Wieso greifst du nicht an, Lucy?«, fragte Mike und runzelte die Stirn. Sie zog einen Mundwinkel nach oben.

»Weil es nichts bringt. Wir wollen Zeit schinden, ihn töten können wir eh nicht. Wieso soll ich ihn dann beschießen, wenn wir ihn damit nicht aufhalten? Er macht aktuell ja nichts und ich muss meine Kräfte nicht verschwenden. Aber ehrlich, mach sowas von eben nie wieder, du wärst fast trotzdem draufgegangen.«

»Fast.«

Mike zog eine Grimasse. Nun fand Kanoes Blick wieder halt in der Realität.

»Verstehe. Alle drei gottgleichen Kräfte sind also in meinem Thronsaal vereint? Welch eine Ehre!«

»Man darf sie nie vereinen, sagte Chrono mir.«

Lucy nickte ihm bloß zu.

34

Aima blickte zurück auf den Drachen, der sich, sofort nachdem sie aus der Sense an der Decke der Abstellkammer gepurzelt waren, zusammengerollt hatte und eingeschlafen war. Sie waren ohne Zwischenfälle zur Steinleiter gekommen, wo Drak die beiden nacheinander hochgeflogen hatte.

»Fauler Sack«, lachte sie, während sie den Verletzten stützte und die Tür öffnete. Ein warmes, helles Licht blendete sie aus einem nahen Fenster. Sofort rannte sie dorthin und drückte sich gegen das Fenster.

»Warmes Licht? Finde ich toll!«, hauchte sie die Fensterscheibe an. Ramin, der nun schief grinsend an der Wand lehnen musste, meinte bloß: »Dann solltest du vielleicht auch richtig nach draußen gehen. Auch ich habe es über die vielen Jahre vermisst, den Wind und das warme Licht der Sonne zu spüren. So ein Himmelsstein ist einfach nicht dasselbe.«

»Au ja!«

Schon war sie die Treppe fast schon heruntergefallen und öffnete eine Tür nach der anderen im Untergeschoss.

»Wer bist du denn?«, ertönte eine überraschte, aber freundliche Stimme, danach folgte Ramin der Konversation des Hausherrn und der kleinen Dämonin nicht mehr. Sein Bein pochte wieder und das erste Blut sickerte wieder heraus. Er brauchte Hilfe.

»Celina!«, brüllte er und fügte dann noch einen weiteren Namen hinzu, falls die genannte Person nicht da war oder gerade keine Lust auf ihn hatte. »Aima!«

Unweit von ihm schwang eine Tür auf und im selben Moment polterte auch die Kleine die Treppe wieder nach oben. Celina trat auf den Gang. Vor Überraschung warf sie ihren Kopf nach hinten, sodass die Haare das Rubinauge freigaben.

»Ramin?«

Sie stolperte zwei Schritte vorwärts und streckte dann die Arme aus. Ungläubig blinzelte sie mit dem gesunden Auge.

»Ja, aber ich brauche Hilfe.«

Ramin nickte zu seinem zerfetzten Bein. Sofort reagierte die Frau. Sie wirbelte herum, rannte ein Stück den Gang entlang und in einen Raum mit einer weißen Tür.

»Jo, Treppen sind scheiße. Ich habe mir meinen Fuß gestoßen!«, verkündete Aima keuchend neben ihm. »Oh, soll ich die Wunde wieder versiegeln?«

Der Mann zögerte kurz, entschied sich aber dagegen. Celina kam mit einem Verbandsset und einem Messer herbei. Sie atmete tief durch.

»Setz' dich bitte hin. Die letzten Sehnen deines Beins sollten wir durchtrennen, das Fleisch darunter fault bereits. Das entzündet sich noch.«

Ramin tat wie befohlen und sah entschlossen hinunter auf das Bein. Als sie das Messer dichter heranführte, knirschte er mit den Zähnen. Seine Hand wurde ergriffen und gedrückt.

»Du schaffst das!«

Aima hockte nun dicht neben ihm und sah ihm mit großen Augen an. Hoffnung strahlte aus ihnen heraus. Er rang sich ein Lächeln ab, bevor der stechende Schmerz durch sein Bein zuckte. Celina beseitigte das tote Fleisch mit ihren Latexhandschuhen und legte dann nach und nach einen Druckverband an. Die ganze Zeit über wich Aima nicht von ihrer Position.

»Das tut's fürs erste, aber wir müssen dich in ein Krankenhaus befördern!«, beschloss Celina. Aima ließ die Hand los und wischte angeekelt den Schweiß an ihrem Kleid ab.

»Krankenhäuser haben wir im Seelengrab auch nicht gebraucht.«

»Wir. Gehen. Ins. Krankenhaus.«

»Ja. Celina, ich liebe dich. Bevor es losgeht, möchte ich aber kurz im Garten die Sonne genießen.«

Celina wurde rot und nickte bloß übertrieben. Gemeinsam bewältigten sie die Treppe und sie führte ihn, noch immer wortlos grinsend, in den Garten. Die Dämonin hüpfte aufgeregt hinter ihnen auf und ab.

»Die Sonne ist toll!«, rief sie kurz darauf in den Wald hinein.

»Ja, das stimmt. Aber starre sie nicht direkt an. Das macht deine Augen kaputt.«

Celina zog nun Ramin ein Stück zu ihr runter und raunte ihm etwas ins Ohr. Er lächelte. Aima war das aktuell egal. Fasziniert zerdrückte sie ein paar Blätter und warf sie dann auf den Boden. In Daemon City hatte es einst Bäume gegeben, doch mehr als verdorrte Reste hatte sie nie gesehen.

Einige Minuten verstrichen, in denen niemand etwas sagte.

»Komm, wir müssen gehen«, sagte Celina leise und zupfte an Ramins Wolfskapuze.

Selbst nachdem sie verschwunden waren, stand Aima noch immer mit geschlossenen Augen in der Sonne und ließ den Wind mit ihren Haaren spielen.

Drak erwachte aus seinem Schlaf und stolperte aus dem Zimmer und die Treppe hinunter. Herr Berg sah ihn belustigt an. Er saß auf dem großen Chefsessel im Wohnzimmer und las ein Buch.

»Sag mal ...« Er nippte am Kaffee. »Wieso bringst du denn Gäste her und lässt sie einfach so herumrennen, während du im hintersten Eck versauerst?«

Erschrocken fuhr Drak herum und kratzte sich dann verlegen an der Schulterpartie.

»Also ... äh ... ich war sehr erschöpft. Was ist denn passiert?«

»Kurzfassung: Celina bringt Ramin ins Krankenhaus und deine kleine Freundin ist irgendwo im Garten seit etwa einer Stunde. Hat wohl noch nie die Sonne gesehen.«

Erwartungsvoll blinzelte Drak ein paar Mal, doch Herr Berg hatte sich wieder seinem Buch zugewandt. Also beschloss er, auch in den Garten zu gehen. Die Tür fiel hinter ihm wieder zu und er sah das Mädchen, welches nun seitlich zusammengerollt im Gras lag. Vorsichtig kroch er näher und blickte auf sie herab. Ihr Brustkorb hob und senkte sich langsam, während die Schatten des nahestehenden Baumes über ihr tanzten. So, wie sie dalag, ragte ein Büschel Grünzeug in ihren Mund, doch das schien ihren Schlaf nicht stören zu können.

»Was soll's«, flüsterte Drak, bevor er einen halben Meter von ihr entfernt das Gras plattdrückte und sich ausgestreckt mit dem Kopf zu ihr hinlegte. Warmer Wind streichelte seine Schuppen. Es dauerte nicht lange, da war er abermals weggedämmert.

35

Wütend schmetterte Elucia seine Seite ihres Stabes gegen den Boden. Die Vision hatte sie zwar endlich freigelassen, doch sie hatte wertvolle Zeit verloren, in der sie den anderen von ihrem Plan hätte berichten können. Außerdem war nichts Spannendes mehr passiert. Ohne die Waffe wegzustecken sprintete sie los. Vielleicht konnte sie es noch schaffen, die anderen vor dem Schloss abzufangen! Mit schnellem Herzschlag schlitterte sie nun auf den Schlossplatz und musste zu ihrem Ärgernis feststellen, dass die Schlosstore weit offenstanden. Sie war zu spät. Hoffentlich ging es allen gut... Ihre Füße rutschten zunächst auf etwas Schutt aus, doch dann bekam sie erneuten Halt und rannte geradewegs in das Schloss. Während sie die ruinierte Empfangshalle kreuzte, kam es ihr vor wie damals vor 500 Jahren. Wieder rannte sie jemandem verzweifelt zur Hilfe, ohne zu wissen, ob die anderen noch am Leben waren. Doch was, wenn sie doch noch nicht hier waren und der König sie mit der offenen Tür köderte? Ihr Kopf schüttelte sich fast von selbst. Zum Umkehren war es jetzt zu spät. Sie hatte Angst, als sie die zerschmetterte Tür des Thronsaals sah. Angst davor, wieder nur im Sterben liegende, geliebte Freunde vorzufinden. Plötzlich hörte sie das Krachen eines Feuerballs und das metallische Klingen eines Schwertkampfs.

Kaum war sie im Thronsaal, da sah sie, wie Lucy den König mit Salven aus schwächeren Feuerbällen bombardierte, während ein maskierter Kerl ein paar Schläge des Königs abwehrte, dann jedoch zwei schwere Treffer an den Beinen erlitt und zu Boden ging. Kanoe holte aus und stach ins Leere, da er nun wieder nahe bei Lucy stand. Das musste Mike sein, denn dies war Chronos Magie. Was war mit Viktor geschehen?

Shou befand sich ein ganzes Stück entfernt in der Hocke, wo er sich zusätzlich mit einer Hand abstützte. Sein glasiger Blick war auf den Kampf gerichtet.

»Haltet ihn noch ganz kurz auf!«, schrie Elucia so laut sie konnte und sprintete dann zu ihrem Ehemann. Lucy sah kurz verwirrt nach hinten, doch akzeptierte dann lautlos den Vorschlag.

»Mike, einmal noch. Denk dran, wenn er dich zu früh so schlimm trifft, dann war's das!«

Bei den vielen Versuchen hatte Mike ein paar Male durch das Zurück-spulen nur knapp überlebt. Er konnte den Angriffen des Königs nie lange standhalten. Die ganzen Wunden, obwohl sie körperlich verschwunden waren, hallten noch immer als Schmerzen nach. Zum Glück konnten seine Zauber ihm nichts anhaben. Ohne die Maske wäre er wohl längst tot. Allein der Fakt, dass er die Maske trug, hielt den König davon ab, viele Zauber zu verwenden.

»Alle versammelt oder wie?«, sagte der König jetzt. »Sind eure ande-ren Freunde euch schon vorher abhandengekommen?«

Mike erschrak, als er feststellte, dass der König nun nicht mehr nahe seinem Thron stand, sondern sehr dicht herangerückt war. Er wirkte wiederholt den Zurückspul-Zauber und rannte los, um Kanoe davon ab-zuhalten, Projektile abzufeuern. Dieser ignorierte ihn jedoch und feu-erte eine Reihe schwarzer Nadeln ab. Ein paar prallten gegen den Jun-gen, welcher sich dazwischenwerfen wollte, doch ebenso viele kamen durch. Lucy beschwor einen Schild zum Schutz, doch die Nadeln durch-bohren ihn und schlitzten überall an Lucys Körper kleine Schnittwunden hinein. Sie nahm die Hände vom Gesicht, welches zum Glück dadurch keinen Schaden genommen hatte, und sah, wie die darin steckenden, schwarzen Splitter sich langsam auflösten. Alles pochte, doch erstaunlicherweise blutete sie kaum. Die Wunden waren nicht tief, machten ihre Muskeln jedoch taub. Die Beine zitterten und gaben nach. Unfähig, den Sturz mit den Händen abzufangen, landete sie auf dem Boden. Ihr Körper regte sich nicht, doch die Gedanken rasten. Was würde jetzt passieren? Was hatte Kanoe mit ihr getan?

Mike hatte die Zeit genutzt und hatte sein Uhrzeigerschwert in den Brustkorb seines Feindes gerammt. Dieser lächelte nur matt, schwang dann sein Schwert herum und versenkte es in Mikes Mund. Seine Augen drehten sich nach hinten und er klappte wieder zusammen. Victa fiel aus der erschlafften Hand und landete klirrend im Schutt. Dann verschwand er.

»Wie hast du das überlebt? Ich hätte dir einfach die Rübe abschlagen sollen!«, brüllte der König, bevor er augenblicklich ein Portal an der Stelle, an der Mike sich nun wieder befand, entstehen ließ. Wie Shou vor ihm rutschte er hindurch und erschien wieder an der Decke. Im freien Fall bereitete er sich darauf vor, seinen Sturz bestmöglich abzufangen. Schneller als sein Fall rannte Kanoe jedoch auf ihn zu, und stieß mit dem schwarzen Schwert nach Mike. Irgendwie schaffte er es, den Hieb zu blocken. In Zeitlupe sah er zu, wie die schwarzen Zacken auf den Uhrzeiger prallten. Sein Griff um das Schwert löste sich und zusammen flogen die Schwerter davon. Kanoe reagierte, indem er gekonnt das Bein anhob und dann zutrat. Der direkte Treffer auf die linke Wange veränderte Mikes Flugbahn kurz, bevor er dann mit dem Boden kollidierte und nach ein paar gerollten Metern liegen blieb. Die Maske löste sich von seinem Kopf und landete dicht bei ihm im Staub. Bei Vior hatte sie fester auf dem Kopf gesessen. Ganz sicher. Lucy wollte schreien, doch sie konnte sich immer noch nicht regen. Auf der anderen Seite des Raumes flogen die Schwerter der beiden gegen die Wand.

»Reicht jetzt mit den Spielchen. Ich hatte meinen Spaß, doch jetzt muss ich meine Welt wiederaufbauen!«

König Kanoe ging jedoch nicht wie erwartet auf Mike zu, sondern konzentrierte sich auf den hinten Teil. Shou war verschwunden und Elucia kam schnurstracks auf ihn zu gerannt. Im Inneren lachte der Herrscher. Was wäre das denn für ein klischeehafter Moment gewesen, wenn er versucht hätte, Mike zu töten? „Im allerletzten Moment schob die Heldin ihren Stab dazwischen und rettete ihren Verbündeten!"

Als nächstes wich er dem Holzstab aus und schlug gelangweilt mit der Rückseite des blauen Schwertes gegen die so vorbeigestürmte Elucia. Sie zerfiel zu Staub. Sofort krachte der Stab der realen Elucia gegen seine Hüfte. Die Dämonin war schneller, als er erwartet hatte. Er taumelte, konnte sich jedoch auf den Beinen halten. Sie tauschten ein paar schnelle Schläge, bevor zwischen ihnen ein wenig Abstand vorhanden war. Elucia versteckte ihre Angst und Nervosität hinter einem breiten Grinsen. Sie war nun auf sich allein gestellt. Lucy war gelähmt, Mike bewusstlos und Shou hatte sie in den Keller geschickt. Sein Gesicht hatte sich aufgehellt, als er entdeckte, dass sie doch nicht tot war und er war sofort aufgesprungen. Trotzdem hatte sie ihm die Erschöpfung und die Wunden angesehen. Er würde nicht mehr richtig am Kampf teilnehmen können. Sie wirkte alle Heilzauber, die sie kannte, und erklärte ihm, was ihr eingefallen war. Er musste in den Keller gelangen, dort Kanoes Seelenkern finden und ihn zu seinem Körper zurückbringen, indem er die Verbindung mit dem Schloss zerbrach. Sonst würden sie den ewigen Dämonenkönig nie vollständig loswerden können. Entweder seine Seele blieb im Schloss und Shou vernichtete den Körper mit dem „Anti-

218

Existenz"-Zauber oder er beseitigte die Seele, woraufhin das Seelengrab zerfallen und Kanoe zu einem seelenlosen Zombie werden würde. Shou verstand erstaunlich schnell und verbarg sich in den Schatten. Gerade rechtzeitig entfloh er so Kanoes prüfenden Augen. Und nun stand sie ihm gegenüber. Eins gegen eins. Gegen den König, der ihr Vorbild getötet hatte und ihren Mann fast ermordet hätte. Ihr Herz wollte schneller schlagen, war aber bereits am Limit.

Immer wieder griff sie an. Links. Rechts. Von oben. Keiner ihrer Angriffe traf das Ziel. Der König parierte alles. Als er angriff, sah sie den rücksichtslosen Kampfstil von Vior, gegen den sie im Garten gewonnen hatte. Wild und unberechenbar. Nachdem sie die Serie von Schlägen abgewehrt hatte, wollte sie einen neuen Angriff starten, doch der König verschränkte die Arme vor der Brust und entfesselte einen dunklen Nebel. Dank ihres Trainings in der Menschenwelt hörte sie instinktiv auf zu atmen. Man hatte sie mit Granaten mit einem reizenden Pulver üben lassen. Zu oft hatte sie das Zeug eingeatmet und dann gehustet, bis ihre Lungen zu platzen schienen.

Obwohl sie das Gift des Königs nicht eingeatmet hatte, sprang sie mit einem großen Satz zurück. Ohne Sauerstoffzufuhr konnte sie unmöglich kämpfen, daher musste sie etwas Abstand gewinnen. Der König bückte sich und steckte etwas vom Boden in sein Gewand. Durch den Rauch sah Elucia die schwarzen Dornen erst sehr spät, konnte sich jedoch trotzdem mit ihrem Stab und einem Windzauber in Sicherheit schleudern. Kaum berührten ihre beschädigten Stiefel den kalten Boden, schloss der König zu ihr auf und griff an. Zurückweichend blockte sie die Hiebe, heilfroh, dass die zweite Waffe des Königs weit weg lag. Doch plötzlich schnellte seine Faust von Dunkelheit umhüllt hervor und traf sie am Schlüsselbein. Schmerz zuckte durch ihren Rücken, sie spürte förmlich, wie die

219

Haut dort an ein paar Stellen aufriss. Blut tropfte langsam an ihr herab, erreichte ihre Beine und lief in die Stiefel hinein. Der Windstoß, den er nun entfesselte, schob sie nur unmerklich zurück. So gelang es ihr, sich mit einer „Versetzung" hinter den König zu befördern. Unbeeindruckt vom Trugbild drehte dieser sich um. Seine Augen weiteten sich, als der Stab, umhüllt von Energie, gegen seinen Oberschenkel krachte. Er hatte einen Angriff von oben erwartet. Elucia schlug nochmals zu. Zwei weitere Male. Der König erstarrte zu Stein. Bröckelte und zerfiel. Keuchend stemmte sie ihre behandschuhte, freie Hand auf ihr Knie und atmete durch. Sie wusste, dass er nicht tot war, doch eine kleine Pause war ihr durchaus willkommen.

Die steinernen Teile des Königs schmolzen und das Fleisch zuckte, ruckte und baute sich wieder zusammen. Sie musste ihn weiter dazu bewegen, Marcurios Zauber zu benutzen, denn sie waren fast nutzlos. Bevor der König vollständig zusammengebaut war, lähmte sie ihn mit einem Blitz aus ihrer Hand und schlug ihn dann mit ihrem Stab wie mit einem Golfschläger. Der königliche Fleischhaufen segelte ein Stück davon und klatschte dann gegen ein Trümmerteil. Elucia kicherte.

Zornig erhob sich Kanoe nun an einem Stück. Die Dämonin hatte ihn auf eine gute Distanz befördert, daher nutzte er den Moment, um die schwarzen Leichentücher heraufzubeschwören und loszusenden. Eines auf Mike, eines auf die vollständig gelähmte Lucy. Er selbst rannte auf sie zu, unbewaffnet, aber die Hände voller dunkler Energie.

Elucia schrie ängstlich auf. Was sollte sie tun? So schnell sie konnte, erschuf sie ein Portal zwischen dem Tuch und Lucy. Das Tuch flog hindurch und erschien dicht bei ihr, wo sie es mit ihrer Waffe zerschlug. Zum Glück war die Distanz zwischen dem König und ihren beiden Freunden hoch und die Tücher nicht besonders schnell. Zeitlich musste es klappen. Sie wollte die Prozedur wiederholen, doch etwas in ihrem Körper krampfte. Kurzerhand warf sie ihren Stab wie einen Speer auf das letzte Tuch. Treffer. Doch nun hatte sie nicht nur ihre Magie aufgebraucht.

»Unbewaffnet, was?«, spottete der König. Elucia senkte den Blick wie ein aufgebrachter Stier.

»Seelenbeschränkung aufgehoben. Nutze das volle Potential!«

36

Alles schmerzte, doch Shou rannte die Wendeltreppe in die Tiefen des Schlosses so schnell er konnte hinunter. Er nahm zwei, drei, vier Treppenstufen auf einmal. Immer wieder schlug seine Prothese Funken, wenn sie mit der Wand kollidierte, damit er sich nicht überschlug.

»Sterbt mir nicht weg, bitte«, flehte er seine Frau und Freunde an, obwohl sie ihn nicht hören konnten. Das heraufbeschworene Licht in seiner (jetzt nicht mehr so) gesunden Hand wurde schwächer. Er verfluchte sich, dass er so leichtfällig in seiner Wut in die Falle des Königs getappt war. Was hatte er sich vorgestellt? Spürte er das verborgene Verlangen, so heldenhaft diese Welt zu verlassen, wie Azaroth es getan hatte? Doch was hatte Azaroth wirklich hinterlassen? Chaos. Das war alles, was nach dessen Feldzug übrig geblieben war. Eine zerschmetterte Welt, Tod überall, der Untergang der Dämonenwelt.

»Nein. Ich werde kein neues Chaos entfachen, keine Schneise der Verwüstung in die Welt schlagen. Ich räumte auf und vollende, was damals hätte besser laufen können«, knurrte er.

Sein Fuß trat ins Leere, da eine Treppenstufe herausgebrochen war. Er kippte nach hinten und schlitterte die letzten paar Dutzend Treppenstufen herab, bevor er stöhnend auf dem ebenen Boden liegen blieb. Sein Rücken war aufgeschürft und er konnte ihn nicht vollständig strecken, doch dies war ihm egal.

»Glück gehabt, ich hätte auch viel früher die ganzen Treppen rutschen können«, sagte er laut und zwang sich zu einem Lächeln. Wie

Elucia. Sie versteckte stets ihre Unsicherheit hinter einem breiten Grinsen. Er schüttelte den Kopf.

»Fokussier' dich, Shou!«

Vor ihm befand sich nun die dicke, mit magischen Zaubern geschützte Tür, hinter der der große Tresorraum des Königs lag. Anstatt das Schloss per Zauber zu knacken, sprach er: »Ragnarök, Macht des Untergangs: Antiexistenz!«

Die Tür löste sich restlos auf und der Zauber in seiner Hand versiegte. Seine Seele schmerzte. Eine Miniatur des Himmelsteins leuchtete ihn an. Die Berge aus Schätzen wie in seinen Erinnerungen gab es noch, bloß waren sie durcheinandergebracht und verstreut.

»Wo war nochmal seine Scheißseele?«

»Seelenkern, meine ich.«

»Nee, hier nicht.«

Immer wieder fuchtelte er mit ausgefahrener Klinge umher, doch ohne, dass der Seelenkern aufflammte. Zornig brüllte er auf, doch dann beruhigte er sich wieder schnell.

Gar nicht weit von ihm schwebte ein goldenes Amulett in der Luft. Triumphierend ging er dorthin und stach mit seiner Prothese unter das Amulett. Ein silberner Ball ohne ordentliche Konturen flammte kurz auf. Gefunden.

Shou hielt einen Moment inne. Sollte er die Seele vollständig vernichten? Kanoe würde zu einem Zombie werden, doch es bestand das Risiko, dass man seinen Körper nie endgültig entfernen konnte. Also alles wie besprochen.

»Ragnarök, Macht des Untergangs: Weltenschneider! Ein letztes Mal, mein Freund.«

»Beeil dich lieber, du Halbidiot«, erklang Ragnaröks Stimme. Shou ließ die rot-schwarze, gebogene Klinge aus seiner Prothese sprießen, bis sie die Länge eines Unterarms besaß. Sie schien selbst die Luft um sie zu vergiften. Dann schlug er mit der Faust nach dem Seelenkern, um die exakte Position festzustellen. Schließlich wollte er ihn nicht versehentlich spalten, oder?

Dann folgten zwei schnellte Hiebe auf beiden Seiten des Kerns. Eine gewaltige Schockwelle wurde entfesselt und Shou flog mit einigem Gold durch den Raum. Der Seelenkern würde zu seinem Besitzer zurückkehren. Mühselig begann Azaroths Schüler damit, sich aus den Schätzen hervor zu graben.

37

Elucia schützte ihre Hände mit einem stetigen elektrischen Strom, doch sie war dem König im Boxkampf gnadenlos unterlegen. Azaroths Handschuh hielt stand, doch ihr eigener, rosafarbener Handschuh trug Zeichen des Kampfes. Die Haut an ihrem Körper war überall rissig und benetzt von Blut. Ihre Seele nahm ohne die Seelenbeschränkung erheblichen Schaden, aber immerhin konnte sie noch Zauber wirken. Die Faust des Königs traf ihre Wange und in ihrem Mund wurde die Haut spröde und platzte auf. Wieder ein Treffer in ihren Bauch. Der Schock wanderte abermals durch ihren Torso und brach hinten durch die Haut. Ihr Rücken musste aussehen, als hatte man sie stundenlang ausgepeitscht. Plötzlich hielt der König inne, fiel auf die Knie und röchelte.

Seine sonst so spöttisch dreinblickenden Augen färbten sich rot, da alle Adern hervortraten. Sein Mund klappte auf, die Zunge hing heraus. Speichel lief unkontrolliert. Seine Zauber versagten. Lucy konnte sich wieder regen und rappelte sich langsam auf.

»Nicht … mehr … so … unsterblich, was?«, presste Elucia unter Schmerzen hervor und spie Blut auf den Boden. Der König regte sich nicht, er war wie eingefroren. Bloß sein Atem rasselte. Noch.

»Trümmerschlag!«

Erster Treffer. Zweiter Treffer.

Bevor der tödliche dritte Treffer mit ihrer Faust den König traf, schlüpfte seine rechte Hand aus dem Gewand hervor, Nagisa in ihr. Elucias Zauber wurde zunichte gemacht. Wirkungslos schlug sie ihm gegen die Stirn. Wieso fiel er nicht wenigstens um? Woher nahm er die Kraft?

225

Als sie seine blutigen Augen sah, wusste sie woher. Hass brannte in ihnen, auch wenn jegliche andere Kraft aus ihnen gewichen war. Schnell rammte er den Dolch in ihren Brustkorb, noch bevor sie ihre Faust zurückgezogen hatte. Dämonenkönig Kanoe erhob sich, ohne seine Waffe loszulassen.

»Du kommst mit mir, du Monster!«, flüsterte er und drückte den Dolch noch tiefer in ihre Lungen, drehte ihn ein wenig. Die Adern an seinem Hals schwollen an, pulsierten unregelmäßig. In Elucias Augen rollten nach hinten, ihr Mund stand offen.

»Nein!«, kreischte Lucy in der Ferne. Der Schock verhinderte, dass sie sich regen konnte, geschweige denn ihre Zauber nutzen. Elucia fiel schlaff in sich zusammen. Der König versuchte zu lächeln, doch der Schmerz, der in seinem Körper brannte, verhinderte jede positive Emotion. Sein Kopf wollte platzen, der Druck schob das Blut wie wild durch den Körper, welcher einen Kampf ohne Ausweg führte. Letzte Station: Sein Ende. Die Welt wollte ihre Zinsen für all die gestohlene Kraft.

»Ich verschwinde dann mal langsam. Wie Azaroth«, stellte er fest. Genau in diesem Moment packte ihn eine Hand am Unterschenkel und riss ihn zu Boden. Der Länge nach klatschte er auf den Rücken. Elucia stemmte sich mit letzten Kräften in die Hocke. Ihr Blick fand keinen Halt mehr, sie blickte dem Tod bereits in das Gesicht. Sie hievte sich auf den König, kniete auf seinem Bauch. Der Dolch ragte noch immer aus ihrer Brust. Voller Abscheu sah sie auf den König, ihren zukünftigen Mörder, herab.

»Ich gewähre dir diesen Abgang nicht.«

Elucia war überrascht, wie entschlossen sie dies zum Trotz ihres Zustandes sagte.

»Drachenform«, schrie sie dann und spürte zum letzten Mal in ihrem Leben, wie die Kraft aus ihrem Körper Form annahm. Das Drachensymbol auf dem Handschuh ihrer rechten Hand schien zu leuchten. Silberne, leicht durchsichtige Schuppen panzerten ihren Körper, lange Klauen wuchsen aus ihren Fingern und Dornen schmückten Knie und Ellenbogen. Nicht ganz so prächtig wie beim Urheber des Zaubers, aber sie hatte es auch geschafft. Blut floss aus den zwei Wunden in Kanoes Bauch, welche die Dornen an den Knien gestochen hatten. Er schien um Jahre zu altern, als er in seinem Wahn das Erscheinungsbild seines größten Feindes erneut vor sich sah. Es war nicht mehr Elucia vor ihm, sondern derjenige, der ihn damals spaltete, der ihm alles nahm. Sein Reich, seine Macht, seine Untertanen und seine Zukunft. Dies alles hatte ihn in den Ruin getrieben. Verfluchter Azaroth.

»Stirb durch seine Hand!«

Ihre behandschuhte Hand sauste auf den König herab. Die Klauen durchdrangen den Schädel und löschten das Leben aus dem großen, ewigen Dämonenkönig. Sofort flackerten seine Konturen und er zerbarst in einen Lichtschwall, als die Welt sich zurückholte, was man ihr gestohlen hatte. Elucias Zauber verschwand und sie rollte sich matt auf den Rücken. Der König war nicht mehr, daher lag sie nun alleine hier auf dem Boden.

»Eluciaaaaa!«

Panisch rannte Lucy auf sie zu. Elucia schloss ihre Augen, um dies nicht mehr zu sehen.

38

Genau in diesem Moment geschahen zwei weitere Sachen: Shou betrat durchgeschwitzt den Thronsaal und Mike wachte wieder auf.

Ersterer schrie auf und hastete sofort zu seiner Ehefrau, die Tränen verdeckten seine Sicht.

Mike wiederum versuchte zuerst die Situation zu begreifen. Sein Kopf wollte kein klares Bild erschaffen. Schmerzen verlangsamten diesen Prozess. Seine Wange tat weh. Seine Kleidung war zerrissen. Plötzlich erklang Chronos Stimme. Er klang krank und schwach.

»Mike, ich liege im Sterben. Fenrir konnte ich dir nicht schicken, da ich die Kraft, die in ihm steckte, absorbieren musste. Wenn du mir nicht hilfst, dann wird diese Welt, wie ihr sie kennt, von vorne beginnen. Ihr werdet nie existiert haben. Falls auch nur irgendeine Person der Vergangenheit eine andere Entscheidung trifft wie in dieser Zeitlinie, so kann es passieren, dass es euch auch nicht nochmal geben wird. Anderer Chrono, andere Regeln. Du müsstest nur noch einen Zauber wirken, dann wird meine Kraft deine Seele vollständig erfüllen.«

»W-Was soll ich tun?«, stotterte Mike vollkommen überrumpelt. Dennoch spürte er, wie er deutlich wacher wurde. Etwas in ihm rumorte. Chrono antwortete kurz nicht.

»Hör zu. Mir bleiben nur noch wenige Minuten. Der Welt bleiben nur noch wenige Minuten. Du musst noch einen Zauber verwenden. Dann werde ich, mit dem jungen Chrono in mir, in deinen Körper schlüpfen. Dort hoffe ich, dass ich den Kampf gegen ihn gewinnen kann und er zugrunde geht. Er wird genau wie ich sterblich und geschwächt sein. Dann kehre ich zurück und alles nimmt weiter seinen Lauf. Ganz einfach. Ich brauche dafür nur einen Wirt. Ich setze alles auf diese eine Karte. Eine andere Möglichkeit, den jungen Chrono zu töten, gibt es nicht. Du könntest der Held der gesamten Welt für alle Zeit sein, Mike.«

Den Teil seines Plans, dass der junge Chrono mit Mike gemeinsam sterben würde, erwähnte er nicht.

»Leute!«, verkündete Mike. Er war am Haken. Ein großer Teil seiner Seele zwang ihn regelrecht dazu. Er konnte nicht anders.

»Ich werde Chrono in meine Seele lassen, damit er seine neue Version besiegen kann. Sonst wird unsere Welt zurückgesetzt!«

»Bitte was?«, sagte Lucy. Sie reagierte als Einzige.

»Ich erkläre es danach. Es muss sein. Wünscht mir Glück!«

Elucia öffnete nochmals die Augen, sah Shou an. Er hatte den Dolch von ihr geworfen und drückte nun mit einem Stofffetzen auf die Wunde. Ihre Hand lag auf seiner Prothese. Leise klapperte das Metall, da sie zitterte. Weder er noch Lucy hatten die tiefe Wunde heilen können. Sie starb immer weiter und sie konnten nichts tun. Die Tränen hatten sein ganzes Gesicht eingenommen.

»Sag ihm … herkommen … Er überlebt … nicht«, flüsterte sie kaum hörbar. Shou winkte Mike zu sich. In seiner Euphorie trampelte dieser schweigend zu den anderen. Elucia hob die Hand mit Azaroths Handschuh an und legte sie in Mikes. Er verstand. Sie wollte ihm ein letztes Mal helfen. Ohne das Uhrzeigerschwert, doch mit Elucias Hilfe wirkte er nun „Seelensicht". Er sah, wie der letzte verbliebene, kleine weiße Teil seiner Seele um sein Herz anfing, sich golden zu färben. Das Goldene Meer nahm alles ein. Elucias Seele hingegen verblasste immer weiter.

Dann passierte es: Elucia aktivierte unerwartet einen anderen Zauber, der nicht Mike verstärkte, sondern wie ein Sog wirkte. Chrono floss durch die Mächte der Welt und in Mikes Körper hinein, doch er konnte dort aufgrund des Zaubers nicht verweilen und verschwand durch Elucias Hand. Mike verdrehte die Augen und verlor das Bewusstsein. Selbst dieser kurze Kontakt war für seinen menschlichen Körper zu viel. Stumpf fing Lucy ihn auf wie einen Sandsack. Elucia wiederum riss die Augen auf, schrie ein letztes Mal laut und starb in den Armen ihres Ehemanns. Schlaff klappte ihr Kopf nach hinten. Hellblaue Funken stoben aus ihr heraus.

»Elucia…«, stammelte Shou, bevor er sein Gesicht in ihr durch das Blut bronzefarbenes Haar drückte und den Tränen freien Lauf ließ. Lucy korrigierte Mikes Position in ihren Armen ein wenig, überprüfte seinen Puls. Er lebte. Auch ihr kamen nun die Tränen. Die Anspannung verließ sie, Elucias Tod schien den Sieg wertlos zu machen.

»Ich nehme an, Chrono hat es geschafft. Mike musste auch nicht sterben. Was hatte er sich dabei gedacht, eine solche Macht in seinen Körper zu lassen? Danke dir, Elucia«, sagte Lucy langsam. Sie würde die tapfere Kämpferin vermissen.

Stunden vergingen. Mike kam zu sich. Shou hatte noch immer nicht den Kopf gehoben. Lucy war bereits versucht, seinen Puls ebenfalls zu überprüfen.

»Hat es geklappt?«, fragte Mike und zupfte vorsichtig an ihren Haaren.

»Scheint so«, sagte sie knapp. Ihre Augen schienen matt.

»Ich hatte euch doch von Chronos jüngerem Selbst erzählt? Er sagte, dass er nun sterben würde, und diese junge Version würde die Zeit zurücksetzen. Ich hatte doch schon die ganze Zeit den Eindruck, dass er sich unter Druck gesetzt fühlt, und das war die Erklärung, die er mir nicht geben wollte. Weiteres verstehe ich auch nicht. Hat Elucia mich gerettet?«

»Ja«, erwiderte Lucy, wirbelte dann herum, packte Mike an den Schultern und schüttelte ihn.

»Du Idiot wärst gestorben, wenn er in deinem Körper geblieben wäre! Du hältst das doch nicht aus! Wieso bist du denn so dumm?«, brüllte sie ihn an. Sie weinte. Dann küsste sie ihn lange, bevor sie ihn weiterschüttelte. Er ließ es zu. Sein Kopf brummte, die Situation war ihm noch nicht vollends bewusst.

Shou hob den Kopf. Sein Gesicht wirkte eingefallen. Er war müde. Unendlich müde. Nun sah er nicht mehr so jung aus, sondern näherte sich rasch seinem eigentlichen, von Daemon Citys Resten unbeeinflussten Alter. Das rote Haar war ermattet, hauptsächlich vom Staub. Er machte sich nicht die Mühe, die getrockneten Tränen abzuwischen. Falls er noch weinen konnte, dann würden ohnehin neue entstehen.

»Wir sollten gehen. Ich denke nicht, dass diese Welt noch lange existieren kann, wenn der Schöpfer tot ist. Der Kommunikator für Genesis liegt hinter dem Thron, Ragnarök ließ ich im Keller. So sollte es auch bleiben. Den Kram brauchen wir nicht mehr. Niemand braucht ihn.«

Seine Stimmlage war monoton, er hatte jegliche Lust verloren. Er erhob sich, schlurfte quer durch den Raum, bis er sich bückte und Elucias Stab auf seinen Rücken schnallte. Dann kam er ebenso niedergeschlagen zurück, schob die Hände unter den noch warmen Körper und hob ihn an. Trauend ging er in Richtung des Ausgangs, wobei er Elucias Leichnam sanft auf seinen Händen trug. Beim Gehen drehte er sich um.

»Kommt.«

Mike und Lucy halfen sich gegenseitig hoch und folgten ihm. Sie bewegten sich nicht schnell, es gab auch aktuell keinen Grund dazu. Ohne

Vorwarnung stürzte Mike und verschwand. Lucy fuhr panisch herum, ihr Kopf bewegte sich schnell hin und her.

»Chrono hat ihn zu sich gerufen, mach dir keinen Kopf«, schnaufte Shou. Er war erstaunlich aufmerksam für seinen Zustand. Seine Worte brachten aber keine Beruhigung für Lucy. Es war alles zu viel.

39

Erneut fand Mike sich in Chronos Welt auf dem Kopfsteinpflasterweg wieder. Es war kalt und hart. Er erwartete schon, dass er nun wieder von der ruppigen Hand des alten Mannes emporgezogen wurde, doch stattdessen fassten warme, weiche Hände unter seine Achseln und zogen ihn hoch. Mike kreischte und sprang einen Schritt zurück, als er in Elucias breites Lächeln blickte.

»W-w-w-w-w-w-was? Häh?«

Sie kratzte sich verlegen am Kopf. Ihr zum ersten Mal sauberes, hellblondes Haar wippte im Takt. Es schien auch weniger zu kleben. Außerdem war ihre Kleidung nicht mehr rissig und auch jeglicher Schmutz und all das Blut war von ihr gewichen. Sie leuchtete förmlich.

»Mike, hey, beruhig dich. Ich erkläre alles.«

»Du bist doch tot? Ich habe deine Leiche gesehen!«

»Jetzt halt den Mund! Ich habe gesagt, ich erkläre alles!«, lachte sie. Sie war fröhlich, das Lachen war echt.

»Okay.«

»Also. Wie du weißt, hat der König mich erstochen, dann habe ich ihm den Garaus gemacht. Ich spürte, wie ich immer mehr starb, wie der Tod seine Fänge um meine Seele schloss, um sie aus der Welt zu ziehen. Als du verkündet hast, was du vorhast, wollte ich eine letzte gute Tat vollbringen und nahm beide Chronos in mir auf, damit du nicht daran stirbst. Du bist dir schon bewusst, welch eine Kraft das ist? Jedenfalls spielte sich dann alles innerhalb dieser einen Sekunde ab, in der ich aufschrie und mein Körper starb. Beide Chronos bekriegten sich in meinem

Körper, drängen meine Seele beiseite. Sie schwächten sich unendlich stark und ich schob meine Seele zu ihnen, ließ sie pulsieren und vernichtete die Streithähne, welche sich beide beinahe töteten. Dann ergriff ich diese Kraft, welche die beiden aussonderten, und landete hier. Die Welt braucht einen Wächter über die Zeit und nun hat sie wohl mich auserwählt. Meine Reinheits-Magie ermöglicht meiner Seele, auch diesen Typ der Magie in ihr zu bewahren. Aber schon krass, dass ich gleich zwei Götter mit meiner Seele getötet habe, oder? Das klappte aber echt nur, weil sie sich selbst so unendlich schwach gemacht haben.«

Elucia lachte laut.

»Mund zu, Mike.«

Mike machte den Mund zu. Dann klappte er wieder auf.

»Ich weiß gar nicht, was ich sagen soll.«

»Denkst du ich erst? Ich bin eine Göttin oder so, glaube ich. Ich denke, dass ich die Magie schon noch lerne, immerhin kann ich alles lernen. Reinheit sei Dank. Außerdem scheint Chronos Macht aus deiner Seele mit seinem Tod verschwunden zu sein. Herrufen konnte ich dich trotzdem. Ich verstehe vieles noch nicht, was jetzt passieren wird.«

Sie legte den Kopf schief und starrte auf einen unbestimmten Punkt in der Ferne.

»Ich bin froh, dass du noch lebst. Na ja, zumindest hier. Die anderen werden es auch sein«, sagte Mike und lächelte glücklich. In seinen Augen stand noch immer das Staunen.

»Glaube ich auch. Ich hoffe es für meinen Mann, dass er sich freut. Du solltest daher schnellstens zurück und ihnen das sagen. Es bricht mir mein Herz, wenn ich durch den Spiegel im Schloss sehe, wie er meinetwegen weint. Sag ihm bitte auch, dass er meinen Körper bitte einfach in Daemon City lässt. Bitte nicht begraben, ich bin ja nicht tot.«

Kaum war Mike zurück bei den anderen, blubberte er los wie ein Wasserfall. Mehrmals musste Lucy ihn bitten, etwas zu wiederholen, da sie kein Wort verstand. Sie selbst jubelte ununterbrochen. Irgendwann realisierte auch Shou, was Mike da erzählte und konnte nicht mehr aufhören zu lachen. Glück durchströmte ihn wieder.

»Ich muss zu ihr! Der Kommunikator liegt bei euch zuhause, richtig? Los, los, los!«

Mit vielfacher Geschwindigkeit trug er Elucias Körper weiter aus dem Schloss heraus.

Draußen entdeckten sie schon bald einen Haufen aus totem Fleisch. Alle wilden Tiere waren getötet worden. Aus dem Fell ragte eine Hand hervor. Tot und kalt war sie zu einem „Daumen hoch" erstarrt.

Schweigend standen sie eine Weile daneben und gedachten dem gefallenen Dämonenjäger. Ein Brocken, der von der Decke der Welt fiel, durchbrach die Stille.

»Er hat es also nicht geschafft«, stellte Mike die eindeutigen Fakten fest.

»Darum geht es nicht. Er wollte es nicht schaffen.«

Lucy wischte die Tränen vom Auge und fügte dann hinzu: »Wir sollten gehen, die Welt bricht allmählich zusammen. Ohne Elucia haben wir keine Portale und einen weiten Weg vor uns.«

Ohne Pausen reisten die drei Sieger durch die Trümmer von Daemon City und legten Elucias Körper geschützt in die altbekannte Turmruine, wo Shou ihr einen letzten Kuss auf die Stirn gab. Den Stab behielt er allerdings. Im Raum gab es Spuren eines Kampfes – Fußspuren, gesplittertes Holz und Brandflecken –, aber keine Toten.

»Ich hoffe, dass Drak nichts zugestoßen ist«, murmelte Mike, ohne die andächtige Stille durchbrechen zu wollen. Er senkte den Kopf.

»Sieht gut aus, da er scheinbar Feuer spucken konnte«, meinte Lucy und klopfte ihm aufmunternd auf die Schulter. Innerlich machte sie sich jedoch auch große Sorgen um den Drachen. Nicht auch noch er.

Schweren Herzens ließ der Assassine den Körper seiner Geliebten in dieser schaurigen Welt zurück. Nochmals blickte er zurück auf die Ruine des Turms. Man konnte sie von hier draußen nicht sehen. Gut. Dann zogen sie weiter zum einzigen Ausgang der Dämonenwelt. Vorbei an Gebäuden, Felsen, einem Fluss, einem Wald und über das kahle Feld des Seelengrabs. Ab und zu krachte irgendwo ein Felsbrocken vom Himmel herunter. Irgendwie trieben sie sich immer weiter an, sodass sie mit nur wenigen Pausen vorankamen. Es wurde dunkel und wieder hell.

Als sie keuchend, erschöpft und todmüde über der Felsleiter bei dem Portal aus der Welt standen, stemmte Shou die Arme in die Seiten und blickte zurück auf die Welt, in der er geboren war. Soweit das Auge reichte, lösten sich immer wieder Brocken vom Himmel, schlugen Krater in die Welt wie Meteore. Staub lag wie Nebel auf der einst so glorreichen Welt der Dämonen.

»Es war nicht immer so schlimm mit dir, du Welt eines grausamen Königs.«

Mit diesen Worten drehte Shou sich zum Portal und ging schnurstracks hindurch. Er freute sich, jemanden wiederzusehen.

Mike und Lucy standen noch einen Moment zu zweit dort.

»So endet das Abenteuer also?«, sagte Lucy nach einer Weile.

»Ja. Ich hoffe wirklich, dass Drak zuhause auf uns wartet.«

236

»Und wenn nicht? Wir können nicht mehr hier her zurückkehren und ihn suchen. Aber ich denke schon, dass er gemeinsam mit Zero hier herauskommen konnte. Auf sie hatte Kanoe es nie wirklich abgesehen.«

Mike nickte, bevor Lucy fortfuhr.

»Aber hast du dich nicht gefragt, was aus den Dorfbewohnern hier werden wird?«

Er ließ den Blick über die Landschaft gleiten. Die Rauchschwaden des Dorfes waren durch den Staubvorhang nicht mehr zu sehen. Ein großer Fels löste sich und krachte laut irgendwo in den Boden. Die Erde bebte.

»Die Zeit, nochmals zurückzukehren, haben wir nicht. Tut mir leid, Lucy. Wir können nur hoffen, dass sie von sich aus geflohen sind. Ansonsten müssen wir sie leider ihrem Schicksal überlassen ...«

Lucy verzog den Mund, musste aber zustimmen.

»Gehen wir. Die Zeit der Dämonen ist zu Ende.«

Epilog

»Ich tausche gerne meinen wahnsinnig gewordenen Bruder gegen dich ein«, sagte Genesis, während sie neugierig durch das Schloss mit den vielen Staturen darin stolzierte.

»Dankeschön, es ist mir eine Ehre, das zu hören«, antwortete Elucia.

»Du bist doch nur eine dieser Dämonenidioten«, knurrte der Wolf hinter ihr, welcher nicht zugeben wollte, dass auch er sich freute.

Gemeinsam blieben sie vor einer Reihe der neusten Bildnisse stehen.

»Ich habe das Lernen meiner neuen Kräfte damit verbunden, Chronos Tradition weiterzuführen. Mit gefällt die Idee einer Ruhmeshalle hier. Ich kenne manche dieser Personen schließlich persönlich.«

Nervös wippte Elucia auf ihren Zehenspitzen hin und her.

Genesis und Ragnarök begutachteten alles und nickten zufrieden.

»Sieht echt schön aus, du machst Fortschritte, Elucia.«

»Passabel.«

Genesis sah ihren Bruder entnervt an. Dieser verdrehte bloß die Augen.

»Ja, ich finde es auch gut gemacht. Immerhin bist du erst seit einem Jahr eine von uns.«

Elucia verzog das Gesicht zu einem breiten Grinsen.

»Ich danke euch.«

Die Hirschkuh schnaubte belustigt auf.

»Denk dran, wenn du Hilfe benötigst, dann kannst du stets durch deinen Spiegel zu mir in den Wald kommen. Alternativ kannst du natürlich auch zu Ragna gehen, wenn er dir nicht zu griesgrämig kommt.«

Der Wolf knurrte.

»Das wird schon, auch wenn meine Schwester viel Mist von sich gibt. Unsere Kommunikatoren sind hinüber, Daemon City gibt es nicht mehr, daher haben wir jetzt mehr freie Zeit und keiner kann unsere Macht missbrauchen, nicht wahr, Schwesterherz?«

Ohne auf die Provokation einzugehen, fragte Genesis: »Deinen Kommunikator möchtest du behalten, nehme ich an? Immerhin kannst du so Kontakt mit deinem Liebsten halten.«

Elucia nickte übereifrig.

»Gib' das wieder her!«

Mike sah von seinem Wassereis auf und lachte belustigt, als er sah, wie Lucy verzweifelt versuchte, ihr Eis von der rothaarigen Dämonin zurückzubekommen. Er wischte mit dem Handrücken über seinen Mund und wollte dann in das Eis, welches in der anderen Hand sein sollte, beißen. Seine Zähne klackten aufeinander. Bestürzt stellte er fest, dass das Eis gänzlich – samt hölzernen Stiel – verschwunden war. Stattdessen stand Drak nun neben ihm und sah den rennenden Mädchen zu. Verräterisch leckte er sich um das Maul. Mike warf ihm einen strafenden Blick zu, doch der Drache tat so, als sähe er es nicht.

»Warum bist du so schnell?«, keuchte Lucy, aktivierte einen Zauber und erhöhte ihre Geschwindigkeit. Sie holte auf und packte die Rothaarige an der Schulter, welche so abrupt zum Stehen kam, dass das Eis ihr aus der Hand segelte, gegen einen Baum und dann in den Dreck flog.

»Toll«, stellte sie fest.

»Wenn du ein Eis haben willst, dann frag doch einfach«, entgegnete Lucy und verdrehte die Augen.

»Du hast mich doch nur eingeholt, weil du noch zaubern kannst! Unfair!«

Lucy musste eingestehen, dass Aima Recht hatte. Sie war wirklich schneller gewesen. Nachdem der Dämonenkönig gefallen war, war Aima in Draks Gegenwart zusammengebrochen, ihre Atmung war stark verlangsamt gewesen. Sie kühlte rasend schnell aus, doch zum Glück konnte der Drache sie mit seinem warmen Körper und den Flammen darin warmhalten, bis sie wieder aufwachte. Ab diesem Zeitpunkt verblasste die lila Farbe in ihren Augen mehr und mehr und sie hatte den Draht zu ihrem Seelenkern verloren. Sie würde nie wieder Magie nutzen können. Stattdessen berichtete sie immer wieder von einem dumpfen, schmerzhaften Pochen in ihrem Inneren, welches ab und zu auftrat. Es fühle sich an, als fehle ihr etwas und als würde ihr Körper danach suchen. Ein Gefühl, dass Mike gut nachvollziehen konnte. Auch er hatte durch den Wechsel der Macht der Zeit sämtliche Fähigkeiten verloren. Auch sein Körper vermisste die Kraft, die er einst besaß. Bestimmt hatte sich seine Seele auch wieder normal gefärbt. Wie langweilig. Immerhin konnte er noch Elucias Reich betreten, allerdings brauchte er dazu Elucias Einladung, daher tat er es nur selten. Eigentlich bloß dann, wenn er mit Shou übte.

An die Rückkehr an sich erinnerte er sich auch noch gut, obwohl er alles andere als fit zu diesem Zeitpunkt war. Sofort hatten sie nach Drak gesehen, welchen er – natürlich – schlafend vorfand. Aima schlummerte ebenfalls dicht bei ihm. Beim Verlassen des Raums waren Lucy und er auf die Heimkehrer Celina und Ramin gestoßen, mit denen sie sich auch kurz unterhielten. Innerhalb des einen Jahrs war Ramin gut genesen, obwohl er nun ohne eines seiner Beine leben musste.

Lucy trat mit neuem Eis für sich und Mike in den Garten. Auch bei ihr hatte sich einiges geändert. Sie meditierte nun regelmäßig, um sich und ihre dämonische Natur besser zu verstehen. Ihren „wahren" Namen Featraza wollte sie dennoch nicht akzeptieren. Außerdem wirkte sie deutlich seltener Zauber ins Leere, nur um diese zu üben. Würden ihre Feuerbälle jemals wieder einen Nutzen haben? Einerseits wäre es schade, denn sie zauberte gerne, aber dies war kein Grund, neue Kämpfe, Feinde und Kriege zu suchen oder zu entfesseln. Auch stand sie im Kontakt mit dem MWD und übermittelte viele ihrer Erkenntnisse, damit auch zukünftig geborene Dämonen nicht frei wüten könnten, sondern ihnen erklärt würde, was sie waren. So sollte auch der MWD schneller reagieren können. Ansonsten kümmerte sich die schrumpfende Organisation fast nur noch um die Waldgebiete, in denen die beinahe unsichtbaren Feen lebten. Lucy zweifelte immer noch an deren Existenz. Von MWD-Elitesoldat Nr. 0, Codename „Zero" fehlte jegliche Spur. Drak hatte ausführlich zuerst seinen Freunden und dann auch dem MWD erläutert, was damals in Daemon City vorgefallen war. Seine Erzählungen lösten Bestürzung und Ratlosigkeit aus. Der beste Soldat war durchgedreht? War das überhaupt der erste Vorfall dieser Art? Lucy und Mike vermuteten, dass Zero mit Daemon City ausgelöscht worden war, da er den Weg nach draußen nicht kannte. Nach drei Monaten ließ auch der MWD seinen Tod verkünden

Mike lehnte einen Posten als Rekrut in der Organisation ab. Zudem befolgten er und Lucy bei ihren Berichten die Bitte der anderen beiden Dämonen, sie nie zu erwähnen. Shou bevorzugte es, unter dem Radar zu leben und Aima war eigentlich kein Dämon mehr. Somit stand im Register der einst durch den Sohn des großen Dämonenjägers Teris gegründeten Organisation Lucy als letzter, aktuell lebendiger Dämon.

Shou drehte sich in der Schatzkammer des Hauses um die eigene Achse und ließ sich dann nach hinten fallen. Unsanft landete er auf dem Hinterteil. Verdammt.

Im Raum befanden sich inzwischen einige Gegenstände, mit denen er viele Erinnerungen verknüpfte. Dort befanden sich Marcurios Zweiklingenschwert, Lucifers Sense, Elucias Stab, Mikes Uhrzeigerschwert, Viors Jägermaske, Azaroths Drachenhandschuhe und seine eigene Klingenprothese. Er blickte herab auf seine gesunde, linke Hand. In ihr funkelte Elucias Kommunikator, als ob er ihm Hoffnung geben wollte. Shou schüttelte den Kopf, schloss die Augen und tauchte hinab in seine Seele. Sein Name prangte unter ihm, doch wieder schwirrten seine Zauber nicht als kleine Lichter umher. Stattdessen hockte Elucia mit einem ebenso breiten Grinsen, wie auch die Male zuvor, vor ihm.

»Na?«, fragte sie.

»Ich schaffe es nicht. Das wird nie etwas.«

»Lass den Kopf nicht hängen. Lass vor allem mich nicht hängen.«

Sie stand auf. Shou ging zu ihr, hob den rechten Arm. Die Gelenke aus Dämonenstahl an seiner neuen Prothese klickten leise, als die Finger der stählernen Hand sich beugten, um über Elucias Wange zu streichen. Dieses Replikat eines menschlichen Skeletts, welches der irre John für und mit ihm erschaffen hatte, konnte Shou mithilfe seiner Seele kontrollieren. Inzwischen funktionierte sie fast wie eine reale Hand. Die Klingenprothese würde er nie wieder tragen. Er würde nicht mehr kämpfen. Diese Zeit gehörte der Vergangenheit an. Zu groß war seine Angst, nochmals die Kontrolle zu verlieren und so alle in seiner Umgebung in Gefahr zu bringen. Immerhin war beim letzten Mal seine Frau fast vollständig gestorben. Nun hatte er nur noch ein Ziel: Wie Mike die Welt von ihr auch mit seinem Körper zu betreten und dort für immer mit ihr zu verweilen. Bislang war es ihm nicht gelungen.

»Elucia, schau mal, ich habe nicht ewig Zeit. Daemon City ist zerstört, daher altere ich auch nicht mehr langsamer. Mir bleiben nur noch etwa 50 Jahre.«

»50 Jahre sind eine lange Zeit.«

»Willst du mich denn als alten Greis noch bei dir haben? Du solltest dich auf eine Welt einstellen, in der es mich nicht mehr gibt.«

Elucia bleckte grinsend die Zähne.

»Erzähl' keinen Mist. Du schaffst das. Wenn du wirklich zu mir willst, dann gibst du nicht auf. Ich muss auch noch viel lernen. Aber ... ich finde es auch echt schön, in deiner Seele zu sein. Das ist faszinierend und gemütlich zugleich.«

Er nahm die kalte Hand von ihrer Wange.

»Ich würde niemals daran denken, aufzuhören. Es ist doch bloß, dass keiner weiß, ob es nicht nur eine Gabe von Mike ist.«

Elucia schwieg.

»Eines Tages werde ich es zu dir schaffen. Versprochen«, sagte Shou schließlich. Sie nickte feierlich.

»Aber sieh danach zu, dass der Kommunikator vernichtet oder versteckt wird. Ich möchte meine Macht nicht verleihen. Das stiftet nur Unheil. Und so leid es mir für Lucy und Mike tut, doch auch sie brauchen uns dann nicht weiter in ihrem Leben. Wir gehören einer anderen Zeit an und ihre Zeit läuft hier und jetzt. Dämonen werden überaus selten werden. Nur noch eine Mutation.«

»Die stiften eh nur Chaos. Auch wenn Menschen das auch selbst verursachen können.«

Shou kicherte kurz. Sie musste ebenfalls grinsen.

»Du weißt ja nicht, wie toll es ist, jeden Winkel der Welt zu jeder Zeit zu beobachten. Endlich kann ich alles auf der Welt sehen und das sogar ohne Kosten oder Zeitaufwand. Wenn du dann bei mir bist, schauen wir uns alles an, okay?«

»Einverstanden.«

Anhang

Schwindendes Licht

»Denkst du, es hätte anders kommen können?«, fragte Aura nach kurzem Zögern, aber trotzdem klang es, als wäre er nie weggewesen.

»Im Nachhinein ist es immer leicht, sowas zu sagen«, erwiderte Azaroth, ohne den Blick abzuwenden. Sie standen dicht beieinander an der Klippe, welche eigentlich in Brasilien war. Hier hatten sie sich verliebt, hatten geheiratet und hier stand auch ihr gemeinsames Grab.

»Was, wenn wir uns einfach in die Menschenwelt zurückgezogen hätten, ganz ohne Kämpfe? Du kanntest dich doch bestens aus, Az. Wir hätten vielleicht eine Familie gründen können. Das wäre mein Traum gewesen.«

Er schnaubte.

»Es tut mir leid, so sehr ich mir ein solches Leben mit dir gewünscht hätte. So einfach ist das nicht. Irgendwann hätten wir kämpfen müssen, da Kanoe eine große Anzahl an Dämonen zu den Menschen geschickt hätte. Das wäre ein Blutbad einer ganz anderen Größenordnung gewesen. Die kleine Jagd, welche ich zerschlug, war nichts im Vergleich.«

Die Sonne schien im Meer zu versinken, ihre warmen Strahlen würden die beiden noch für ein paar Minuten umhüllen. Ein sanfter, salziger Wind ließ Auras hellbraunes Haar im Wind tanzen. Sie trug es offen, obwohl sie ihre Uniform vom königlichen Hof trug. Der weiße Brustpanzer ohne Ärmel war an vielen Stellen zerstochen und ausgefranst, als hätte jemand mehrfach mit einem Schwert darauf eingestochen. Ihr langer Rock hatte ein ähnliches Schicksal erlitten. Er hätte eher zu Elucias

247

zerfetztem Aussehen gepasst. Aura schloss die Augen, genoss die warme Sonne.

»Ist es nicht seltsam, dass mein Körper ein paar Meter hinter uns im Boden vergraben wurde?«

»Aura, da ist nichts. Nichts von dem allen hier ist echt. Wir sind tot. Das letzte Stück meiner Seele verließ die Welt der Lebenden, als Vior sie ebenfalls verließ.«

Sie schwieg und öffnete dann die Augen, bevor sie zügig ein paar Schritte vorwärts ging und sich dann elegant mithilfe eines Arms auf den Klippenrand setzte. Ihre Füße baumelten ins Leere. Die Wellen klatschten leise gegen die Felswand.

»Fühlt sich echt an.«

Hinter ihr seufzte Azaroth, fuhr sich mit einer behandschuhten Hand durch die Haare und rieb dann das vertrocknete Blut von seinen Fingern. Seine gesamte Rüstung hatte noch immer diese Flecken von damals. Außerdem war sie staubig. Staub aus einem halben Schloss, kurz vor dem Verfall. Er grinste für einen Augenblick, schlurfte aber dennoch vorwärts, wo er sich dicht neben Aura fallen ließ. Sofort spürte er ihren Kopf an seiner Schulter, da sie sich an ihn lehnte.

»Was wäre, wenn ich nicht gestorben wäre? Wenn wir Teris hätten abwehren können?«

Ein kleiner Moment verstrich. Die Sonne versank tiefer im Meer. Azaroth legte eine Hand hinter ihre Hüfte.

»Nun, dann hätte ich länger mit Ragnarök trainiert. Solange, bis ich die nötigen Zauber ausreichend geübt hätte.«

Seine Frau hakte nach: »Und dann?«

Ihre silbernen Augen glänzten im roten Sonnenlicht. Beinahe hätte er deshalb nicht geantwortet.

»Dann hätte ich mich mit möglichst wenig Aufsehen durch Daemon City geschlichen und den König herausgefordert. Alleine, damit keiner von euch gefährdet wird. Ich denke nicht, dass das Duell anders verlaufen wäre, bloß am Ende hätte ich zwei entscheidende Dinge nicht getan: Ich hätte erstens nicht den falschen Zauber verwendet, noch wäre ich so verzweifelt und wütend gewesen, dass ich meine gesamte verbleibende Kraft in diesen gesteckt hätte.«

Aura nickte, was er an seiner Schulter spürte.

»Das hättest du auch nach meinem Tod tun sollen. Du hättest leben können, Az. Du weißt, dass ich das gewollt hätte.«

Azaroth starrte bloß in die nur noch feuerrot über den Horizont leuchtende Sonne und schwieg.

»Warum hast du es nicht getan?«

»Ich konnte nicht warten. Ich teilte mein Leben mit dir, weshalb hätte ich dann einen kühlen Kopf behalten sollen? Ich war nicht da, um dich zu beschützen, als du mich am meisten brauchtest. Außerdem griffen die Dämonenjäger bereits in Daemon City an.«

Aura strich sich eine durch den Wind verirrte Strähne aus dem Gesicht und sah ihren Mann an, bevor sie ihm einen Kuss gab.

»Ich weiß. Du warst nie sehr rücksichtsvoll, wenn es um dich selbst ging. Was ich bloß sagen will, ist, dass du es hättest besser lösen können. Aber das wärst einfach nicht du gewesen. Du hattest nie vor, zu überleben, oder?«

»Ich konnte nicht ertragen, was alles geschah. Die Dämonen spielten verrückt, der König am allermeisten. Dann wurde meine Frau getötet, ich sah nur ihre vielen Stichwunden. Mein Weg musste so enden und ich war einverstanden.«

»Elucia hat es erahnt.«

»Ja. Deshalb sind die beiden mir gefolgt und um ein Haar draufgegangen.«

Azaroth musste trotzdem grinsen. Dunkelheit legte sich langsam über das Land.

»Sie haben es letztendlich doch irgendwie geschafft, nicht wahr? Da stellt sich mir die Frage, weshalb wir beide jetzt hier sind.«

»Ich bin hier, weil ich auf dich gewartet habe, Az. All die Zeit.«

»War ich denn nicht hier?«

»Nein, denn ein Teil von dir lebte noch immer in Vior. Deshalb bist du eben erst hier angekommen.«

»Ach so.«

»Doch jetzt brauche ich nicht mehr hier zu warten.«

»Und nun? Was ist „hier"?«

»Wie du bereits sagtest, das alles ist nicht echt. Wir sind tot.«

Azaroth schnaubte. Er verstand. Die Nacht brach herein. Der Wind wurde kalt.

»Das war's dann wohl, was? Zeit diese Illusion zu beenden. Das Licht schwindet.«

»Scheint so. Ich bin froh, dass du endlich zu mir gekommen bist. Lange hast du deine Kräfte verliehen.«

»Ich liebe dich, Aura.«

»Ich liebe dich auch, Az.«

Der Mond schien auf die menschenleere Klippe. Ein kleines Stück entfernt konnte man einen alten Grabstein erkennen. Die Inschrift wurde vor fast 500 Jahren mit einer Handprothese gemeißelt. Man konnte sie noch immer lesen.

Lucy – Origin

Lucy war 11, als ihre Mutter das erste Mal durchdrehte. Blutbefleckt und mit einem bösartigen Glanz in den weit aufgerissenen Augen betrat sie das alte Holzhaus mitten im Wald. Ihr Vater, ein ruhiger und sanfter Mann, pflegte immer zu sagen, dass dies dazu diente, die Menschen nicht mit den Zaubern zu verschrecken. Ab und an ging er mit einer oder mehreren seiner Töchter in die nächste Stadt, um einzukaufen oder einfach ein wenig die ungewohnte Umgebung zu genießen. Wenn es ausschließlich nach der Mutter ginge, dann würden die Kinder nie auch nur das Haus verlassen. Sie selbst war seit Jahren nicht mehr in der Stadt gewesen. Der Vater arbeitete dort und versorgte somit die Familie. Bloß zu den jährlichen Treffen der Dämonen begleitete sie ihren Mann. Dort wurden in geheimnisvoller Manier unter den etwa 20 Familien aus aller Welt Neugeburten oder Ähnliches besprochen. Außerdem hatte dieser „Rat" einen Weg gefunden, starke Zauber gemeinsam zu wirken und hatte so eine Art dämonische Justiz erschaffen. Gemeinsam waren sie in der Lage, die Magie eines Dämons einzuschränken oder ihn mit einem Fluch eines Gebietes zu verweisen.

An jenem grausamen Tag hatte Riva, Lucys Mutter, bei der Gartenarbeit einen Wanderer gesehen, welcher nicht weit vom Haus durch den Wald streifte. Wenn er den Hügel noch ein wenig erklommen hätte, dann wäre er auf das Haus der Dämonen gestoßen. Sie war zu ihm hingeeilt und kam nun zurück. Lucy saß gelangweilt auf der Treppe in den Keller, drehte sich um und erschrak bei dem Anblick.

Der Vater stürzte herbei.

»Was ist passiert? Geht es dir gut?«, fragte er zunächst besorgt, bemerkte dann jedoch ihren Blick und dass es nicht ihr eigenes Blut war, was an ihrem Körper haftete. Er riss die Augen auf und packte die Mutter bei den Schultern. Sein allmählich grau werdendes, kurzes Haar warf etwas Licht zurück.

»Was hast du bloß getan, Riva?«

Sie grinste schief.

»Er hätte unser Haus gesehen, also bin ich zu ihm gerannt und habe ihn getötet. Keiner wird uns je finden!«

Er ließ sie los und stolperte einen Schritt rückwärts. Ohne ihn weiter zu beachten, fuhr sie fort: »Menschen sind doch so schwach, eigentlich sollten nicht wir uns verstecken, sondern sie!«

»Ich habe mehrmals vorgeschlagen, dass wir ganz einfach in eine Stadt ziehen. Dann können wir halt nicht mehr so offen unsere Zauber nutzen«, murmelte Jared, der Vater.

»Was weißt du schon? Du, mit deiner schwachen Frostmagie!«, kreischte Riva, stieß ihren Mann mit beiden Händen um und huschte tiefer in das Haus. Ihr braunes Haar verschwand hinter einer Ecke. Jared krachte auf den Hintern, stand aber sofort wieder auf. Seine Frostmagie war tatsächlich schwach, da er in jungen Jahren so begeistert mit ihr umgegangen war, dass er versehentlich seine Seele verwundet hatte. Dies schränkte sowohl die Kraft auf Anwendung als Berührungszauber, als auch die Anzahl der Zauber, ein.

»Ich habe Angst«, wimmerte Lucy.

»Ich auch«, erwiderte ihr Vater, bevor er sie hochhob und an sich drückte. »Ich kümmere mich darum. Aber zuerst solltest du auf andere Gedanken kommen.«

»Meine Mutter hat gerade jemanden getötet, Papa. Sie ist eine Mörderin.«

»Sie hat was?«, rief Victoria aus ihrem Zimmer im Keller nach oben. Kurz darauf erschien sie am unteren Ende der Treppe. Sie war vor kurzem 16 geworden.

»Oh Gott, sagt mir nicht, dass das wahr ist! Ist sie wirklich so übergeschnappt?«

Victoria hatte schon seit einer Weile ihre Bedenken geäußert, dass Riva nicht mehr ganz bei Sinnen sei. Zudem hatte sie sich mehrfach mit ihr gestritten. Sie warf ihr blondes Haar zurück und stampfte dann die Treppe hinauf. Kaum war sie oben, öffnete sie die Haustür und ging weiter in den Wald.

»Ich gehe es mir ansehen!«, rief sie zurück.

Der Vater hob kurz die Hand um sie aufzuhalten, schwieg aber. Stattdessen beobachteten er und Lucy, wie Victoria den Hügel hinabstieg und mit ihrem Blick den Boden absuchte. Abrupt blieb sie stehen und schlug beide Hände vor den Mund. Dann schüttelte sie den Kopf und kam erhobenen Hauptes zurück zum Haus. Sie war stolz, nicht geschrien zu haben. Die Muskeln des Mannes, der dort im Dreck lag, waren aufgequollen und hatten die Haut an vielen Stellen förmlich platzen lassen. Zudem rochen die Reste seiner Kleidung verbrannt. Eine tödliche Mischung aus der Blut- und Elektromagie.

»Er ist tot«, stellte sie knapp fest, als sie ihren Vater erreichte. Dieser setzte Lucy wieder auf den Boden.

»Vielleicht war das ja nur ein Ausrutscher…«, sagte Jared langsam. »Hoffen wir, dass sich sowas nicht wiederholt.«

»Du bist zu gutmütig! Sie ist eine Mörderin! Sie redet seit einer Weile kaum noch mit uns allen! Nur noch mit Helena, aber die war schon immer seltsam. Fühlt sich eindeutig stärker als wir und ärgert Lucy und mich ständig mit ihrer „Seelenmacht". Es tut höllisch weh, okay? Vielleicht bringt sie ja auch noch jemanden um!«, keifte Victoria.

»Helena macht halt gerne ihre Machtspielchen mit euch, aber sie ist ungefährlich. Eure Mutter macht mir Sorgen. Erst will sie euch kaum weglassen, dann schottet sie sich immer mehr ab und jetzt tötet sie einen Menschen.«

»Wir müssen etwas tun«, schaltete sich Lucy ein. Permanent schlichten sich Tränen in ihre Augen, doch sie kämpfte dagegen an. Sie wollte so tapfer sein wie Victoria.

»Ich rufe einfach die Polizei, dann wird unser Haus gestürmt und wir haben unsere Ruhe.«

»Victoria, das würde nur zu mehr Toten führen. Mach es nicht«, beruhigte sie der Vater. Victoria verzog den Mundwinkel.

»Helena!«, brüllte er nun laut, woraufhin Helena um die Ecke geschlurft kam.

»Was willst du denn?«, sagte sie mit einem spöttischen Unterton. Helena war inzwischen schon 19 Jahre alt, verließ das Haus aber trotzdem selten. Sie war mit Abstand die stärkste der Schwestern, da sie mit ihrer besonderen Magie nicht den Körper, sondern die Seele ihres Opfers angreifen konnte. Selbst Anti-Magie-Schilde konnten dieser Kraft nicht lange standhalten. Lucy kannte den Schmerz, welcher tief im Inneren brannte, nur zu gut. Schon seit sie denken konnte, mochte Helena es, ihre Schwestern mit plötzlichen Stößen ihrer Magie zu quälen.

»Helena«, wiederholte Jared, »ich möchte, dass du mit deinen Schwestern in die Stadt gehst. Kauf ihnen ein Eis oder so. Eure Mutter und ich müssen ungestört reden.«

Er begann in seinen Taschen nach seiner Geldbörse zu stöbern, fand sie und öffnete sie. Die älteste Schwester rollte mit den Augen.

»Alter Mann, du spinnst doch. Zum einen habe ich sicher keine Lust auf diese unreifen Zicken und zum anderen solltest du dich nicht in Mutters Angelegenheiten mischen. Bring einfach weiter Geld ein, ja?«

Der Schock bildete sich deutlich für einen kurzen Moment auf dem Gesicht des Vaters ab, bevor sich seine Gesichtszüge festigten. Er erhob seine Stimme.

»Deine Mutter hat Probleme und ich kann ihr noch helfen, bevor es zu spät ist. Ich möchte bloß, dass deine Schwestern woanders sind, damit Victoria sich nicht einmischt und Lucy sich keine unnötigen Sorgen macht! Geh doch wenigstens ein Stück in den Wald hinein!«

Ein schelmisches Grinsen breitete sich auf Helenas Gesicht aus.

»Klar, da kann sie uns ungesehen foltern. Aber du solltest dir vorher anschauen, was Mama da angestellt hat. Wahrscheinlich findest du es auch noch geil«, meckerte Victoria. Lucy nickte zustimmend. Die älteste Schwester öffnete unsanft die Tür und bedeutete den anderen, das Haus zu verlassen. Jared murmelte einen knappen Dank, bevor er hinter der zuklappenden Tür verschwand. Anstatt der Leiche entgegenzulaufen, führte Helena sie stumm den Hügel aufwärts, wo sie sich dann an einen Baum lehnte. Ein wenig außer Puste kam Lucy an, dann die genervte mittlere Schwester. Schweigen trat ein.

»Ich kann hier nicht tatenlos herumstehen«, sagte Victoria und setzte einen Fuß in Richtung des Hauses.

»Du bleibst hier!«, schrie Helena, obwohl ihre Schwester noch nicht weit war. Dann hob sie die Hände und feuerte ihren Zauber ab. Vor Schmerzen stöhnte Victoria auf, drehte sich um, feuerte einen brennenden Ball aus Licht auf Helena ab, welcher sein Ziel knapp verfehlte und fiel dann auf alle Viere. Hustend zitterte sie am Boden. Lucys Augen weiteten sich.

»Hör auf!«, schrie sie, doch als Helena nicht aufhörte, rief sie: »Eznalsie!«, woraufhin eine Lanze aus Eis in einer Handfläche entstand und blitzschnell davonflog. Zornig brüllte Helena auf, als die unterarmlange Lanze sich in ihren Oberschenkel bohrte. Ihr Zauber versiegte, Victoria fiel seitlich in das Gras. Wütend wandte sich Helena ihrer jüngsten Schwester zu. Lucy feuerte jedoch in schneller Abfolge ein paar feurige Funken auf sie und rannte dann mit voller Wucht den Hügel herab zu ihrer anderen Schwester. Die brennende Kleidung beschäftigte Helena einen Moment, sodass Lucy ihre Hände auf Victoria legte und einen Heilzauber wirkte. Während der Wirkung des Zaubers spürte sie, dass ihre Magiekräfte bereits schwanden. Keuchend stand Victoria auf, bedankte sich, griff die Hand ihrer Helferin und setzte so schnell wie möglich ihren Weg zum Haus fort. Lucy wurde dies zu schnell, sodass sie den Halt verlor, ihre Beine ins Leere traten und nach ein paar Metern freien Fluges durch den Dreck gezerrt wurde. Erde drang in ihren Mund, Steine und Äste zerkratzten ihr das Gesicht, die Knie und den freien Arm. Bevor sie realisierte, dass sie endlich stehen geblieben waren, hatte Victoria ihren Arm losgelassen und war in das Wohnhaus gerannt.

Lucy stemmte sich zitternd hoch, wischte den Dreck von ihrem Gesicht und sah die Blutspuren auf ihrer Hand. Ihre Wunden brannten.

»Ich muss zusehen, dass sich keiner wehtut!«, flüsterte sie in der trügerischen Hoffnung, dass nach diesem Tag ihre Familie wieder vereint sein würde, und folgte ihrer Schwester hinein. Geschrei umwob sie, trübte ihre Wahrnehmung. Ihr Vater lag am Boden, Blitze zuckten matt über seinen Körper. Die Mutter stand breitbeinig über ihm, grinste bösartig, während feurige Funken aus ihren Augen stoben.

»Was hast du getan?«, kreischte Victoria und bombardierte die Mutter mit einem Ball aus heißem Licht. Diese lenkte den Treffer ab.

»Du hast keine Ahnung! Denkt ihr wirklich, ich habe nur hier im Haus herumgesessen? All die Jahre? Warum sollen wir uns denn verstecken? Wir sind so viel besser als die Menschen, wir sollten über sie herrschen!«

Erneut wehrte Riva einen Lichtstoß mit einem Schild ab, nochmal und nochmal, sprach jedoch weiter.

»Euer Vater will – wollte – dass wir uns nie zeigen, wenig zaubern. Wegen ihm zogen wir in den Wald. Immer wieder bin ich weggeschlichen, da ihr undankbaren Kinder nicht nach eurer Mutter gesehen habt. Die Menschen sind wirklich redselig, wenn sie Qualen erleiden, wusstet ihr das? Ich konnte einen fast perfekten Plan schmieden, wie wir mit einer Klonarmee die Welt unterwerfen könnten. Wir wären eine Königsfamilie. Mir fehlt nur noch der Ort, an dem sich dieser Professor John Quaritas befindet. Dann bedarf es nur noch Vorbereitung.«

»Du bist ein Monster!«, schrie Victoria. Lucy zitterte, hatte Angst einzuschreiten.

»Alles wäre perfekt gewesen, wenn dieser dämliche Wanderer nicht beinahe unser Haus gefunden hätte. Euer Vater musste ja gegen meinen Plan sein, als ich ihm eben noch davon erzählte. Helena hat sich bereits entschieden, was ist mit euch?«

Riva schloss den Mund, die Funken aus ihren Augen kühlten ab. Victoria keuchte laut, ihr Gesicht war wutentbrannt. Lucy atmete durch und sagte: »Ich finde deinen Plan grausam, Mutter. Du bist zerbrochen und wurdest böse. Niemals!«

Enttäuscht schüttelte die Mutter den Kopf.

»Dann nicht … «

Die formte einen großen Feuerball und schleuderte ihn auf Lucy. Doch im letzten Moment traf Victorias Faust auf den Arm ihrer Mutter und lenkte den Flammenstoß so gegen die Decke des Hauses. Blitzschnell rammte die Schwester nun ihre andere flache Hand in den Bauch der Gegnerin und brüllte: »Thcil red Gnusewrev!«. Grünes Licht umhüllte die Hand, übertrug sich auf den Bauch der Mutter. Die Kleidung trocknete, bröckelte, die Haut kam zum Vorschein. Auch diese schien zu verwesen und zu trocknen. Rivas Augen traten hervor und sie setzte zu einem tödlichen Blitzhieb in den Nacken an, bevor sich eine Eislanze in den Unterarm bohre und ihn schlaff herabfallen ließ.

»Danke, Schwester«, stöhnte Victoria und vollendete ihren Zauber. Mit vertrocknetem Bauch brach die Mutter zusammen und schlug auf dem Boden auf. Lucys Schwester wirbelte herum, das blonde Haar klebte schwitzig und dreckig auf ihrer Stirn und im Gesicht.

»Wir müssen weg hier!«

»A-Aber Dad...«, stammelte Lucy. Victoria packte beide Schultern und sah ihr tief in die Augen.

»Mom und Dad sind beide tot, Helena wird auch bald hier sein und außerdem –«

Sie beendete ihren Satz, indem sie auf die lichterloh brennende Decke über ihnen deutete. Lucy stand noch so sehr unter Schock, dass sie die Hitze kaum mitbekam. Ebenso fehlte in ihrer Erinnerung ein großer Teil der Flucht in die Stadt. Victoria zerschmetterte ein Fenster, sie stiegen heraus, rannten los. Hinter ihnen erreichte Helena das Haus, stürmte hinein. Sträucher peitschten um Lucys Ohren und dann saß sie auf der nächtlichen Parkbank in der nahegelegenen Stadt. Victorias Kopf war zur Seite gekippt und lag auf der Schulter. Sie schlief. Lucy starrte in die endlos wirkende Nacht. Wie konnte das alles nur passiert sein?

Wann war ihre Mutter so kaputt gegangen? War sie schon immer im Geheimen böse gewesen?

»Lucy, wach auf!«

Sie blickte direkt in Victorias angestrengt lächelndes Gesicht. Es war hell, Menschen spazierten an ihnen vorbei. Ihre Schwester setzte sich wieder neben sie auf die Bank und hielt ihr ein belegtes Brötchen hin.

»Ich weiß, du hast bestimmt keinen Hunger, aber du solltest etwas essen.«

Langsam nahm Lucy das Brötchen und biss hinein. Es schmeckte in Ordnung, dafür, dass sie wirklich keinen Appetit hatte.

»Weißt du, was mir eingefallen ist?«

»Hm?«

»Heute ist wieder eine dieser „Dämonenrat"-Tagungen. Diesmal in unserem Nachbarland Frankreich. Unsere Eltern können ja nicht mehr dorthin. Wir schaffen es ebenfalls nicht.«

»Naja, ist ja auch nicht so schlimm. Wir haben es gerade schlimm genug, um uns auch noch mit sowas herumzuschlagen«, beendete Lucy das Gespräch.

Helena strich ihre Bluse glatt, bevor sie den Dämonenrat betrat. Am Vortag hatte sie es geschafft, die Pläne ihrer Mutter aus den Flammen zu retten. Sie hatte ihr schon vor längerer Zeit versprochen, ihr bei der Ausführung zu helfen oder alles zu übernehmen, wenn ihr etwas zustoßen würde. Der Plan war fast vollkommen.

Der erste Teil des Plans beinhaltete das Verseuchen des Dämonenrats mit einer eigens hierfür entwickelten Krankheit – schließlich war Konkurrenz und die gesammelte Kraft des Rates unerwünscht. Die nach einer Woche sofort tödliche Krankheit haftete nur an Dämonen, übertrug sich bei jeglichem Kontakt, sodass nicht nur die Ratsmitglieder, sondern auch ihre Familien sterben würden. Eine Zeitbombe in den Körpern der Erkrankten. Helena hatte diesen Virus in einer kleinen Gaskapsel dabei. Sie hatte sich selbst das Gegenmittel gespritzt und war somit gewappnet.

Der zweite Teil des Plans führte sie zu einigen Recherchen. Die musste den Standort des Forschers John Quaritas und seines Labors ausfindig machen. Dieser Mann hatte angeblich das Rätsel des Klonens gelöst. Mit seiner Hilfe (freiwillig oder nicht) würde sie sich eine nicht endende Armee schaffen können. Keine Truppe der Menschen konnte sie besiegen.

Teil drei war der Angriff auf verschiedene Orte auf der Welt. Nach und nach die Menschen überzeugen, unterdrücken oder töten. Das war die Idee.

Helena hatte den Plan um einen Vorschritt erweitert: Sie musste den Rat vom tragischen Tod ihrer Eltern in Kenntnis setzen. Gleichzeitig wollte sie die Tode als brutalen Attentat ihrer Schwester Victoria darstellen. Nun hätte Helena selbst natürlich Angst, selbst Ziel dieser Attacke zu werden, weshalb ihre Schwester vom Rat bestraft und vom Kontinent verbannt werden musste. Die Beweise sprachen für sich: Die Haut an Mutters Bauch war eindeutig durch einen Lichtzauber beschädigt und auch an Vaters Kleidung fanden sich Fingerabdrücke. Siegessicher fuhr sie mit den Fingern durch ihr Haar und öffnete die Tür zum Tagungsraum.

Lucy stand verwirrt auf. Victoria hielt sich den Kopf, taumelte vor und zurück. Sie spürte, wie der Fluch auf sie gelegt wurde.

261

»Lucy ... der Rat verbannt mich. Sie denken, ich hätte aus heiterem Himmel unsere Eltern getötet. Du musst ohne mich klarkommen.«

»Was? Das geht doch nicht! Du musstest dich verteidigen!«

Victoria wusste, wie der Bann ablief. Die betroffene Person hatte einen Tag Zeit, das Banngebiet zu verlassen, sonst würde sie sterben. Außerdem spürte sie das Gebiet auch in ihrer Seele. So war es auch nun: Das Gebiet war ganz Europa. Sollte sie wiederkommen, so erwartete sie der Tod in drei Tagen.

»Lucy, das wissen sie nicht. Ich werde verbannt. In eine andere Galaxie. Du kannst mir nicht folgen.«

Sie log mit dem Banngebiet, damit Lucy nicht versuchen würde, sie zu suchen. Immerhin wusste sie nicht, ob man sie beobachten würde. Vielleicht irgendwann, wenn die Zeit reif war, würde sie sich wieder mit der Schwester in Verbindung setzen.

»Ich muss jetzt gehen, sonst sterbe ich. Du schaffst das.«

Victoria zog Lucy an sich, küsste sie auf die Stirn und rannte dann unter Tränen davon.

Elucia – Origin

»Verschwinde schon, du warst lange genug hier!«, brüllte die erwachsene Dämonin ihr hinterher, nachdem sie Elucia aus ihrem Haus gezerrt und dann über die Türschwelle geworfen hatte. Sie biss sich auf die Lippe, packte ihren schmutzigen, grauen Beutel und stemmte sich hoch. Ohne zurückzublicken verschwand sie in der nächsten Gasse. Sie hörte gerade so noch, wie die hölzerne Tür knallend zugezogen wurde. Vorsichtig betrachtete sie ihre Ellenbögen. Aufgeschürft. Was auch sonst. Die ersten Tränen vernebelten ihre Sicht. Elucia sackte in sich zusammen, lehnte sich an die nahegelegene Hauswand und zog die Beine an. Dort vergrub sie ihr Gesicht in der löchrigen, schwarzen Hose und weinte. Schon wieder.

Obwohl sie schon 12 war, so tat es dennoch jedes Mal aufs Neue weh, wenn sie aus einem Haus geworfen wurde, auch wenn man sie dort weder als Mitglied der Familie gesehen, noch gut behandelt hatte. Wer ihre Eltern waren, wusste sie nicht. Soweit sie zurückdenken konnte, hatte sie immer nur im Waisenheim von Daemon City gelebt. Auf Fragen nach ihren Eltern antworteten die Pfleger stets, dass man sie als Baby verwundet neben einer Kneipe gefunden hatte. Als sie dann ihren sechsten Geburtstag spärlich feierte, folgte auch der vorhergesehene Rauswurf. So funktionierte dies. Einem Kind, das älter als sechs war, wurde eine Familie zugeordnet, welche sich für das Programm angemeldet hatte. Die Familie musste das Kind dann für ein halbes Jahr beherbergen. Dann wurde eine Entscheidung getroffen: Adoption oder Rauswurf? In Elucias Fall war sie immer herausgeworfen worden. Die Pfleger im Heim und auch sie selbst wussten genau, dass viele Familien sich nur wegen der attraktiven Prämien für das Programm anmeldeten und zusätzlich sogar noch einen Großteil des Verpflegungsgeldes einsteckten, obwohl sie es für das Kind hätten ausgeben sollen. Das erlebte Elucia immer wieder. Auch dieses Mal.

Nach einer Weile wischte sie mit dem roten Ärmel über ihr Gesicht, verschmierte die Tränen und schob ihr blondes, selbstgeschnittenes Haar hinter die Ohren. Sie verstand nicht, wieso manche die Haare zum Teil länger als zu den Schultern trugen. Das störte doch bestimmt.

Sie stöhnte müde, als sie aufstand, nahm wieder ihren Beutel in die Hand und ging los. Auf zum Waisenheim. Jedes Mal dieselbe Prozedur. Sie würde etwa eine Woche dort verweilen, woraufhin sie in der nächsten, schrecklichen Familie landete. Die Hoffnung, dass eine Familie doch nett sei, hatte sie schon vor ein paar Jahren verloren. Sie waren doch alle gleich. Bescheuerte Dämonen, welche von ihren eigenen Leben gelangweilt waren und deshalb auf den Schwächeren herumtrampelten. Wahrscheinlich waren ihre Eltern nicht anders gewesen. Diese Welt würde sich bestimmt selbst vernichten, wenn man nichts gegen diese steigende Langeweile tat.

Sie drückte den Beutel mit ihrem einzigen Hab und Gut an ihre Brust und lief los. Darin befanden sich ein Wechseloutfit – nochmals der rote Pulli und die schwarze, lange Hose und ein kleines Kissen, welchem sie ein Gesicht gemalt hatte. Ihre nackten Füße tapsten über den steinernen Boden. Ein immerwährender Kreislauf zurück zum Waisenheim. So würde sie doch ebenfalls durchdrehen, wenn sie das bis zu ihrem 18. Geburtstag mitmachen musste.

»Zieh ab jetzt!«, blaffte der betrunkene Mann und deutete schwankend auf die Tür. Elucia, nun 16, grinste breit und erwiderte trocken: »Bin schon weg, alter, fetter Säufer!«

Lachend rannte sie aus dem Haus des fluchenden Mannes. Er versuchte ihr tatsächlich zu folgen.

»Na warte... du denkst, du kannst alles immer nur weggrinsen? Dein dummes Grinsen nervt mich schon ... äh ... die ganze Zeit!«, pöbelte der Mann, bevor seine Beine den Dienst versagten und er der Länge nach hinfiel. Ob er wieder aufstand, war Elucia egal. Sie lachte und rannte noch ein Stück weiter, bevor sie, wie sonst auch, eine dunkle Seitengasse aufsuchte. Sofort sanken ihre Mundwinkel herab. Sie hatte zwar gelernt, ihre Emotionen hinter einem spöttischen Grinsen zu verbergen, da sie dann deutlich weniger von ihren „Gastfamilien" herumkommandiert wurde, sondern einfach in Ruhe gelassen wurde, doch sie wünschte sich nichts sehnlicher als ein festes Zuhause. Diese Welt war grausam zu ihr, doch sie ließ ihre Schwächen nur zu, wenn sie alleine war. Allen anderen grinste sie trotz Angst, Wut, Trauer oder anderem nur entgegen. Sie hob wieder ihren Kopf. Die blaue, lockere Kleidung, welche sie einer bewusstlosen Frau nach einer Kneipenschlägerei gestohlen hatte, passte ihr inzwischen ziemlich gut, auch wenn sie hier und da gerissen war.

»Also gut. Zurück ins Waisenheim«, sagte sie zu sich selbst, trotzdem war sie erschrocken, wie lustlos sie klang. Wer sagte eigentlich, dass sie zurückmusste? Niemand würde sie vermissen, wenn sie verschwand. Die Pfleger waren so überfordert, dass sie alle Namen nach ein paar Tagen vergaßen und die Gastfamilien waren ohnehin nichts wert. Das Einzige, was sie von ihnen gelernt hatte, war ein breites Angebot an nutzlosen Zaubern, die ihr demonstriert wurden, als seien sie übermächtig.

266

Elucia konnte sie oft schnell nachmachen, da sie schwache Zauber waren und da sie die Macht der Reinheit besaß. Dies erlaubte es ihr, jeden Zauber zu lernen, auch wenn ihre Variante bei starken Zaubern nie das gleiche Niveau erreichen konnte. Bei den schwachen Zaubern fiel dies nicht auf.

Im Laufe der letzten Jahre hatte Elucia viel meditiert, alle möglichen Zauber gelernt, die sie nie brauchte, und ihre eigenen Zauber entdeckt. So konnte sie einen Zauber namens „Trümmerschlag" ausführen, mit welchem sie nach dreifachem Zuschlagen mittelgroße Dinge zerbrechen konnte. Wenn sie noch etwas weiter übte, würde sie es auch gegen Dämonen verwenden können, um sie sofort zu töten. Ein anderer Zauber erlaubte es ihr, einen Staubklon zu erschaffen, welcher einfache Befehle ausführte und dicht vor ihr erschien. Beide Zauber hatten ihr aus so mancher Kneipenschlägerei herausgeholfen, in die sie geraten war. Entweder, weil sie dabei war, oder weil sie jemanden provozierte. Mit einem versteinerten Arm, an dem die Hand zerbrach, kämpfte es sich bekanntlich schlecht. Einmal hatte sie sogar den Hals eines Gegners zersplittert. Der Tod war in den Kneipen jedoch allgegenwärtig, daher kümmerte es niemanden. Generell interessierte sich die Wache nur für wenige Sachen und das auch nur, wenn sie darauf angesprochen wurde.

Nun überlegte sie fieberhaft, was sie tun würde. Zurück ins Heim und zu einer neuen Scheißfamilie? Nein. In Daemon City bleiben konnte sie nicht, jugendliche Herumtreiber gehörten leider zu den wenigen Sachen, die die Wache interessierten. Ihr blieb also nur die Menschenwelt.

Ein freudiges Lachen baute sich in ihr auf. Ja, das war ihr Pfad. Entschlossen rannte los. Das Grinsen auf ihrem Gesicht war echt. Wie ein Wirbelwind sprintete sie los zu den Portalen in die Menschenwelt, vorbei am Marktplatz, vorbei an Türmen und Häusern. Ein paar Mal krachte sie gegen Passanten, rannte jedoch achtlos weiter. Mit großen Augen blieb sie vor den vielen Portalpfeilern im Portalhaus stehen. Im Untergeschoss gab es noch weitere. Sie machte sich nicht einmal die Mühe, ihr durch das Gerenne zerzaustes Haar glattzustreichen, sodass es ihr noch immer zu Berge stand. Ein staubiger Dämon in schwarzer Ledermontur stapfte an ihr vorbei. Er kam bestimmt gerade aus der Menschenwelt zurück. Wie aufregend!

»Wo kommst du her?«, rief sie ihm hinterher, ehe sie sich vollständig umgedreht hatte. Grüne Augen starrten direkt in ihr Gesicht.

»Asien. China. Da draußen ist es gefährlich, wenn du dich falsch verhältst«, sagte er knapp, bevor er sich umdrehte und ging. Sie bemerkte, dass er ein wenig hinkte. Trotz der Warnung suchte sie die Schilder neben den Portalen ab.

»„China"«, las sie vor. Den Ortsnamen konnte sie nicht aussprechen. Hatte der Dämon bemerkt, dass sie noch nicht erwachsen war? Minderjährigen war es strikt verboten, die Portale zu benutzen, aber der Wächter vor dem Portalhaus befand sich – wie so oft – nicht auf seinem Posten. Er hing lieber in einer der vielen Bars im dunklen Viertel herum und erzählte, wie toll er doch war.

Unbeirrt berührte Elucia den kalten Marmor und ließ ihre Seele pulsieren. Augenblicklich fand sie sich in einem Gestrüpp wieder, das jedoch in eine bestimmte Richtung zerschlagen worden war. Neugierig tappte sie den frischen Pfad entlang und entdeckte schon bald einige hölzerne Gebäude in der Ferne. Sie waren einen Hügel entlang errichtet.

Bevor Elucia das Dorf erreichte, war es bereits dunkel geworden. Die Lichter erloschen in den Häusern, während sie leise zwischen ihnen hindurch lief. Mondlicht erhellte die Gegend genug, damit sie den Weg noch vor sich sah. Rot gefärbtes Holz, teils geschwungen und mit Stroh überdacht. Der Stil gefiel ihr.

Aus den Schatten erschien am Ende des Weges, welcher auf dem Hügel endete, ein großes, prächtig wirkendes Gebäude im selben Baustil. Neugierig und ohne weiter die Häuser um sie herum zu beachten, schlich sie näher. Fackeln auf beiden Seiten des torlosen Haupteingangs erhellten ihr Gesicht, als sie eintrat. Schnell stellte sie fest, dass das Gebäude ringförmig um einen steinigen Innenhof errichtet worden war. Hier war es stockdunkel. Säulen stützten ein kleines, überhängendes Dach, welches nur ein Quadrat in der Mitte des Hofes freiließ. Elucia rollte mit den Augen, sprintete lautlos zurück und hob eine Fackel aus ihrem Halter. Sie war schwerer, als vermutet. Nun sah sie vom Hof aus viele identische Türen, welche wohl in andere Räume führten. Sie konnte die verschiedenen Schriftzeichen darauf nicht lesen. Gegenüber dem Haupteingang war jedoch keine Tür, sondern eine breite Treppe, welche zu einer leicht erhöhten Plattform führte. Noch während Elucia dies ansah, war sie schon heraufgegangen. Von hier aus konnte sie gut über den Hof und auch einen weiten Weg in die Dunkelheit beim Dorf blicken. Was sie jedoch mehr interessierte, waren die glänzenden Objekte, welche das Licht der Fackel zurückwarfen. Die Wand direkt vor ihr war über und über mit hölzernen Gestellen versehen, in welchen wiederum die unterschiedlichsten Waffen lagen. Die Dämonin konnte sie gar nicht alle benennen, doch sie glaubte Schwerter, Miaodao, Morgensterne, Stäbe und Wurfsterne zu erkennen. Aus irgendeinem Grund hafteten sich ihre Augen auf einen hellen Holzstab, welcher durch Metallplatten an den Enden verstärkt wurde. Mit einer Hand ausgestreckt schlurfte sie vorwärts und griff den Stab. Kurzerhand zog sie ihn aus der Halterung an der Wand und stellte ihn vor sich auf den Boden. Er war etwas kleiner als sie selbst. Aufgeregt hüpfte sie die Treppe hinunter, rammte die Fackel in einen Spalt im Steinboden und packte den Stab mit beiden Händen. Ein paar Mal wirbelte sie ihn herum, er rutschte ihr aus der Hand, doch sie konnte ihn gerade so vor dem Aufprall auf dem Boden wieder fangen. Dann machte sie Schritte vorwärts und schlug mit dem Stab immer wieder zu, so als ob sie einen unsichtbaren Gegner zurückdrängte. Als sie einen geraden Stoß vollführte, wanderte ihr Blick zu einer schemenhaften Gestalt, welche vor dem Fackelschein verborgen unter der Überdachung stand. Die Person war weder groß, noch wirkte ihre Silhouette bedrohlich, doch Elucias Herz begann trotzdem zu rasen. Panisch blickte sie sich um, sah überall um sie herum mehr und mehr Gestalten, die sich langsam näherten. Lautlos, geradezu unheimlich. Sie liefen leicht gebückt und als sie nah genug waren, erhellte die Fackel die durch dunkle Tücher verhüllten Gesichter. Bloß die Augenpartie und die Haare waren frei.

»Nein!«, entfuhr es ihr. Sollte sie kämpfen? Mit ihren Fähigkeiten sollte der Sieg möglich sein, auch wenn sie die Anzahl ihrer Gegner nicht feststellen konnte. Andererseits war sie doch der Verbrecher hier. Sie war unerlaubt hier eingedrungen und hatte den Stab gestohlen. Im Gegensatz zu den Dämonen hatten diese Menschen ihr nichts Böses getan. Nach einem schnellen Entschluss sprintete sie los in Richtung Ausgang. Eine Hand griff nach ihr, verfehlte sie jedoch knapp.

»Hätte ich nun lange Haare gehabt, dann hätte er mich daran festhalten können«, schoss ihr durch den Kopf. Ein jüngerer Mann stürzte, als sie ihn mit dem Stab zur Seite drückte und den Tempel verließ. So schnell sie konnte raste sie nun den Abhang hinunter durch das Dorf. Mehrmals musste sie die Balance wiederherstellen, da sie sich sonst überschlagen hätte. Was ihr am meisten Angst machte, war, dass ihre

Verfolger ihr nicht nachschrien und sie zudem nicht einmal die Schritte hörte. Sie war sich jedoch sicher, dass man sie verfolgte. Hoffnungsvoll blickte sie auf den Wald, in dem sich der Portalstein befand. Wenn sie es dorthin schaffte...

Die Häuser um sie herum waren noch immer verdunkelt. Plötzlich raschelte es in einem Garten rechts von ihr. Dann nochmals links. Wie aus dem Nichts schossen zwei Schatten heraus, näherten sich ihr. Elucia war zu schnell, um sich zu bremsen, sodass sie geradewegs in die beiden Männer hineinrannte. Unmöglich, so schnell zu reagieren. Sie wurde im Sprint am Arm gepackt und der Stab flog ihr aus der Hand, dann traf sie ein Hieb mit der Handkante in die Kniekehle und sie klappte zusammen. So krachte Elucia in den Staub und blieb auf dem Rücken liegen. Sofort sprang einer der beiden Verfolger auf sie, fixierte die Beine mit seinen Knien und die Arme mit den Händen. Keuchend und alle Viere von sich gestreckt wirkte Elucia einen Zauber, doch sie konnte ihre Faust für den „Trümmerschlag" nicht bewegen. Etwas Spitzes stach in ihren Nacken.

Ihre Glieder schmerzten, als Elucia in das viel zu helle Tageslicht blinzelte. Langsam fuhr ihr Körper hoch und sie nahm zuerst den rötlichen Tempel wahr. Daraufhin folgte die Realisation, dass sie sich gefesselt in einer aufrechten Position befand. Der Position nach zu urteilen musste sie an einer der Holzsäulen, die das Dach stützten, stehen. Ihre Arme hatte man leicht verdreht hinter ihr zusammengebunden, ihre Füße waren an den Knöcheln fixiert und ihre Zehen berührten gerade so den kalten Boden. Alles fühlte sich taub an, so als hätte sie stundenlang auf allen Gliedmaßen gelegen. Sie neigte den Kopf hin und her in der Hoffnung, dass die Verspannung sich lösen würde. Die anderen Muskeln konnte sie aufgrund der Fixierung nicht bewegen. Sie war gefangen worden. Anders hatte sie es wohl auch gar nicht verdient. Eine einzelne Träne trat in ihr Auge.

»Das war's dann wohl. Muss mich eh von niemandem verabschieden. Mich gab es nie für die anderen«, flüsterte sie. Die Tränen vermehrten sich. Aus dem Augenwinkel sah sie, wie ein Junge in dunkelblauer, weiter Kleidung sie kurz ansah, dann rufend in das Gebäude rannte. Die Sprache kannte Elucia nicht, doch er machte bestimmt die anderen darauf aufmerksam, dass die Diebin nun wieder bei Bewusstsein war. Sie würde sterben, ganz sicher. Man hatte nur gewartet, bis sie wieder wach war, da es doch mehr Spaß machte, wenn das Opfer sich wehrte.

Ein alter Mann in leicht gebückter Haltung, wirrem, weißen Haar und geflochtenem Ziegenbart kam in ihr Blickfeld, gefolgt von einer schwarzhaarigen Frau mit durch Stäbchen hochgesteckten Haaren, einem Mann, dessen Haare aufgrund seines steigenden Alters schwanden und dem Jungen, der eben noch weggegangen war. Das waren also Chinesen, was? Elucia war nicht überrascht, schließlich gab es in Daemon City Dämonen aus aller Welt.

Der Alte blieb ein paar Meter vor ihr stehen, legte Daumen und Zeigefinger an sein Kinn und ließ seine Augen mehrfach über Elucia wandern. Er schien für sein Alter äußerst gut trainiert und robust zu sein. Seine Begleiter standen kerzengerade und starrten sie ebenfalls an. Der Junge trat einen Kieselstein davon. Irgendwo schrie ein Vogel. Einige Minuten verstrichen.

»Wenn ihr mich töten wollt, dann tut es doch einfach! Ich bin doch kein Ausstellungsobjekt!«, sagte Elucia ruhig, aber laut. Gerne hätte sie die Tränen von ihrem Gesicht gewischt. Der alte Mann ließ sich nicht beirren, doch der Mundwinkel der Frau zuckte ein Stück nach unten.

Der Alte nickte, sagte etwas zu dem Mann neben ihm. Während dieser einen Dolch aus den dunklen Tüchern hervorzog, begann die Frau lautstark zu protestieren. Beruhigend hob der Alte die Hand und sprach leise, aber bestimmend auf sie ein. Ihr Blick wanderte zu Boden. Der Mann, welcher mitsamt Dolch in der Hand den beiden zugesehen hatte, ging nun lautlos auf Elucia zu. Der Dolch warf das Licht der Sonne zurück. Sie versuchte, sich in den Seilen zu winden, doch konnte nur ihren Kopf hin und her werfen. Sie verfluchte den Mann. Der Mann vor ihr sagte etwas, senkte den Dolch ein wenig und hob abwehrend die andere Hand. So ging er um Elucia herum. Sie hörte auf zu zappeln und zu rufen, als sie realisierte, was nun wirklich geschah. Noch während des Gedankens lockerten sich die Seile und fielen zu Boden. Sie wäre deren Beispiel gefolgt, wenn der Mann nicht sofort zur Stelle gewesen wäre, um sie zu stützen und aufrecht zu halten. Dann ließ er sie auch wieder los. Elucia fühlte sich unsicher und wackelig auf den Beinen. Hatte man ihr was verabreicht, um sie zu betäuben? Der Junge wurde weggeschickt und kam sofort wieder mit zwei Tongefäßen zurück, welche er der Dämonin mit einer Verbeugung präsentierte. Verwirrt griff sie nach der Schüssel und dem Krug. Reis und Wasser. Erst bei dem Anblick wurde ihr klar, dass ihre Zunge unlängst an ihrem staubtrockenen Gaumen klebte. Wie lange war sie weggewesen? Durstig setzte sie den Krug an. Sie hoffte, dass sie kein Gift in das Wasser gemischt hatten. Sie stellte ihn halbleer ab und griff mit der Hand in die Reisschüssel. Er klebte schön aneinander. Schweigend wurde sie von acht Augen beobachtet. Als sie die Schüssel ebenfalls abstellte und noch einen Schluck Wasser zu sich nahm, nickte der Alte erneut und trat einen Schritt näher. Der Frau schien dies zu missfallen, doch sie hielt ihn nicht zurück. Er verbeugte sich und Elucia tat ihm zögernd gleich. Ein Lächeln huschte über sein

Gesicht. Sie verstand nicht, was er dann sagte, daher tippte er sich auf den Mund, schüttelte den Kopf und sah sie fragend an. Sie nickte. Ja, sie verstand ihn nicht. Auf einmal legte er seine Hand auf ihre Schulter und blickte ihr mit festem Blick in die Augen. Natürlich. Ihre Augenfarbe war interessant. Die Augen des Mannes selbst waren eisgrau, genau wie sein lockeres Gewand.

Der Mann nahm die Hand von der Schulter, nickte ihr fröhlich zu, bevor er der Frau etwas sagte. Sie protestierte erneut, stimmte dann dennoch grimmig zu. Mit schnellen Schritten ging sie die Treppe zu den Waffen hinauf und kehrte ebenso flott mit dem Stab in der Hand zurück, den Elucia gestohlen hatte. Der Alte griff den Stab mit unerwarteter Kraft und machte mit der anderen Hand eine auffordernde Geste in Richtung der Dämonin. Dann deutete er auf sich und auf die Sonne. Dort zog er eine imaginäre Linie nach Westen, wo sein Finger verweilte. Sie sollte kämpfen. Heute Abend. Überrascht nahm Elucia den Stab entgegen. Die männlichen Bewohner verbeugten sich und verließen gemeinsam den Platz. Die Frau wiederum ging ein Stück zum Ausgang, wo sie sich dann auf den Boden kniete.

Elucia betrachtete den Stab in ihrer Hand. Im Sonnenlicht gefiel ihr das hellbraune, metallverstärkte Holz noch besser als im Fackelschein. Sie sollte also gegen den Ältesten hier kämpfen? War das ein fairer Kampf? Seinem Aussehen nach zu urteilen schien er schon noch ziemlich fit zu sein. War dies andersherum ein fairer Kampf? Abgesehen von den paar Kneipenschlägereien und Prügeleien im Waisenheim oder mit den anderen Kindern der „Gast"-Familien war sie nie in einem ernsthaften Kampf verwickelt gewesen. Sie hoffte, dass es kein Kampf auf Leben und Tod werden würde. Nein, dafür waren die Leute zu nett.

Durch das Essen und Trinken gemischt mit der Bewegung war die Taubheit bereits zu großen Teilen aus ihrem Körper gewichen, sodass Elucia sich entschloss, sich besser mit dem Stab vertraut zu machen. Wie in der Nacht wirbelte sie ihn herum, stieß zu, schwang ihn und kämpfte gegen einen Unsichtbaren.

Die Frau sah ihr mit einem nicht deutbaren Gesichtsausdruck zu. Musste sie dort sitzen? Selbst wenn man sie nicht bewachte, Elucia hatte nicht mehr vor zu fliehen. Ein Feigling war sie nicht, wenn man sie fair zu einem Kampf aufforderte.

Immer wieder liefen ein paar Leute im Tempel umher, manche blieben kurz stehen und betrachteten ihre Übungen neugierig. Gegen Nachmittag eilte der Junge in Blau wieder zu ihr, versorgte sie mit neuen Lebensmitteln. Dankend setzte sie sich auf den Boden und begann zu essen. Aus dem Augenwinkel sah sie, dass auch die schwarzhaarige Frau Essen gebracht bekam. Sie würde ihren Posten also nicht verlassen.

Als das Licht allmählich verschwand, betraten immer mehr Leute den steinernen Hof, blieben jedoch an dessen Rand. Elucia lag seit einer Weile in der Mitte und blickte zum Himmel empor. Die Arme hatte sie hinter ihren Kopf gelegt. Doch nun fühlte sie sich beobachtet und setzte sich auf. Die Menschen machten dem alten Mann Platz, welcher nun den Hof betrat. Er trug noch immer sein graues Gewand und stützte sich beim Laufen auf seinen Stab, welcher leicht gebogen war und entfernt an ein „S" erinnerte. Auf dem beinahe weißen Holz waren Schriftzeichen und Bilder eingebrannt worden. Elucia erkannte einen Tiger und einen Drachen. Sie stand auf. Der Mann blieb etwa drei Meter vor ihr stehen und verbeugte sich. Schnell nahm sie ihren Stab ein Stück beiseite und verbeugte sich ebenfalls. Er lächelte und zeigte mit schnellen Gesten, dass, wenn einer von beiden auf dem Boden läge, der Kampf sofort beendet sei. Außerdem waren Angriffe auf Hals, Kopf und in den Schritt verboten. Nervös zeigte sie ihm, dass sie verstand.

Die Leute um sie herum murmelten, doch dies verstummte, als der Alte seinen Stab hob und sich breitbeinig aufstellte. Elucia hingegen stand etwas unbeholfen herum. Sein Blick wurde ernst. Dann rief ein Mann etwas und er griff an. Sofort rannte auch sie auf ihn zu, die Aufregung fiel von ihr ab. Flink machte er einen Schritt zur Seite, schlug seitlich auf sie ein. Erfolgreich blockiert. Elucia hatte keine Zeit, auf den sofort folgenden Angriff zu reagieren und spürte sofort den dumpfen Schmerz seitlich an ihrer Wade. Das Bein gab nach und Elucia fiel auf das Knie, doch sie konnte sich trotzdem aufrecht halten. Nun stieß der Alte mit seinem Stab direkt auf ihren Brustkorb. Ihr gelang es, den Stoß abzufälschen, außerdem half die Wucht dabei, auf die Beine zu kommen. Kurz umkreisten sie einander, bevor die Kontrahenten wieder kämpften. Ein paar schnelle, dann ein paar starke Hiebe wurden gewechselt. Die Dämonin erlitt einen Treffer am Handgelenk und einen direkten Treffer in die Magengrube. Die Menge johlte auf, während Elucia mit ihrem Mageninhalt kämpfte.

Sie konnte nur mühselig die Angriffe abwehren, und wenn sie dachte, dass sie angreifen konnte, erlitt sie sofort einen Gegentreffer. Seine Angriffe waren zu schnell, seine Verteidigung zu fest. Gerade so wich sie mit einem Satz einem weiteren Hieb von der Seite aus. Gallenflüssigkeit schwappte ihr nun in den Mund. Ohne lange zu überlegen spuckte sie das grüngelbe Gemisch auf den Boden. Nun wirbelte sie den Stab herum, attackierte mehrfach. Keiner ihrer Angriffe traf ihr Ziel, doch sie erlitt keinen Treffer durch einen Konter. Läuft doch. Mit einem riesigen Sprung kam der Alte nun auf sie zu. Der Stab raste von oben auf ihre Schulter zu und verfehlte, da Elucia einen Schritt auf ihn zuging und sich dann wegduckte. Hätte sie sich bloß geduckt oder wäre den Schritt stattdessen zur Seite gegangen, dann hätte er den Hieb umgelenkt und stattdessen ihre Hüfte getroffen. Nun war er jedoch ungeschützt und sie rammte ihre Waffe schnell gegen die Schulter des Mannes. Er torkelte zurück, die Menschen jubelten. Beflügelt stürmte Elucia auf ihn zu um ihn mit einem Stoß gegen den Oberkörper umzuwerfen. Wie ein Ritter den anderen beim Ritterturnier aus dem Sattel warf.

Kaum war sie kurz vor ihrem Gegner, drehte sich dieser zur Seite und wich mit einer schnellen Bewegung aus. Wie in Zeitlupe stolperte Elucia an ihm vorbei, ihr Oberkörper war fast in der Waagerechten. Sein Blick ruhte einen Augenblick auf ihr, dann drehte er den Stab und stieß mit einem der gebogenen Enden zwischen ihre Schulterblätter. Sofort krachte sie der Länge nach auf den Boden, schlitterte noch ein kleines Stück. Der Stab rollte davon. Hustend blieb sie liegen. Alles drehte sich. Die Menge feierte den Sieger. Elucia bekam kaum Luft, versuchte sich hochzustemmen, doch schaffte es nicht. Sämtliche Luft war aus ihren Lungen verschwunden. Sie wurde auf den Rücken gedreht und sah den Alten. Der lächelte freundlich und bot ihr die Hand an. Kraftlos reichte sie ihm ihre und keine Sekunde später hatte er sie auf die Beine gezogen. Allmählich floss wieder Luft in ihren Brustkorb, doch sie stand noch immer unsicher.

Während sie mit Atmen beschäftigt war, hatte er den Stab aufgehoben und hielt ihn nun vor sie. Fragend deutete sie mit großen Augen auf die Waffe. Er nickte und überreichte den Stab. Ihren Stab. Ein breites Grinsen zog sich über ihr Gesicht. Nun deutete er auf sie, dann auf den Tempel, dann nach draußen. Entscheide dich. Ihre Augen leuchteten. Jemand wollte sie aufnehmen? Freiwillig?

Drei Jahre vergingen, in denen Elucia bei den kämpfenden Bauern – denn das waren sie eigentlich – lebte, von ihnen den Kampf mit dem Stab beigebracht bekam und ernährt wurde. Viele der Übungen erwiesen sich als fragwürdig. So musste sie ihre Atmung trainieren, indem sie hustenreizendes Pulver abbekam oder Kletterübungen über lodernden Flammen absolvieren. Abends verzog sie sich jedoch einsam in ihre kleine Kammer, während die anderen etwas untereinander machten. Die Sprachbarriere grenzte sie dann doch aus, während die anderen feierten und lachten. Sie versuchte es ein paar Mal, sich zu beteiligen, wurde jedoch nicht miteingebunden und saß bloß nutzlos am Rande der Veranstaltung. Als der alte Lehrmeister dann schließlich verstarb, verschwand die einzige Bezugsperson aus ihrem Leben, die sie kannte. Er hatte jeden Tag mit ihr trainiert, auch wenn er ihr sonst nicht einmal die Sprache beigebracht hatte.

Am Morgen nach seinem leisen Tod stand Elucia dennoch zur selben Zeit auf, bekleidete sich und betrat mit dem Stab in der Hand den Hof. Traurig blickte sie auf den geschwungenen Stab, welcher nun verwaist in der Ecke lag. Präzise wirbelte sie die Waffe herum und vollführte einige Übungen, die man ihr beigebracht hatte. Schweigend und mit wenig Interesse schlichen ein paar andere Bewohner vorbei. Der gesamte Tag lief ähnlich ab: Sie aß alleine, sie übte alleine, sie beschäftigte sich alleine und ging ohne ein Wort zu wechseln schlafen. Während sie im Bett lag, umklammerte sie ihre Decke. Ihr wurde klar, dass nur der Alte sie hatte trainieren wollen, die anderen akzeptierten sie zwar, würden sie aber nicht als eine von ihnen ansehen. Vielleicht wäre alles anders gelaufen, wenn man ihr die Sprache beigebracht oder man ihr mehr Kontakt zu den anderen, die zu Beginn einen weitaus höheren Wissensstand hatten, ermöglicht hätte.

Es war in diesem Moment, allein im dunklen Zimmer, als sie sich entschied, als erwachsene Dämonin nach Daemon City zurückzukehren. Nun, da sie trotz allem etwas von dem Leben außerhalb der Ewigkeit mitbekommen hatte, wollte sie die Dämonen auch von einem Lebensstil überzeugen, in dem sie nicht der Langeweile verfallen würden. Nach wie vor verachtete sie diese Art von Dämonen, doch vielleicht konnte sie ja doch jemanden finden, für den es noch nicht zu spät war.

Nachschlagewerk

Steckbrief: Funktionsweise der Magie

- Die Magie entsteht in der Seele eines Dämons, sodass dieser durch bewussten Zugriff Macht aus ihr beziehen kann.
- Für einen Dämon ist die Seele wie ein Körperteil, über dessen Existenz er sich bewusst ist und das er sie „bewegen kann"
- Bei der Geburt eines Dämons schlummert diese Macht noch, jedoch erwacht die Magie im Inneren meist in einem Alter um die 10 Jahre.
- Jedem Dämon ist eine bestimmte Spezifikation meist nur einer Zauberkategorie zugeordnet, welche nicht geändert werden kann (siehe Kräftelexikon). Es gab Dämonen, welche alle Zauberkategorien beherrschten. Zauber sind wesentlich schwächer, wenn die Kategorie nicht mit dem Nutzer übereinstimmt.
- Es gibt eine Reihe von „allgemeinen Zaubern", welche hingegen von jedem Dämon gelernt werden können (siehe Liste der allgemeinen Zauber).
- Zauber können erlernt und verbessert werden, indem man etwas über die korrekte Ausführung erzählt bekommt, etwas liest oder meditiert.
- Beim Meditieren versucht ein Dämon durch kontrollierten Zugriff in das Innere seiner Seele zu gelangen und fällt in einen schlafähnlichen Zustand. Hier kann er seine Seele wie einen Ort erkunden und neue Zauber entdecken oder neue

Funktionsweisen für bekannte Zauber finden. Dieser Prozess dauert Stunden bis Jahre. Hat man einen Zauber perfektioniert, so muss man ihn nicht mehr aufsagen, um ihn zu nutzen. Die Stufen sind wie folgt: Rückwärts aufsagen (unerfahren mit dem Zauber) → Aufsagen (Sicher mit dem Zauber) → in Gedanken aufsagen (Gute Kenntnis des Zaubers) → reflexartige Aktivierung (Zauber perfektioniert).

- Jede Nutzung eines Zaubers belastet die Seele, wie körperliche Anstrengung den Körper belastet. Hierbei hängt diese Belastung von Stärke und Beherrschungsgrad des Zaubers ab. Ist die Kraft der Seele aufgebraucht, so versagen alle Zauber den Dienst und der Anwender fühlt sich schwach, bis die Seele sich erholen konnte.

- Magisch erzeugte Effekte sind NICHT zu vergleichen mit den realen Gegenstücken. So wird ein magieimmuner Stoff von magischem Feuer nicht beeinflusst, normales Feuer kann jedoch etwas ausrichten. Natürlich kann magisches Feuer aber ein echtes Feuer entfachen (nur auf dem magieimmunen Stoff nicht).

Lexikon der Rassen

Dämon:

Die Dämonen sind eine seltene Mutation, die bei einer Geburt auftreten kann. Körperlich ist dies nicht zu erkennen. In der Vergangenheit vermehrten sie sich und lebten in einer Parallelwelt, welche vom Dämonenkönig Kanoe geschaffen wurde. Ein Dämon, der diese Welt, Daemon City einmal betreten hat, genoss eine unbegrenzte Lebensspanne. Dies war unabhängig davon, ob der Dämon weiterhin dort lebte. Es wird vermutet, dass dieser Zauber nicht ganz mit der Zerstörung Daemon Citys verschwand und Dämonen zum Teil noch immer eine längere Lebensspanne erhielten. Ihr Aussehen entspricht dem eines Menschen, bloß haben sie lilafarbene Augen. Zudem beherrschen sie verschiedene Zauber (für weitere Informationen siehe Kräftelexikon).

Silberengel:

Diese Geschöpfe haben rein gar nichts mit den Engeln der Menschen zu tun. Sie sind vielmehr eine besondere Art der Dämonen, jedoch deutlich seltener. Die Geburt eines Silberengels als Kind zweier Dämonen ist etwa so selten, wie die Geburt eines Dämons als Kind zweier Menschen. Seit Daemon Citys Untergang wurden keine Silberengel mehr gesichtet. Sie haben eine silberne Augenfarbe und beherrschen verschiedene Zauber.

Mensch:

Der Mensch ist ein Säugetier und hat im Laufe der Zeit eine Zivilisation aufgebaut. Der Mensch sieht sich als oberstes Glied in der Nahrungskette an. Er kann keine Zauber erlernen.

(Warum erkläre ich das? Du als Leser weißt doch, was ein Mensch ist.)

Drache:

Drachen sind feuerspeiende, geflügelte Echsen. Sie sind sehr robust und stark. Oftmals sind Drachen kleiner als man sie erwartet. Riesenhafte Echsen sind daher eine Seltenheit. Falls sie zwei Köpfe besitzen, ist nur einer der Köpfe mit einem Gehirn ausgestattet. Als magische Geschöpfe können Drachen sich einmalig in ihrem Leben von einer schweren Wunde heilen. Unter Umständen können sie weitere kleine Zauber erlernen.

Dämonenjäger:

Ein Dämonenjäger war einst ein Mensch, hat jedoch mit einer speziellen Technik die Kräfte eines toten Dämons in sich aufgenommen. Er besitzt eine extrem erhöhte Lebensspanne, da zunächst die Kräfte und somit die Seelen der getöteten Dämonen aufgezehrt werden. Dank der Dämonenkräfte kann er Zauber ausführen. Oft erhalten Dämonenjäger eine gute Ausbildung, ziehen danach jedoch alleine durch das Land. Sie können die Nutzung von Magie wahrnehmen und nutzen dies, um die Dämonen, die sich in die Menschenwelt begeben, erbarmungslos zu jagen.

Weltenmacht:

Als die Welt entstand, wurden mit ihr die drei Urkräfte geschaffen, die alles, was auf der Erde geschieht, indirekt beeinflussen. Jede von ihnen ist an eine Parallelwelt gebunden und kann sich zwar in den Welten untereinander bewegen, jedoch können die Urkräfte die Menschenwelt oder Daemon City keinesfalls betreten. Ragnarök, die Macht des Untergangs, tritt in Gestalt eines großen, schwarzroten Wolfes auf, Genesis, die Macht der Schöpfung, wiederum als grüne Hirschkuh und Chrono, die Macht der Zeit, besitzt mehrere, ständig wandelnde Formen. Die einzige Methode, direkt auf das Geschehen einzuwirken, entsteht durch die Kommunikatoren, welche es einem würdigen Sterblichen erlauben, mit ihnen Kontakt aufzunehmen und einen Teil der Urkräfte geliehen zu bekommen.

Kräftelexikon – Zauberkategorien

Beeinflussungszauber:

Beeinflussungszauber kontrollieren und verändern Gegenstände oder die eigene Position. Oft sorgen sie für Verwirrung bei den Gegnern oder werden genutzt, um Objekte quasi magnetisch anzuziehen oder ohne Kontakt zu bewegen.

Beispiel: Shous Schattenmantel, Elucias Versetzung, Mikes Zeitenfähigkeiten

Berührungszauber:

Ein Berührungszauber wirkt bei direktem Kontakt mit dem Gegner/Objekt. Er hat meist einen geringen Kraftverzehr.

Beispiel: Elucias Trümmerschlag oder Kanoes Schattenhiebe

Projektilzauber:

Ein Projektilzauber wird vom Anwender geschossen oder geschleudert, die Distanz ist hierbei unterschiedlich.

Beispiel: Lucys Feuerbälle oder Kanoes Leichentücher

Verbindungszauber:

Verbindungszauber binden den Anwender kurzfristig über eine kleinere Distanz unsichtbar und magisch an eine andere Person oder ein Objekt. Ein Zauber dieser Art wird sein Ziel auch nie verfehlen. So kann eine Heilung durchgeführt oder das Blut anderer kontrolliert werden.

Beispiel: Heilungszauber, ein Teil von Mikes Zeitenfähigkeiten oder Blutzauber

Transformationszauber:

Die Zauber dieser Kategorie halten für eine begrenzte Zeit an und beeinflussen das Aussehen und die Fähigkeiten des eigenen Körpers. Sie kontrollieren Stärke, Geschwindigkeit oder Größe oder lassen gar neue Elemente am Körper erscheinen.

Beispiel: Azaroths Drachenfähigkeiten

Kräftelexikon – Ein paar Kräfte vorgestellt

Hier werden einige nennenswerte Kräfte aufgelistet, die im Laufe der Geschichte eine Rolle spielen. Als Kraft wird die Kombination von Zauberkategorie und Spezifikation bezeichnet. Zauberkategorien beschreiben die Anwendungsweise (siehe Kräftelexikon – Zauberkategorien). Die Spezifikation beschreibt die Wirkung, die der Zauber hat. Zum Beispiel kann eine Kraft der Kategorie Verbindung mit der Spezifikation Licht heilen, aber eine Kraft der Kategorie Verbindung mit der Spezifikation Blut Schaden zufügen.

Die Anzahl der Spezifikationen ist scheinbar unbegrenzt, jedoch besitzt jeder Dämon nur eine. Ein Dämon kann in seltenen Fällen allerdings mehrere Kategorien beherrschen. Darüber hinaus können Dämonen auch ein paar unpassende, schwache Zauber lernen, welche weder mit Spezifikation noch Kategorie übereinstimmen müssen. Diese Zauber nennen sich die Allgemeinen Zauber.

Blutfluss (Verbindung):

Aima beherrscht eine Blutmagie, mit der sie das Blut anderer sehen und kontrollieren kann. Dies ist aufgrund der Kategorie „Verbindung" nicht auf beliebig hohe Distanz möglich. Sie kann zwar keine innerlichen Wunden verursachen, aber kann das Blut stauen oder schneller fließen lassen. Durch die Fähigkeit, Blut zu sehen, werden jegliche Unsichtbarkeitszauber wirkungslos.

Drachenform (Transformation):

Die Drachenform ist Azaroths Markenzeichen und erlaubt ihm, Teile seines Körpers in Drachengliedmaße zu verwandeln oder diese herauswachsen zu lassen. Der am häufigsten genutzte Zauber ist die Drachenklaue, bei dem ihm messerscharfe Krallen aus den Fingerspitzen wachsen. Eine weitere Variation ist die Drachenform an sich: eine stärkere Version der Drachenklaue mit Drachenschuppen am ganzen Körper, welche den Nutzer robuster machen.

Element-Magie (alle Kategorien möglich):

Element-Magie erlaubt dem Nutzer die Kontrolle über ein Element in den verschiedensten Ausführungen. So kann der eine Gift verschießen, der nächste kann auf Berührung einfrieren, seinen Körper in ein Flammenmeer verwandeln usw. Die Elemente sind: Feuer, Wasser, Eis, Erde, Natur, Luft, Licht, Dunkelheit, Elektrizität und Gift.

Elementare Zerstörung (Projektil):

Elementare Zerstörung funktioniert genauso wie die Element-Magie, jedoch sind hier meist 2-5 Elemente nutzbar, die Stärke ist um einiges verringert und sie kann fast ausschließlich zum Angreifen genutzt werden. Bereits vorhandenes Wasser kann z.B. nicht kontrolliert werden. Lucy nutzt die Elemente Feuer, Eis und Elektrizität.

Reinheit (alle Kategorien):

Elucia ist eine Nutzerin der Reinheit. Jemand, der diese Kraft besitzt, kann theoretisch JEDEN anderen Zauber erlernen, auch wenn er in einer schwächeren Form ausgeführt wird. Zudem können die Nutzer auch einige besonders starke Zauber lernen und oft sind die Grenzen nur die eigene Seele, der Körper und die Fantasie. Die Spezifikation Reinheit ist nur in Kombination mit allen Kategorien auf einmal möglich. Der Kraftverbrauch ist sehr hoch.

Schattennebel (Beeinflussung):

Shous Kraft besteht daraus, die Schatten um ihn herum zu manipulieren, in ihnen unsichtbar zu werden und Gegner zu täuschen. Zu den weiteren Stärken seiner Kraft gehören auch Rauchbomben und eine erhöhte Beweglichkeit.

Zeitenmanipulation (Beeinflussung/Verbindung):

Der eingesetzte Teil von Chronos Seele erlaubt es Mike, einige Zauber zu nutzen, welche das Verhalten der Zeit von und um ihn beeinflussen. Jedoch richtet die Verwendung dieser Zauber Schäden in seiner eigenen Seele an, welche Chronos Seele dann auffüllt.

Liste der allgemeinen Zauber

Die folgenden Zauber kann jeder Dämon erlernen. Oft sind es kleine, hilfreiche Funktionen für den Alltag.

Blutung stoppen + Heilung beschleunigen + Wunden verschließen:
Diese drei Zauber dienen der Versorgung von kleineren Wunden und können erste Hilfe bei schwereren Wunden leisten. „Heilung beschleunigen" erhöht schlicht die körpereigene Regeneration.

Entgiften:
Dient als Gegengift für viele einfache Gifte. Dies wirkt nur, wenn der Anwender das zu neutralisierende Gift kennt. Langsam einsetzende Wirkung.

Entfachen:
Wird genutzt, um ein Feuer zu machen. Quasi ein magisches Streichholz ... oder Feuerzeug.

Schild:
Ermöglicht die Erschaffung einer magischen Barriere um sich selbst oder um eine andere Person. Dies schützt bis zu einem gewissen Grad je nach Art des Schilds vor Projektilen/Magie/Nahkampf. Kann auch zur Verteidigung von Türschlössern angewandt werden.

Dämonen-Namen

Den Namen eines Dämons sucht niemand aus, er wird vielmehr herausgefunden.

Ein Dämon, der unter Menschen geboren wird, erhält zunächst einen menschlichen Vor- und Nachnamen, doch sobald er durch einen Rekrutierer/Mentor aufgespürt wurde, bekommt er die Anweisung, in seiner Seele zu suchen. Durch Meditation findet er den Namen seiner Seele und nimmt ihn an.

Wenn ein Dämon unter Dämonen geboren wird, so können die Eltern des Neugeborenen durch Meditation mit dem Kind im Arm in die noch ungeschützte Seele blicken und so den Namen ihres Kindes herausfinden. Möglichst bald nach Eintragung des Namens wird ein Einweihungsritual durchgeführt, das die Seele des Neugeborenen schützt und bis zur Entwicklung seiner Kräfte verhindert, dass es durch äußere Einwirkungen eine schwache Seele bekommt.

Chronos
Statuen-Kabinett

(Achtung: Spoiler!)

Azaroth

Andere Namen:

Mika Kivinen, Az

Geburtstag:

21.11.1342

Alter:

221 zum Todeszeitpunkt

Körpergröße:

176cm

Nennenswerte Fähigkeiten:
- Schwert-/Axtkampf
- Magie: Drachenform (Kategorie: Transformation)
    o Drachenklauen
    o Drachenschwingen
    o Teufelsdrache

Eigenschaften:
- Entschlossen
- Robust
- Ohne Rücksicht auf sich selbst

Schlafdauer pro Tag:

6 Stunden

Beziehungsstatus:

Verheiratet mit Aura

Als Mensch geboren, als Dämon aufgewachsen, hatte er immer einen anderen Blickwinkel auf die Welt als viele seiner Artgenossen. Nach dem Tod seiner Eltern in jungen Jahren brach die Magie förmlich aus ihm hervor. Glücklicherweise konnte er durch den Dämon und seinen späteren Mentor Rock aufgespürt und nach Daemon City gebracht werden. Dort wurde er schnell aufgrund seiner grünen Augenfarbe – man sah ihm seine menschliche Abstammung an – ausgestoßen. Schneller als andere Dämonen entwickelte er starke Fähigkeiten und begann, die Menschenwelt zu erkunden, wo er seltene Artefakte aufspürte. Zu Lebzeiten zweifelte er stark an der Funktionsweise von Daemon City, er bemerkte den wachsenden Zorn in den Dämonen und entschied sich, die Menschenwelt zu beschützen, auch wenn er hierfür viele Kämpfe gegen Dämonen bestreiten musste. In tiefer Trauer über Auras Mord durch den Dämonenjäger Teris schlug er eine Schneise der Verwüstung in die Welt der Dämonen.

Zwischen den Fronten der Bewohner und der eingefallenen Dämonenjäger kämpfte er sich durch bis zum Schloss, rächte seine Frau und trat dem König gegenüber. Jene verwüstete Welt verließ er, als er seine gesamte Kraft aufwendete, um Kanoe und dessen Welt entzwei zu schlagen. Dies führte zu einer drastischen Abschwächung des ewigen Lebens der Dämonen, die mit dieser Welt in Kontakt getreten waren. Im Laufe der Jahre starben die meisten infolgedessen. Sein Schüler Shou und dessen Frau Elucia zogen sich infolge der letzten Bitte zurück, um zu einem späteren Zeitpunkt zu beenden, was er angefangen hatte.

Aura

Andere Namen:

Keine

Geburtstag:

21.06.1350

Alter:

213 zum Todeszeitpunkt

Körpergröße:

176cm

Nennenswerte Fähigkeiten:
- Messer-/Dolchkampf
- Magie: Strahlendes Licht (Kategorie: Verbindung + Projektil)
  o Starke Heilung
  o Gegengift
  o Endzeitlicht

Eigenschaften:
- Freundlich
- Sanft
- Entschlossen

Schlafdauer pro Tag:

5 Stunden

Beziehungstatus:

Verheiratet mit Azaroth

Sie war ein Kind aus höher gestelltem Hause. Die Eltern arbeiteten im Schloss des Königs, daher war ihr Weg an den Königshof schon lange vorherbestimmt. So geschah es dann letztendlich auch. Doch bevor sie Zeit hatte, zu dem typischen, noblen Berater zu werden, traf sie auf Azaroth, welcher furchtlos ihren Wachmann herausforderte und diesen entwaffnete. Ihre Neugier brachte sie dazu, mehr mit Azaroth zu unternehmen. Dieser Mann zeigte ihr mehr von der Welt und sie sah vieles nun vollkommen anders. Sie verliebte sich schnell, war sich jedoch lange unsicher, ob er genauso fühlte, geschweige denn fühlen konnte. Umso überraschter war sie, als er ihr nervös mit den Füßen im Dreck scharrend beichtete, was er für sie empfand.

Nach ihrer Heirat half sie Azaroth oft, an den Königshof zu kommen, um dort Informationen zu sammeln oder mit dem König zu diskutieren. Stets heilte sie die Wunden ihres Ehemannes, falls er sich wieder einmal übernommen hatte. Ebenfalls stieg sie schnell durch ihren Fleiß im Rang am Königshof, bis sie einige Zeit lang als rechte Hand des Königs fungierte.

Selbst als Azaroth sich gegen den König stellte, blieb sie wacker an der Seite ihres Mannes, auch wenn dies ihren hohen Posten am Hof kostete. Die begabte Heilerin wurde gefangen, doch von Azaroths Verbündeten befreit. So unterstützte sie seine Mission bis zu ihrem letzten Atemzug, als der Anführer der Dämonenjäger Teris sie während eines Überraschungsangriffs mit einem Zauber tötete.

Elucia

Andere Namen:

Keine

Geburtstag:

14.08.1543

Alter:

53 (474 seit Geburt)

Körpergröße:

163cm

Nennenswerte Fähigkeiten:
- Stabkampf
- Magie: Reinheit (Kategorie: Alle)
    o Trümmerschlag
    o Versetzung
    o Wirbelwind

Eigenschaften:
- Unbeschwert
- Neugierig
- Nachdenklich

Schlafdauer pro Tag:

7 Stunden

Beziehungsstatus:

Verheiratet mit Shou

Elucia kann sich an keine Eltern erinnern. Als Kind wurde sie in den kahlen Gassen von Daemon City herumgereicht, keiner wollte sie so wirklich aufziehen. Sie fing an, in jeder Situation zu grinsen, damit sie sich nicht verletzlich zeigte. Immer wieder floh sie vor anderen Dämonen in die Menschenwelt und war fasziniert von der Wärme und den Farben, die sie dort sah. Im Alter von 16 Jahren stahl sie einen aus massivem Holz gefertigten Holzstab, wurde jedoch von einer Bande aus fähigen Kämpfern erwischt und gefangen. Der älteste dieser Menschen forderte sie daraufhin zu einem Übungskampf auf und obwohl er sie besiegte, war er so beeindruckt von ihren Fähigkeiten, dass er ihr den Stab schenkte und sie für 3 Jahre trainierte. Nicht lange nach ihrer Rückkehr nach Daemon City traf sie auf Azaroth, dessen Pläne sie sofort überzeugten. Sie schloss sich dem Vorhaben an, konnte jedoch weder Aura noch Azaroth vor dem Tod bewahren. Sie heiratete Shou, lebte mit ihm auf einer Farm in der Menschenwelt und bekam zwei Kinder. Jahre später wurden sie und Shou von Lucifer im Kampf besiegt und in das Seelengrab befördert. Zum Schutz verwandelte sie sich und ihren Mann in Stein. Dort erwachten sie erst, als das Portal nach draußen geöffnet wird. Sie verbündeten sich mit den beiden, zu denen sie durch das Verlassen des Seelengrabs fanden. Danach schaffte sie es, Kanoes Portalzauber zu replizieren und so die Truppe nach Daemon City zu befördern. Obwohl zunächst alleine, schaffte sie es, sich durch viele Gegner zu kämpfen und bot dann dem König einige Zeit die Stirn, um es Shou zu ermöglichen, Kanoe sterblich zu machen. Nachdem der König wieder sterblich gemacht wurde, verletzte er sie tödlich, doch Elucia konnte ihn noch im Sterben mit einer Drachenklaue erstechen. Durch einen glücklichen Zufall und mit Mikes Hilfe gelang es ihr, in den letzten Atemzügen den Zeitgott Chrono zu überlisten und dessen Platz einzunehmen.

Shou

Bitte spülen!

Andere Namen:

Keine

Geburtstag:

07.03.1544

Alter:

52 (474 seit Geburt)

Körpergröße:

178cm

Nennenswerte Fähigkeiten:
- Kampf mit Klingenprothese
- Magie: Schattennebel (Kategorie: Beeinflussung)
  - Schattenmantel
  - Unsichtbarkeit
  - Schattenpräsenz

Eigenschaften:
- Schläfrig
- Vorsichtig
- Gewissenhaft

Schlafdauer pro Tag:

11 Stunden

Beziehungsstatus:

Verheiratet mit Elucia

Als kleiner Junge kam er kaum aus seinem Zuhause in Daemon City weg, da seine Eltern ihn sehr behüteten. Sie waren beide Bibliothekare, weshalb Shou das ein oder andere Mal ein Buch an den Kopf geworfen bekam, wenn nicht alles gut lief. Alles änderte sich, als er etwas älter wurde und sich entschloss, in einer Ausbildung seine magischen Fähigkeiten auszubauen. Als sein Mentor wurde ihm Azaroth zugewiesen, der ihm zunächst Angst machte, aber später zu seinem besten Freund wurde. Auch Shou gab sein Bestes, Azaroth bei seiner Mission zu helfen. Nach dessen Tod zog er sich gemeinsam mit Elucia zurück, welche er kurz darauf heiratete. Nachdem ihre zwei Kinder ausgezogen waren und sie im Kampf gegen Lucifer verloren hatten, verwandelte Elucia sie beide in Stein, damit sie das Seelengrab überstanden. Nach seiner Rückkehr in die Menschenwelt trat er in Azaroths Fußstapfen, nahm Kontakt mit Ragnarök, der Macht des Untergangs, auf und lernte die Kräfte ausführlicher, als sein Mentor es damals tat. Nachdem Elucia alle nach Daemon City befördert hatte, half er dem Großteil der Truppe, heil durch die Stadt zu kommen, rannte jedoch in blindem Zorn los, als er von Elucias angeblichem Tod hörte. Beinahe konnte er den König töten, doch war ihm letztendlich unterlegen. Durch die Hilfe seiner Freunde gelang es ihm schließlich, im Keller des Schlosses Kanoes Seele in dessen Körper zurückzubringen und ihn erneut sterblich zu machen.

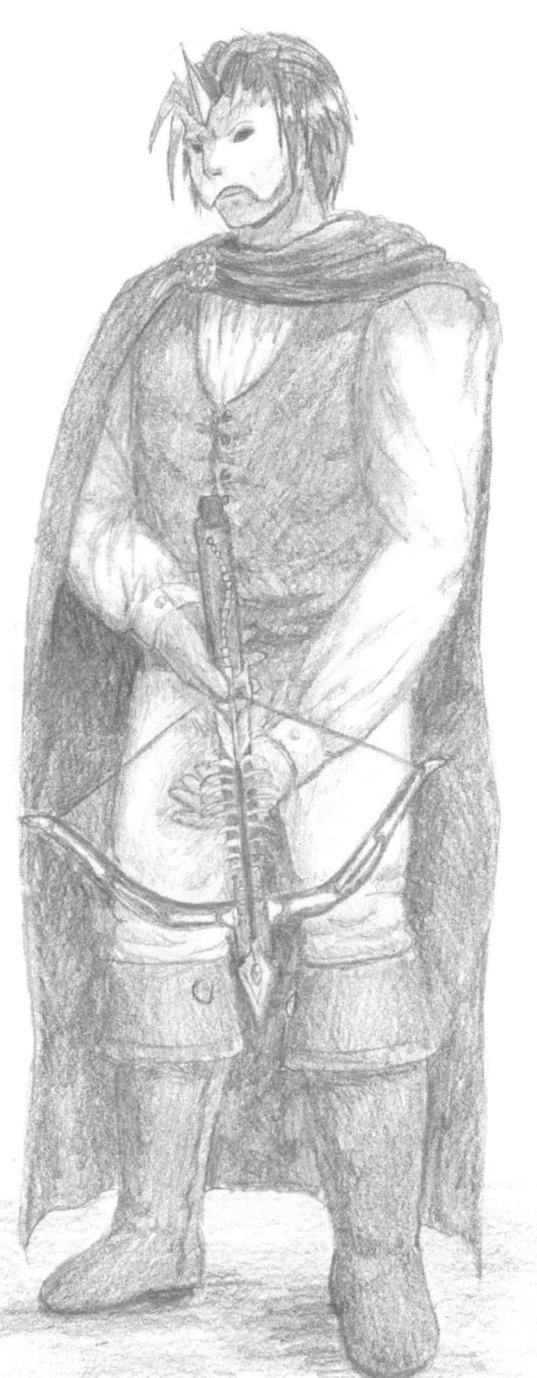

Vior

Andere Namen:

Viktor Orth

Geburtstag:

23.05.1546

Alter:

471

Körpergröße:

181cm

Nennenswerte Fähigkeiten:
- Armbrustschützenfertigkeit
- Magie: Drachenform (Kategorie: Transformation) (eingeschränkt)
- Magie: Divers mit verschiedenen Anwendungen (jeder Typ)
  - Seelen von über 170 Dämonen

Eigenschaften:
- Mürrisch
- Reizbar
- Erfahren

Schlafdauer pro Tag:

4 Stunden

Beziehungsstatus:

Single

Viktor war ein einfacher Junge, das älteste Kind eines Minenarbeiterpaars. Als seine Eltern durch eine Einbrechergruppe getötet wurden, übernahm er mit 15 Jahren die Arbeit in den Minen, um für seine zwei Geschwister zu sorgen. Er wurde überrascht, als eines Abends ein Fremder mit grauem Haar in seinem Zuhause saß und ihm erzählte, dass er in der Nähe ein paar schöne Götzenfiguren gefunden hätte, er jedoch keinerlei Verwendung dafür habe. Da er Viktors Situation kannte, bot Azaroth ihm an, die Fundsachen für ihn zu verkaufen und das Geld gerecht zu teilen. Dieser Nebenverdienst lief ein paar Jahre gut und Viktor erfuhr durch seine kurzen Gespräche mit Azaroth, dass dieser ein Dämon war. Das letzte Fundstück Azaroths war ein Geschenk: ein blutroter, pulsierender Ring. Er sollte einen Teil von Azaroths Kräften in Viktors Körper bei dessen Tod übertragen, sodass der Junge dann blutrünstig gewordene Dämonen jagen und zur Strecke bringen konnte. Nachdem Azaroth gestorben war und Shou und Elucia bei ihm angekommen waren, spürte er die neue Macht in sich und verließ das Haus für immer, da er wie in seinen kühnsten Träumen endlich Anerkennung finden wollte. Er wollte ein Held sein.

Über 400 Jahre hinweg erlegte er zahlreiche Dämonen und ließ sich letztlich in das Seelengrab locken, wo er es nicht übers Herz brachte, Lucy zu töten. Gemeinsam entkamen sie dem Seelengrab. Ihre Wege kreuzten sich erneut, als Vior Chronos Kommunikator fand. Mehr oder weniger freiwillig verbündeten sie sich, bis Vior sich zum Schutz seiner neuen Freunde einer wilden Bestienhorde stellte. Die vielen Gewissensbisse über seine Fehler, angefangen mit dem Verlassen der Familie und dem Größenwahn, schwächten seine einst so grandiose Kampfkraft. Er nahm alle Bestien des Seelengrabs mit sich in den Tod und ermöglichte so den anderen eine sichere Heimreise.

311

Mike

Andere Namen:

Keine

Geburtstag:

12.09.1999

Alter:

18

Körpergröße:

184cm

Nennenswerte Fähigkeiten:
- Schwertkampf
- (Vorübergehend) Ur-Magie Zeit (Kategorie: Berührung/Verbindung)
  - o Zeitstopp
  - o Zurückspulen

Eigenschaften:
- Geringes Schuldgefühl
- Impulsiv
- Mutig

Schlafdauer pro Tag:

9 Stunden

Beziehungsstatus:

In einer Beziehung mit Lucy

Mike war einst ein ganz normaler Mensch, bevor er sich entschied, einem „Heizungsproblem" im Keller seiner Schule nachzugehen und dabei auf den Drachen Drak stieß. Nachdem er mit ihm die Schule abbrannte, flohen sie, trafen auf Helenas Truppen, die die Weltherrschaft anstrebten und verbündeten sich mit Lucy. Eine Zeit lang trug er das legendäre Schwert Ancura, und gemeinsam gelang es ihnen, Helenas Vorhaben zu stoppen. Nach einer kurzen Pause rannte er einer Kampfeinladung Lucifers hinterher und wurde dort besiegt und in das Seelengrab geschickt. Dort traf er auf Marcurio, ging ins Dorf und wurde Teil der Wachmannschaft. Viele erbitterte Kämpfe später trat Vior ins das Seelengrab. Gemeinsam befreiten sie Marcurios Kräfte und traten Lucifer gegenüber. Zwar konnten sie ihn nicht bezwingen, jedoch beruhigte er sich und lud sich selbst in Marcurios eigene Welt ein.

Als einige Zeit später Vior erneut auftrat und Mike erfuhr, wer Marcurio und Lucifer waren, verbündeten sie sich erneut, um das erneute Entstehen des Königs Kanoe zu verhindern oder ihn wieder zu stürzen. Eine seltsame Gabe ermöglichte es Mike, Chronos Welt zu betreten und dessen Kräfte verliehen zu bekommen. Durch die Flucht aus dem Seelengrab wurde ebenfalls Elucias Zauber gebrochen, wodurch sie und Shou auch diese Welt verlassen und zu Mike und Lucy stoßen konnten. Gemeinsam fanden sie einen Weg in das verfallene Daemon City, kämpften sich durch Kanoes Klone. Im finalen Kampf gegen den König bot Mike ihm eine Zeit lang die Stirn. Dank Chronos Fähigkeiten überlebte er viele todbringende Treffer, bis Elucia eintraf und den Kampf übernahm. So konnte der König getötet werden und Mike rettete Elucias Leben, indem er den sterbenden Chrono in sie fließen ließ. Er selbst verlor die Kräfte dadurch.

Lucy

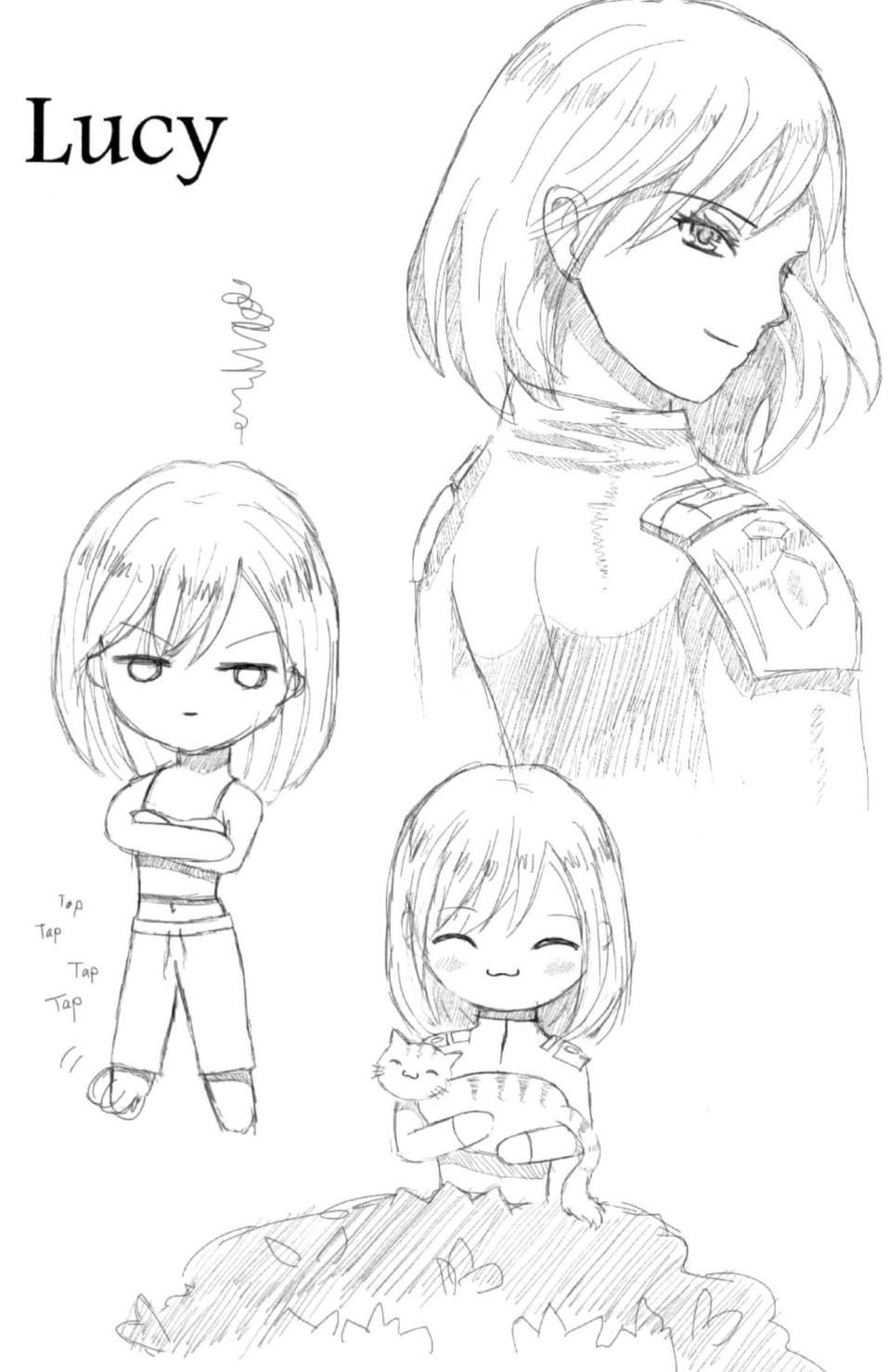

Tap
Tap
Tap
Tap

Andere Namen:

Featraza

Geburtstag:

12.02.1998

Alter:

19

Körpergröße:

177cm

Fähigkeiten:
- Dolchkampf
- Magie: Elementare Zerstörung (Kategorie: Projektil)
  - Eisspeer
  - Feuerball
  - Blitzstoß

Eigenschaften:
- Vorsichtig
- Schlau
- Reizbar

Schlafdauer pro Tag:

7 Stunden

Beziehungsstatus:

In einer Beziehung mit Mike

Lucy lebte lange Zeit abgegrenzt von der restlichen Welt. Ihr Vater war ein gutmütiger Dämon, dessen Seele früh durch Übernutzung einiger Zauber Schaden erlitten hatte und daher schwach war. Ihre Mutter hingegen drehte irgendwann durch und zog ihr ältestes Kind Helena mit sich. Der Vater und die Mutter starben, Lucy konnte entkommen. Victoria wiederum wurde verbannt. Da Helena den Plan der Mutter weiterführte, versuchte Lucy nun, diesen zu stoppen, was ihr schließlich mit ihren neuen Verbündeten gelang. Aus Sorge um Mike, folgte sie ihm und landete ebenfalls im Seelengrab, wo sie die Rolle einer Heilerin einnahm, den Dämonenjäger Vior überlebte und gemeinsam mit vielen Leuten aus dem Seelengrab entkam. Sie bekämpfte Lucifer, doch konnte nicht viel ausrichten. Seit dieser mit Marcurio zusammen in eine andere Welt verschwand, lebte sie bei Mike.

Vior kontaktierte sie erneut, da sie die einzige Zauberkundige war, die er kannte. Sie konnte jedoch absolut nichts mit Chronos Kommunikator anfangen. Als Mike sich mit Chrono verbündete, war sie von Anfang an zur echt besorgt. Nach Elucias und Shous Ankunft im Haus lernte sie die Meditation und verstärkte ihre Zauber um ein Vielfaches. Außerdem lernte sie ihren wahren Namen, Featraza, kennen, lehnte diesen jedoch ab. Sie kämpfte sich nach dem Transport durch Elucias Portal an der Seite einiger Freunde durch Daemon City, achtete darauf, dass Mike seine Kräfte einteilte und trat letztendlich Kanoe gegenüber. Diesen konnte sie gemeinsam mit Mike gut zurückdrängen, sodass Shou entkommen und Elucia den Kampf übernehmen konnte. Gelähmt musste sie zusehen, wie die andere Dämonin tödlich verwundet wurde, bevor der König starb. Schon bald sollte sie die letzte noch lebende Dämonin auf der Welt sein.

317

Kanoe

Andere Namen:

Marcurio/Lucifer

Geburtstag:

01.11.501

Alter:

1516

Körpergröße:

196cm

Nennenswerte Fähigkeiten:
- Schwertkampf
- Sensenkampf
- Magie: Dämmerung (jeder Typ)
- Magie: Ewige Winde (jeder Typ)

Eigenschaften:
- Selbstverliebt
- Machthungrig
- Zwiegespalten

Schlafdauer pro Tag:
0 – 1 Stunde(n)

„König Kanoe, der ewige Dämonenkönig" nannte sich natürlich nicht immer so. Er lebte als Kind zweier Dämonen unter den Menschen, versteckte sich, aber übte dennoch gegen den Willen seiner Eltern seine Zauber, welche schnell stark wurden. Entschlossen, den Dämonen einen Ort zu bieten, an dem sie mitsamt ihrer Magie leben konnten, ohne eine Hexenverbrennung oder Ähnliches zu fürchten, zog er hinaus in die Welt, erkundete jeden Winkel, doch nichts schien gut genug zu sein. Auf seinen Reisen verbündete er sich mit ein paar Artgenossen, welche ihn alle allein schon dafür bewunderten, dass er halb Dämon, halb Silberengel war. Gemeinsam entdeckten sie in alten Ruinen die Geheimnisse der Weltenkräfte und der Seelensplitter. So schnell es ging eigneten sich Kanoe und seine Freunde jeder einen Seelensplitter an, um ihre Kräfte noch weiter zu steigern. Kanoe schaffte es als einziger Dämon, zwei dieser Seelensplitter in sich aufzunehmen.

Gemeinsam fanden sie einen Weg, die Kraft der Weltenmächte ebenfalls zu nutzen und schufen mit deren Hilfe die Kommunikatoren. Die Vorstellung von unbegrenzter Macht, wenn man alle drei besaß, ließ einen Kampf entbrennen, in dem einige aus Kanoes Gruppe ihr Leben ließen. Seinen beiden treuesten Kämpfern überließ Kanoe je einen Kommunikator und schickte sie zusammen mit dem Rest davon. Er selbst verblieb an Ort und Stelle und begann einen andauernden Schöpfungsprozess eines Schlosses in einer parallelen Welt. Da eine andere Dimension zu erschaffen so viel Kraft kostete, zog der Prozess sich in die Länge.

Ein halbes Jahrhundert später löste er seine Seele vom Körper, um nicht mehr eingeschränkt zu sein, und band sie an jenes Schloss, um welches herum dann die Dämonenwelt Daemon City erstand. Dämonen aus aller Welt wurden eingeladen und wohnten dort. In Laufe der

Jahre reichte dies dem König nicht mehr, er wollte die Dämonen als herrschende Rasse, auch in der Menschenwelt, hervorbringen. Er erlaubte Jagden auf Menschen, unterstützte sie sogar. Obwohl Azaroth sich schon früh bei ihm dagegen aussprach, kümmerte dies den König nicht. Als die Dämonenjäger durch die erhöhte Aufmerksamkeit dann in Kanoes Welt einfielen, sah er nur einen „Reinigungsprozess, der nur die Stärksten hervorbrachte". Zwischen Azaroth und Kanoe entbrannte ein Kampf, infolgedessen Kanoe in zwei Personen, Lucifer und Marcurio, gespalten wurde. Daemon City brach entzwei, Azaroth starb und mit ihm die meisten Dämonen, die einst hier gelebt hatten.

In den nächsten Jahrhunderten nutzte Lucifer die eine Hälfte von Daemon City als seine persönliche Experimentkammer, das Seelengrab. Marcurio hingegen versuchte sich unter die Menschen zu mischen, doch landete später dennoch in Lucifers Seelengrab. Als er mit Mike & Co. entkam und realisierte, dass er Lucifer nicht töten konnte, ließ er sich von diesem überzeugen und gemeinsam betraten sie die andere Hälfte Daemon Citys. Dort gelang es Lucifer dann, Marcurio wieder in sich aufzunehmen, wodurch Kanoe erneut erstand.

Obwohl er bei Weitem schwächer als damals war, da eine Seite in ihm rebellierte, versuchte er verbissen, Daemon City neu aufzubauen und die Menschen erneut anzugreifen, was jedoch durch eine Gruppe Rebellen verhindert wurde. Im Kampf gegen Shou, Elucia, Mike und Lucy wurde er am Ende endgültig gestürzt.

Über den Autor

Robin Band wurde 1998 geboren und begann 2008 mit dem Schreiben. Nach ein paar Kurzgeschichten, die in Anthologien der Schreibwerkstatt Tintenfleck veröffentlicht wurden, begann er 2010 mit dem Schreiben seines Debütromans „Vermächtnis der Dämonen", welcher den ersten Teil einer Trilogie darstellt. Bereits während der Fertigstellung seines ersten Werkes begann er mit dem Schreiben des zweiten Teils der „Dämonen"-Trilogie. Während dem Schreiben der Hauptwerke verfasst er immer wieder kurze Geschichten, welche einen düsteren Stil haben. Er erzählte schon immer gerne Geschichten und ist überzeugt, dass die Fantasie nie aussterben kann.

Robin Band im Internet

www.robin-band.de

Hier gibt es vertiefende Infos zu meinen aktuellen und zukünftigen Werken.

Instagram: @rband_

Twitter: @rband_

Ebenfalls anzutreffen auf Lovelybooks.de als Robin Band

Ich freue mich über eine ehrliche Rezension!

Bereits erschienen

Der erste Teil der Dämonen-Trilogie

Robin Band
Das Vermächtnis der Dämonen
BoD – Books on Demand, Norderstedt
ISBN: 9783746011356
Preis: 9,99€ (D)
Erscheinungsjahr: 2017

Bereits erschienen

Der zweite Teil – lesbar ohne Kenntnisse des ersten Bands!

Robin Band
Der Untergang der Dämonen
BoD – Books on Demand, Norderstedt
ISBN: 9783752862379
Preis: 9,99€ (D)
Erscheinungsjahr: 2018

Bereits erschienen

Dunkel & übernatürlich – Viele Geschichten für ältere Leser!

Robin Band
Gebrochene Welt – Eine Geschichtensammlung
BoD – Books on Demand, Norderstedt
ISBN: 9783749451937
Preis: 9,99€ (D)
Erscheinungsjahr: 2019

Danksagung

Danke an alle, die bei der Entstehung des Finales der Dämonen-Trilogie mitgeholfen haben! Danke an:

- **Clara** für die zeitaufwändige Covergestaltung und die zu den Charakteren passenden Illustrationen. Es ist immer wieder spannend, zu sehen, wie sie den Figuren Leben einhaucht.

- **Johanna** für das Lektorieren meiner Texte. Die Anzahl der Fehler, die mir durchgerutscht wären, wäre peinlich. Es gibt keine „Schulterplätter", das ist mir klar, okay?

- **Jonathan** für das Hinterfragen von bestimmten Aktionen oder der Logik innerhalb der Geschichte.

- **Marlene** für das regelmäßige Verhindern eines sinnvollen Schreibflusses. Auch Ablenkung ist wichtig. Denke ich.

- **Selina** für Gesprächsmöglichkeiten mit jemanden, der noch keine Ahnung vom Inhalt hatte.

- **Die Leser**, da ihr nun auch das Finale meiner Dämonen-Trilogie gelesen habt und somit die gesamte Story verfolgt habt (falls dies nicht auf dich zutrifft, dann lies gefälligst von vorne).